亦舒作品

喜宝

亦舒

- 作品 -

01

CNS
湖南文艺出版社
HUNAN LITERATURE AND ART PUBLISHING HOUSE
博集天卷
CS-BOOKY

喜宝

目录

壹·

我曾经被爱过。我想，是的。他们都爱过我，再短暂也是好的。

认识勖聪慧是在飞机上面，七四七大客机，挤得像二轮戏院第一天放映名片。我看到她是因为她长得美，一种厚实的美。她在看一本书。

客机引擎“隆隆”地响，很明显地大部分乘客早已累得倒下来，飞机已经连续不停地航行十二个小时。但是她还在看书。我也在看书。

她在看一部《徐志摩全集》，我在看奥·亨利[1]。

全世界的名作家最最肉麻的是徐志摩，你知道：我是天空里的一片云，偶尔投影在你的波心……多么可怕。但是这年头中国学生都努力想做中国人，拿着中国书，忙着学习中国文艺。

真是疲倦。我打个大大的呵欠。关掉顶上的灯，开始歇睡，奥·亨利的《绿门》——男主角经过站在街边发广告卡片的经纪，卡片上写着：绿门。别人拿到的都是“爱咪公司春季大减价”。他再回头拿一张，又是“绿门”，终于他走上那间公司的楼上探险，在三楼看到一扇绿门，推门进去，救起一个自杀濒死的美丽女郎。

---

[1] 奥·亨利：欧·亨利，O Henry，1862—1910，原名威廉·西德尼·波特，美国短篇小说家，美国现代短篇小说创始人。

他发觉“绿门”不过是一间夜总会的名字。他们后来结了婚。

一切属于缘分。

很久很久之后，我隔壁的女孩子还在看徐志摩，她掀到《爱眉小札》。我翻翻白眼，我的天。

她笑，很友善地问：“你也知道徐志摩？”

“是，是，”我说，“我可以背出他整本诗集。”“呵！”她惊叹，“真的？”

我怀疑地看着她，这么天真。可耻。

我问：“你几岁？”

“十九。”她答，睁大圆圆的眼睛，睫毛又长又卷。

十九岁并不算年轻。她一定来自个好家庭，好家庭的孩子多数天真得离谱的。

她说：“我姓勖，我叫勖聪慧，你呢？”她已经伸出手，准备与我好好地一握。

“勖？我不知道有人姓这样的姓，我叫姜喜宝。”

“真高兴认识你。”她看样子是真的高兴。

我被感动。我问：“从伦敦回香港？”最多余的问题。

“是，你呢？”她起劲地问。

“自地狱回天堂。”我答。

“哈哈哈。”她大笑。

邻座的人都被吵醒。皱眉头，侧身，发出呻吟声。

我低声说：“猪猡。”

“你几岁？”她问我。

“二十一。”我说，“我比你大很多。”

她问：“你是哪间学校的？”

啊哈！我就是在等这一句话，我淡淡地答："剑桥，圣三一学院。"

勖聪慧睁大了眼睛，"你？剑桥？一个女孩子？"

"为什么不？"我仔仔细细地看着她问。

"我不知道，我并不认识有人真正在剑桥读书。"她兴奋。

"据我所知，每年在剑桥毕业的都是人，不是鬼。"

她又忍不住大笑。我真的开始喜欢这个女孩子，她是这么的愉快开朗，又长得美丽，而且她使我觉得自己充满幽默感。

"明天下午可以到达香港。"我说。

"有人来接你？"她问。

"不。"我摇摇头。

"你的家人呢？"她又问。

我问："你姓勖，哪个勖？怎么写法？"

"冒字旁边一个力。"她说。

"仿佛有哪一朝的皇帝叫李存勖，这并不是一个姓。"我耸耸肩，"你叫——聪慧？"

"唔。"她点点头，微笑，"两个心，看见没有？多心的人。"

我才注意到。两个心，多么好，一个人有两个心。

"我们睡一会儿。"我掏出一粒安眠药放进嘴里。

"服药丸惯性之后是不好的。"她劝告我。

我微笑。"每个人都这样说。"我戴上眼罩。

哪天有钱可以乘头等就好了，膝头可以伸得直些。

我昏昏沉沉睡了很久，居然还做了梦，十八岁那年的男朋友是个混血儿，他曾经这样地爱我，约会的时候他的目光永远眷恋地逗留在我的脸上，我不看他也懂得他在看我，寸寸微笑都心花怒放。可是后来他还是忘了我。一封信也没有写来。这么爱我尚且忘了我，梦中读着他的长信，一封又一封，一封没读完另外一封又寄到来，每封信都先放在胸前暖一暖才拆开来阅读。

醒来以后很惆怅。我忘了他的脸，却还记得他未曾写信给我，恐怕是因为恨的缘故。

身边两个心的聪慧说："每次乘飞机回香港，我都希望能够把牙齿刷干净才下飞机。"

我很倦，看着她容光焕发的脸，这女孩子是奇迹。我点点头。是，刷牙。她担心这种小事。

"真没想到在飞机上认识一个朋友。我可以打电话给你吗？"她问得这么诚恳，相信我，勖聪慧是另外一个星球的生物，她那种活力与诚意几乎令人窒息，无法忍受。

"是，当然。"但是我没有说出号码。她把小簿子与笔取出来，"请说。"她真难倒我，只好把号码给她。

飞机下降。我们排队过护照检查处，勖聪慧与我一起等行李，取行李。我注意到她用整套路易维当[1]的箱子。阔人。

我只得一件新秀丽[2]。往计程车站张望一下，六十多个人排队。没有一辆车，暗暗叹口气。

勖聪慧问："没有人接你？"

我摇摇头。

"来搭我家的车子，来！"她一把拉我过去。

车子在等她，白衣黑裤的女佣满脸笑容替她挽起行李，放入车厢——劳斯莱斯的魅影。这次可好，姜喜宝出门遇贵人。心中

---

[1] 路易维当：路易威登，Louis Vuitton，简称 LV，奢侈品牌。

[2] 新秀丽：Samsonite，国际著名箱包品牌。

千愿万愿，我嘴里问："真的不麻烦？我可住得很远。"

"香港有多大？"她笑得太阳般，"进来。"

司机关上车门。我说出地址。到家门口勖聪慧又与我握手道别，司机还坚持要替我把箱子挽上楼，我婉拒，自己搭电梯。

到门口就累垮了，整张脸挂下来。我想如果我拥有勖聪慧一半的那么多，我也可以像她那么愉快。

我长长地按铃。老妈来开门。

我疲倦地说："嗨，老妈。"坐下来。

"你回来做什么？"她开口，"有钱买飞机票，不会到欧洲逛？"

"我想念你，妈妈。"我说，"你或许不相信，但在这个世界上，你只有我，我也只有你。"

老妈眼泪流下来。"女儿。"

"妈妈。"我们拥抱在一起。

哭完一场之后我淋浴，换上干净衣服，与老妈在一起吃饭盒。我细细打量她，她也细细打量我。我说："妈妈你眼睛后有皱纹。"

"四十岁。"老妈放下筷子，"还想怎么样？我年年身材维持三十五、二十五、三十五。瞧你那样子，你都快比我老啦，再不节食，立刻有士啤呔[1]。"她白我一眼。

老好妈妈。

"快乐吗？"老妈问。

我耸耸肩："快乐？我不太想这种问题。妈妈，我都二十一岁了，我还挂虑这种问题？"

"男朋友呢？"她问："还是那个？"

---

[1] 士啤呔：sparetire，即后备车胎。粤语中常借用来取笑人胖了，腰里的肥肉藏不住挤出来，形成"一波三折"的走样身材。

“你总是喜欢问这种事。”我低头吃饭，“如果我真的嫁皇子爵爷，你看报纸也就晓得。”

“我倒有件事要告诉你。”她忽然郑重地说。

我抬起头，我听出她语气中有不寻常。我母女俩相依为命这许多年，还有什么不知道的。

“什么事？”我问，“爹又要结婚？”

“不是他，是我。”

我缓缓吸进一口气，站起来，“你！姜咏丽女士，你！”

“是的，我。”她喝一口茶，“是我要结婚。”

“为什么不写信告诉我？”我坐下来。那盒扬州炒饭就此塞在我的胸口中，像块花岗石。

“我不敢。”她坦白得要死。

“他是一个怎么样的男人？”我哀伤地问，“妈妈，你已错过一次，不能再错。”

“人家是人老珠黄，女儿，我是什么？能够再嫁一次，能够有机会多错一次简直是荣幸。”老妈面不改色，“他是个澳洲[1]人，四十八岁，在奥克兰略有产业，离婚已五年，三个孩子跟你差不多大。”

“你要去澳洲？”我不置信，“跟一个澳洲土佬去澳洲？妈妈，你根本不知道澳洲是什么个样子！你不会在那种地方活过二十四小时。”我气愤地，“而且我不会来探访你，继父非礼继女的故事我听得太多，无意充当主角。”

妈妈慢慢地答：“你不来也好，我会到香港看你。”

“为什么要结婚？”我哀求地问，“为什么？”母亲用手掩住

---

[1] 澳洲：澳大利亚联邦，The Commonwealth of Australia。

脸，低声而平静："我疲倦。"但是眼泪从她的指缝流下来。

原来这次回来是替母亲送嫁，再也猜不到。

"什么时候？"我问，声音已平静下来。

她的手仍然掩着面孔。"下个月。"

"那时我已经回伦敦了，祝你幸运。"我索然无味，"以后我再也不会回香港。没有亲人，回来干吗？购物？"

"你父亲在这里。"妈妈说，"仍然是中环最活跃的王老五。"

我冷笑："哄年龄跟他女儿相仿的女秘书上床，中环的蠢鸡比我想象中的还要多！"

"她们高兴。就像我当年，嘿，五十年代当空中小姐是了不起的，身价不下于现在的电影明星。"妈妈脸上闪过一层光辉，"那时候哪里有人念大学，玛莉诺念中四已算学贯中西了。"

"唐璜也会老的，他又没钱。"我说，"没钱走不动路。他知道我在剑桥吗？"

妈妈摇头："不要告诉他，省得他又动歪脑筋。"

"你防他防得这样严。"我说，"到澳洲去……是避开他吧。他还在那间航空公司？"

"唔。"老妈用手托头，"有时候走过中环，看到某个人的背影仿佛像他，都吓一大跳，急急忙忙避开。奇怪，当初脱离家庭也是为他，结婚生子也是为他。一切过去之后，我只觉得对不起你，女儿。错在我们，罪在我们，你却无端端被带到世界上来受这数十年苦楚。"

"我的天，又讲耶稣。"我打呵欠，"我要睡了。明天的忧虑自有明天担当。"

我拿出安眠药吞下，躺在长沙发上，一会儿就睡熟。每次都有乱梦。梦见穿着白裙子做客，吃葡萄，吃得一裙是紫色汁液，忙着找地方洗……忽然来到一层褴褛的楼宇，一只只柜子，柜子上都是考究白铜柄的小抽屉，一格一格，像中药店那样，打开来，又不见有什么东西。嘴里念念不忘地呢喃，向陌生人细诉："他那样爱我，到底也没有写信来。"还是忘不了那些信。

醒来的时候，头痛，眼睛涩，像刚自地狱回来，我的天，一切烦恼纷沓而来，我叹口气，早知如此，不如不醒。而且老妈已经上班去矣，连早午餐的下落都没有。

我想结婚对她来说是好的，可以站在厨房削一整个上午的薯仔皮，够健康。所有的女人都应该结婚，设法叫她们的丈夫赚钱来养活她们。

老妈的日子过得很苦，一早嫁给父亲这种浪荡子，专精吃喝嫖赌，标准破落户，借了钱去丽池跳舞，丽池改金舫的时候母亲与他离婚，我大概才学会走路。我并未曾好好与他见面，也没有遗憾，我姓姜，母亲也姓姜。父亲姓什么，对我不起影响。

真是很悲惨，我知道我有更重要的事去忧虑，譬如说：下学期的学费住宿与零用。

我不认为韩国泰先生还有兴趣负担我下年度的开销。我们争论的次数太多，我太看他不起，对他十分恶劣，现在不是没有悔意的。

我的学费，我的头开始疼。

电话铃响，我接听筒。

"咏丽？"洋人念成"WingLi"，古古怪怪，声音倒很和善。

"咏丽不在。"我说。

停了一停。"你是谁？"

"我？我是咏丽的女儿。"

“噢！嗨！”他很热诚，“你好吗？剑桥高才生。”

“母亲告诉你我是剑桥的？”我问。

“自然，”他说，“你是你母亲的珍珠！啊，我是咸密顿[1]。”

“你好，咸密顿先生。”我问，“你送我母亲的钻石，是不是很巨型？将来你待她，是否会很仁慈？”

“是，我会，珍珠，我会。”

“我的名字不是珍珠。”我叹口气，“你打到她公司去吧，请爱护她，谢谢。”我挂上电话。

我走到窗口站在那里。香港著名的太阳曝晒下来。我们家的客厅紧对着别人的客厅，几乎可以碰手，对面有个穿汗衫背心底裤的胖子，忽然看见了我，马上“咔”的一声拉下百叶帘，声音这么清晰，吓了我一跳。我身上也还穿着内衣，我没拉帘子，他倒先拉下了，什么意思？可能他在帘子缝那里张望着。

我留在家中做什么？我是回来度暑假的，我应该赶到浅水湾去晒太阳。

电话铃再响，我又接听，没想到老妈的交游竟然如此广阔。但这一次那头跟我说：“姜喜宝小姐？”

“我是。”我很惊异，“谁？”

“你猜一猜。”

我的天。猜一猜。

我想问：伊利莎白二世[2]？爱丽斯谷巴[3]？

---

[1] 咸密顿：汉密尔顿。

[2] 伊利莎白二世：伊丽莎白二世，HerMajesty Queen Elizabeth II，现任英国女王，英联邦元首、国会最高首领。

[3] 爱丽斯谷巴：爱丽丝·库柏，Alice Cooper，美国休克摇滚歌手。

忽然心中温柔地牵动。很久之前，韩国泰离开伦敦到巴黎去度假，才去了三天，就叫先回来的妹妹打电话问我好。那小妹妹一开口也是："猜我是谁？"

我曾经被爱过。我想，是的。他们都爱过我，再短暂也是好的。他们爱过我。我的心飞到三千里外。

电话那边焦急起来："喂？喂？"

"我是姜喜宝。"

"你忘了？记性真坏，我是勖聪慧。"聪慧说，"昨天我们才分手。"是她，黄金女郎。

"你好。"我说。实在没想到她会真的打电话来，我又一次被感动："你好，聪慧，两个心的人。"

"想请你吃饭。"她说，"有空吗？出来好不好？家里太静太静。"

"现在？"

"好不好？"她的恳求柔软如孩童。

"当然！"我慷慨地说，"聪慧，为你，什么都可以。"

"我开车来接你，我知道你住哪里，三十分钟以后，在你楼下见面，OK？一会儿见。"

看，有诚意请客的人应该如此大方，管接兼管送。

聪慧准时来到，挥着汗，开一辆黄黑开篷小黑豹跑车，使劲向我挥手。如果我是个男人，我早已经爱上她。

"我们哪里去？"我嚷。

"看这太阳，管到什么地方去？"聪慧笑，"来！"

我也喜欢她这一点。

我们在公路上兜风，没有说话，只让风打在脸上，我感到满足，生命还是好的，活下去单是为这太阳为这风便是充分理由。

车子停下来，我笑问聪慧道："你可有男朋友？"

"嗯，"她点点头，"他明天从慕尼黑回来。他姓宋，叫家明。我会介绍你们认识。"

"真的男朋友？"我问。

"当然是真的。我们就在这几天订婚。"她憨笑。

我把头俯下，脸贴在表板上，太阳热辣辣的，聪慧的欢欣被阳光的热力蒸发出来，洋溢在四周围。我代她高兴——这年头至少还有一个快乐的人。

我侧着头问："告诉我，聪慧，在过去的十九年当中，你尝试过挫折没有？"

她郑重地想一想，摇头说："没有呢。"非常歉意地。

我点点头，我代聪慧高兴。

"我们从这里又往哪儿去？"我问。

"回家去。"她问，"在我家吃饭？"

"好。"我很爽快，总比吃饭盒好。澳洲人也许约了老妈出去。

"我介绍哥哥给你。"她说。

"他也回来度暑假？"

"他一直在香港，从来没有在外面读过书，他与我都不是读书材料。我又比他更糟，一间书院跳着换第二间，年年转学院：伊令工专转伦敦，武士德换到雪莱，我在英国六年，年年不同中学与大学，我只是不想回香港。在外头听不见母亲啰唆。"

我点点头，表示了解。"但为什么不喜欢读书？"我问，"读书很好玩的。"

她耸耸肩："我不喜欢，甲之熊掌，乙之砒霜。你是喜欢念书的，我看得出来。"

“这完全是个人的需要问题。”我说。

我知道我需要的是什么，我太知道，是的，我睁着双眼，“机会”一走过便抓紧它的小辫子。

“你是怎么进入剑桥的？”聪慧好奇地问。

“我跟拜伦是老朋友。”我向她眨眨眼，“他介绍我。”

聪慧捧住头大笑：“天啊，你实在太好了，你怎么会是一个如此开心的人？”

我反问：“如果我说那是因为‘信耶稣’的缘故，你相信吗？”

聪慧一怔，伏在驾驶盘上，笑得岔了气，抬不起头来。我耸耸肩。其实我说的话有什么好笑，只不过她特别纯情，听什么笑什么。

聪慧说：“我一定要介绍你给聪恕，他会爱上你，任何男人都会爱上你，真的，你的男朋友一定以吨计算。”

“我没有男朋友。”我说。

“我不信。”

“如果我有男朋友，”我摊摊手，“我还会在此地出现吗？”

“那么我介绍聪恕给你，他有其他的女友，但是我与姐姐不喜欢她们。喂，你一定要来。”聪慧很坚决。

“聪恕。”我问，“你们家人人两条心？姐姐叫什么？”

“聪憩。”她答，“就我们三个。”

“——聪明的人睡着了。”我笑，“这名字舒服。”

“来，我们回家吃饭。”聪慧发动引擎。

我按住她的手：“慢一慢，聪慧，你对我完全没有戒心，你甚至不知我是坏人还是好人。”

聪慧惊讶地看着我：“坏人？是坏人又怎么样？你能怎么害我？你不过是一个女孩子，能坏到什么地方去？咱们俩打起架来，说不定还是我赢呢！”

她并不笨，她只是天真。

我点点头。

车子向石澳驶去。

聪慧说：“本来我们住浅水湾，但是后来游泳的人多，那条路挤，爹爹说大厦也盖得太密，失去原来那种风味，所以搬到石澳。我们一向往香港这边，九龙每个地区都杂得很。”

“你爹爹很有钱？”我问。

聪慧摇摇头：“不见得，香港有钱的人太多太多，我们不过吃用不愁，他有生意在做，如此而已。”

“他多大年纪？”

“比我妈妈大很多，妈妈是第二任太太，大姐姐的生母去世后，爹爹娶妈妈。妈妈才四十岁。”

糟老头子。

车子驶入石澳。有钱真是好，瞧这条路上的风景，简直无可比拟。

聪慧又说：“爹很宠妈妈，妈妈的珠宝都是‘辜青斯基[1]’的。”

我诧异：“卡蒂亚[2]的不好吗？”

聪慧笑：“那是暴发户的珠宝店，暴发户只懂得卡蒂亚。”她当然是无意的。

我的脸却热辣辣红起来。

聪慧问：“在伦敦你住在哪里？”

---

[1] 辜青斯基：kutchinsky，源自波兰的古老珠宝品牌，距现在已经有一个多世纪的历史，设计极为精美，以工艺繁复著称。

[2] 卡蒂亚：卡地亚，Cartier，法国钟表及珠宝制造商。

“宿舍。”

“爹有房子在李琴公园，我有一次看见玛嘉烈公主[1]，她有所房子在那里——我直说这些，你不觉老土吧？宋家明最不高兴我提着这些事。”聪慧笑。

车子驶到一层白色洋房前停下，聪慧大力按车号，好几个男女用人走出来服侍她。

黄金女郎。我暗暗叹气。

我并没有妒忌。各人头上一片天，你知道。不过她是这么幸运。难得是她还有个叫宋家明的未婚夫，如此懂得君子爱人以德之道。

勖家美轮美奂，不消多说。布置得很雅致，名贵的家私杂物都放在适当的地位，我与聪慧坐在厨房吃冰。就算是厨房，面积也好几百呎[2]。

我伸个懒腰，抱着水果篮，吃完李子吃苹果，再吃文丹[3]，再吃橘子、香蕉、葡萄。

聪慧问女佣：“少爷回来没有？”

女佣摇摇头：“没有，少爷叫把船开出去，看样子不会早回来。”他们家的女佣个个头发梳得光亮，笔挺的白衣黑裤。

厨房窗口看出去都有惊涛拍岸的景色，一道纱门通到后园，后园的小石子路通到石澳沙滩。

“看到那些白鸽吗？”聪慧说，“老管家养的。”

---

[1] 玛嘉烈公主：乔治六世和伊丽莎白·鲍斯－莱昂所生的小女儿，现任英女王伊丽莎白二世之妹。

[2] 呎：英尺，英美制长度单位。一呎等于0.3米，一平方呎等于0.09平方米。

[3] 文丹：文旦，别名玉环柚。

白鸽成群在碧蓝的天空上打转，太美，我说："像里维埃拉。"

"你真说得对，"聪慧笑说，"像意属里维埃拉，法国那边实在太做作，所以爹喜欢这里。"

老头子知道天不假年，能多么享受就尽量地享受。

我吸进一口气，在水果篮里找莱阳梨。

一个男孩子走进来，摔下外套，拉开冰箱，看也不向我们看一眼，拉长着脸，生着一桌人的气那样。

聪慧向我吐吐舌头。"二哥。"她叫他。

"什么事？"他倒一杯果汁。

"回来啦？"聪慧问。

"不回来我能看见你？"她二哥抢白她。

我心中冷笑，二世祖永远是这样子，自尊自大，永远离不了家，肯读书的又还好些，不肯读书地简直无可救药，勖聪恕一定是后者。

聪慧却不放弃："二哥，我给你介绍一个朋友。"

"谁？"他转过头来，却是一张秀气的脸，漂亮得与聪慧几乎一样，因此显得有点娘娘腔。

我肆无忌惮地上下左右地打量他。他还只是一个孩子。或许比韩国泰先生更没有主意，注定一辈子花他老子的钱。

聪慧诧异："喂，你们俩这样互相瞪着眼瞧，是干吗呀？"

勖聪恕伸出手来："你好，你是谁？仿佛是见过的。"

聪慧笑出来，侧头掩着嘴，勖聪恕居然涨红了脸的。

我惊异，这个男孩子居然对我有兴趣，我与他握手。"我姓姜。"我说。我可以感觉得到，女人对这种事往往有莫大的敏感，他对我确是另眼相看。

“姜小姐。”他搬张椅子坐下来。

聪慧问道：“这么早便回来了？”

“是。”她哥哥说，“有些人船一开出，就是朝九晚五，跟上班似的。如果不能即去即回，要船来干什么？”

我微笑，兄妹俩连口气都相似。他们的大姐应该稍微有着不同——至少是同父异母。

勖聪恕犹疑一刻，他问：“姜小姐，你可打网球？”

聪慧说：“看上帝分上，叫她名字。而且从什么时候开始，你忽然尊称人家‘小姐’的？”

勖家有草地网球场。聪慧有球衣球鞋，我们穿同样号码。换衣服时聪慧惊讶地说：“哗！你有这么大的胸脯！我以为只是厚垫胸罩。”

我笑笑。她真是可爱。

我一点儿没有存心讨好勖聪恕。在球场把他杀得片甲不留，面无人色。他打得不错。我的球技是一流的，痛下过苦功。

我做事的态度便如此，一种赌气。含不含银匙出生不是我自己可以控制，那么网球学得好一点总不太难吧。

聪慧说：“老天，你简直是第二个姬丝爱浮特[1]。”

“笑话了。”我放下球拍，用毛巾擦汗。

“淋个浴吧。”聪慧说，“宋家明快来了，我们一起吃晚饭。二哥，你不出去吧？”

“啊，不不。”聪恕有点紧张。

“这毕竟是星期日，”聪慧说，“你有约会的话，不要客气。”

---

[1] 姬丝爱浮特：克里斯·埃弗特，Chris Evert，美国著名女子网球运动员。

“不不，我没地方去。”他说，“我与家明陪你们。”

我上楼淋浴，换回原来衣服，宋家明已经来到了。

一眼看到宋家明，我心中想：天下竟有聪慧这么幸运的女孩子，宋家明高大、漂亮、书卷气，多么精明的一双眼睛，富家子的雍容，读书人的气质，连衣着都时髦得恰到好处。他与聪慧并没有表露出太多的亲密，但是他们抬眼举手间，便是情侣。我最欣赏这种默契。

真是羡慕。

我坐在一角，忽然索然无味。我还是回到自己的世界去好，当初是怎么来的？连车子都没一部，到时又要劳烦他们送，这年头却又少有周到人——聪慧怕是例外。

我对聪慧说：“我有点儿累，出来一整天，想回去。”

“吃完饭，吃完饭我送你。”她说，“如果真是累，我也不勉强，我们家一向不逼客人多添一碗饭，或是多坐一小时。”她笑。

宋家明转过头来，双目炯炯。

回去，回去干什么？也不过是看书看杂志。

我点点头：“吃完饭再说。”

那边的勖聪恕仿佛松了一口气。

他喜欢我。当一个男人喜欢一个女人的时候，他可以为她做一切事。只要她存在，他便欢欣。我知道。我爱过好几次，也被爱过好几次。

他说：“吃完饭我送姜小姐回家。”

菜式并不好。大师傅明显地没用心思。宋家明沉默地观察在座几个人，令我坐立不安。其实我心中没有什么见不得人的事。

自卑，一定是自卑，所以我想离开这地方。宋家明对我有防备之心，他薄薄的嘴角暗示着：别梦想——仙德瑞拉[1]的故事不是每天发生的。但勖聪恕并不是白马王子。

我放下筷子，与宋家明对望一阵，我要让他明白，我知道他在想什么。

聪慧正在诉说她与我认识的过程。

然后勖太太回来了。

一个四十岁左右的女人，头发做得一丝不乱，镶滚条的旗袍套装，优雅的皮鞋手袋，颈项上三串珍珠，手上起码戴着三只戒指，宝石都拇指甲大小。国语片中阔太太造型。她很美，那种富态型的俗艳，阔太太做久了，但还是甩不掉她原有的身份——这女人出身不会好。

正当我在研究勖太太的时候，猛一抬头，发觉宋家明在察看我的表情，他并不喜欢我。

真是奇遇，一天之间便见匀勖家的人。

勖太太客气地说："你们多玩玩。我上去休息。"她上楼，又转头问："姐姐今天会来吗？"

"没说起。"聪慧说。

"好好好。"勖太太终于走上楼梯。

我说："我真要走了。"

聪慧拉起我的手："你怎么没有今早高兴？怎么了？有人得罪你？"

"谁会得罪一个无关重要的人？"我笑着反问。

最后聪恕送我回家，路上一直没有对白。到家我只说声谢。

---

[1] 仙德瑞拉：辛德瑞拉，Cinderella，灰姑娘故事的女主角。

他说："改天见。"我笑笑，我很怀疑再见的可能性，我并不是天香国色，他不讨厌我不一定代表会打电话来约会我。

老妈还没睡，她看上去很疲倦，正在看电视。

我洗把脸。

"人是有命运的吧？"我绞着毛巾问。

"自然。"妈妈叹口气。

"性格能控制命运？"我问。

"自然。一个女人十八岁便立志要弄点钱，只要先天条件不太坏，总会成功的。"妈妈说，"顾着谈恋爱，结果自然啥子也没有。"

"有回忆。"我说。

"回忆有屁用。"妈妈说，"你能靠回忆活命吗？回忆吃得饱还是穿得暖？"

我答："话不能这么说，"我笑笑，"爱人与被爱都是幸福的，寸寸生命都有意义，人生下来个个都是戏子，非得有个基本观众不可，所以要恋爱。"

"你与韩国泰怎么样？"妈妈问。

"他不是理想观众，他是粤语片水准，我这样的超级演技，瞧得他一头雾水、七荤八素。"

妈妈笑。

"真的，我这个人故事性不强……你能叫琼瑶的读者转行看狄伦汤默斯[1]吗？完全是两码子的事，边都沾不到，陪韩国泰闷死，格调都降低了不少。"

---

[1] 狄伦汤默斯：狄兰·马尔莱斯·托马斯，Dylan Thomas，1914—1953，二十世纪最具影响力的抒情诗人。

“没有人勉强你与他在一起。”

“怎么没有？我的经济环境勉强着我跟他在一起，这还不够？”

“你确实不能与他结婚？”

“我？”我指指鼻子，“剑桥读BAR[1]的学生嫁与唐人街餐馆调酒师？”

“他父亲是店主，他也从来没冒充过他不是唐人街人马。”母亲不以为然，“你就是这一点不好。”

“妈妈，每个女人一生之中必须有许多男人作踏脚石，如果你以为我利用韩国泰，那么你就错了，韩某在被利用期间，他也得到他所需要的一切。他并不是笨人。”

“我反对你这么做。”老妈妈说。

“这是生存之道。”我说，“妈妈，你应该明白，我一个人在伦敦的日子是怎么过的。”

“你可以回到香港来，我不相信你找不到工作。”

我凄凉地微笑。“回香港来？在中环找一份工作？朝九晚六，对牢一只打字机啪啪啪。度过这么一辈子？我的要求比这个高很多呢，不幸得很。”

“如果你可以找到爱人，打字机的啪啪声也是享受。”

“爱人？”我叹口气。

“我到澳洲去后，这间房子便退掉，以后住在什么地方，你自己作准备——我对不起你，什么事大大小小都要你自己作打算——”

---

[1] BAR：律师，barrister的缩写。

老妈说了眼泪又像要掉下来的样子，我连忙顾左右而言他，安抚她老人家。

我们两个都早早上床。

我在长沙发上辗转反侧，到清晨三点才吞安眠药，不知是否心理作用，老觉得天朦胧亮，想到词里的“梦长君不知”。真可悲，二十一岁已经靠安眠药睡眠，我独个儿坐在沙发上很久，点一支烟。

以前谈恋爱，电话就搁床头，半夜迷迷蒙蒙接了电话说的都是真心话，因为说谎需要高度精神集中。有人去了外国，一日早上六点半通话，我在长途电话非常呜咽地问：“式微、式微，胡不归？”醒来之后觉得十分肉麻不堪。

白天工作的时候，穿上无形盔甲，刀枪不入，甭说是区区一个长途电话，白色武士他亲自莅临，顶多也是上马一决雌雄。但黎明是不一样的，人在这阴雾时分特别敏感，一碰就淌眼泪。

能够爱人与被爱真是太幸福。像勖聪慧，宋家明坚强有力的拥抱永远等候着她。离开父母的巢就投入丈夫的窝，玫瑰花瓣的柔软永远恭候她。真令人烦躁，到底是什么原因使她运气好得这么样子。

聪慧的电话又来了。她说家中有一个宴会，邀我参加。我虽有那个时间，却没有好衣服与好兴趣。我问：“有特别的事吗？如果有人生日，最好告诉我，免我空手上门这么尴尬。”

她隔半晌说：“是我与宋家明订婚。”她叫宋家明喜欢连名带姓，像小孩子唤同班同学，说不出的青梅竹马，说不出的亲昵。

“呵。”我有点无措。该送什么礼，我如何送得起体面东西。有钱人从来不懂得体谅穷朋友的心。

聪慧说："你来的时候带一束花给我，我最喜欢人家送花，行不行？"声音又嗲又腻。

"好好好。"我一迭声地应着，这还叫人怎么拒绝呢，难题都已解决。

后来我还是到街上四周转逛一个大圈子，想选礼物送聪慧，市面上看得入眼的东西全贵得离谱，一只银烟盒都千多元，送了去他们也不过随手一搁，耽在那里发黑，年代一久，顺手扔掉。聪慧这种人家什么都有，想锦上添花也是难的。所以我买了三打玫瑰花，淡黄与白相间，拿着上勖府去。

聪慧打扮得好不美丽！白色的瑞士点麻纱裙子，灯笼袖，我看得一呆。以前写小说的人作兴形容女孩为"安琪儿"，聪慧不就像个安琪儿？

她接过花，拥吻我的脸。

我坦白地说："不是你建议，真不晓得送什么才好。"

"宋家明想得才周到呢。"聪慧笑，"他的主意。"

我抬头看宋，他正微笑，黑色的一整套西装，银灰色领带，风度雍容，与聪慧站在一起，正是一对璧人，难为他们什么都替我想得周到。

聪慧说："你来见我们大姐。"她在我耳边说："不同母亲的。"

我记得她大姐姐叫聪憩。二十七八岁的少妇，非常精明样子，端庄、时髦。白色丝衬衫，一串檀香木珠子、金手表、一条腰头打沼的黑色谅皮裤子、黑色细跟鞋子，他们一家穿戴考究得这么厉害，好不叫人惊异。

聪慧悄声说："她那条裤子是华伦天奴，银行经理一个月的薪水。"

我笑："你怎么知道银行经理多少钱一个月？你根本不与社会有任何接触。"

聪憩迎出来，毫无顾忌地上上下下打量我，然后笑："早就听说有你这么一个人了，是姜小姐，单听你名字已经够别致。"

我只能笑。她是个精明人，不像聪慧那么随和。比起他们，我一身普通的服装忽然显得极之寒酸。

我喝着水果酒，聪恕走过来，他对我说道："我想去接你，怎么打电话到你家，你已经出了门？"

我不知道聪恕打算接我，还挤了半日的车。我说："没关系。"其实关系大得不得了。

"今天你是我的舞伴。"他急促地说。

"还跳舞？"我诧异。

"是，那边是个跳舞厅，一面墙壁是镜子，地下是'柏奇'木地板，洒上粉，跳起舞来很舒服。"聪慧不知什么时候走过来的。

我笑说："我没跳舞已经多年。"

勖聪憩笑说："想是姜小姐读书用功，不比我这个妹妹。"

聪慧说："大姐姐是港大文学士，她也爱读书。"

勖聪憩看着我说："女孩子最好的嫁妆是一张名校文凭，千万别靠它吃饭，否则也还是苦死。带着它嫁人，夫家不敢欺侮有学历的媳妇。"

我自然地笑："可不是，真说到我心坎里去。"索性承认了，她也拿我没奈何，这个同父异母的姐姐非同小可，要防着点。

宋家明很少说话，他的沉默并不像金，像剑。我始终认为他也是个厉害角色，在他面前也错不得。

聪慧的白纱裙到处飞扬，快乐得像蓝鸟。差不多的年龄，我是这么苍白，而她是这么彩艳，人的命运啊。

天入暮后，水晶杯盏发出晶莹的光眩，我走到花园一角坐下，避开勖聪恕。

勖聪恕并不讨厌，只是我与他没有什么好说的。有些男人给女人的印象就是这么尴尬。相反地，又有一些男人一看便有亲切感，可以与他跳舞拥抱甚至上床的。韩国泰不是太困难的男人，相处一段时间之后，可以成为情侣，但渐渐会觉得疲倦，真可惜。

我坐着喝水果酒，因为空肚子，有点酒意，勖家吃的不是自助餐，排好位子坐长桌子，八时入席，我伸个懒腰。

有一个声音问："倦了？"很和善。

我抬头，是位中年男士，居然是短袖衬衫，普通西装裤，我有同志了，难得有两个人同时穿得这么随便。

"嗨！"我说，"请坐。"

陌生的男人在我身边坐下来，向我扬扬杯子，他有张很温和的脸。

"一个人坐？"他问。

我看看四周围，笑着眨眨眼："我相信是。"

他也笑："你是聪慧的朋友？"

我点点头："才认识。"

"聪慧爱朋友，她就是这点可爱。"陌生人说。

"那是对的，"我对他说，"当然勖聪慧绝对比我姜喜宝可爱，因为勖聪慧有条件做一个可爱的人，她出生时嘴里含银匙羹，她不用挣扎生活，她可以永永远远天真下去，因为她有一个富足的父亲，现在她将与一个大好青年订婚……”我滔滔不绝地说下去，“但是我有什么？我赤手空拳地来到社会，如果我不踩死人，人家就踩死我，人不为己，天诛地灭，情愿他死，好过我亡，所以姜喜宝没有勖聪慧可爱，当然！”

陌生人呆在那里，缓缓地打量我的脸。我叹口气，低下头。

我说：“我喝了几杯，感触良多，对不起。”

“不不，”他说，“你说得很对，我喜欢坦白的孩子。”

“孩子？”我笑，“我可不是孩子。”

“当然你是，”他温和地，“在我眼中，你当然是孩子。”

“你并不是老头子。”我打量他。

“谢谢。谢谢。”他笑。

我喜欢他的笑。

“你对这个宴会有什么感想？”他问。

我耸耸肩，“没有感觉。”忽然我调皮起来，对他说：“这是有钱人家子弟出没的场合，我或许有机会钓到一个金龟婿。”我笑，“不然我干吗来这里闷上半天？”

他也笑：“那么你看中了谁？”

“还不知道。”我说，“有钱不肯花的人有什么用？五百块钞票看得比耗子还大。”

“你是干哪一行的，小姐？”他很有兴趣。

“十八猜。”我说。

陌生人笑：“你是学生。”

我罕纳：“真奇怪，我额头又没凿字，你怎么知道我是学生？”

“来，喝一杯，姜小姐。”

我们俩碰杯，一饮而尽。

花园这角实在很美，喝多水果酒之后，情绪也好，这个中年人又来得个风趣，而我正在香港度假，别去想过去与将来的忧虑，今天还是愉快的呢。

“你一个人来？没有男伴？”

我摇摇头，抿抿嘴唇：“他们都离开我，我没有抓住男人的本事，我爱过他们，他们也爱过我，但都不长久。”

“但你还很年轻。”他叹息。

“我已说得实在太多，谢谢你做我的听众，我想我该去跟聪慧说几句话。”

“好，你去吧。”他说。

我向他笑笑，回转客厅，聪慧一把拉住我。

“你到哪里去了？二哥哥到处找你。”她说。

我答道：“躲在花园里吃老酒。”

聪慧睨我一眼。勖聪恕的座位明显地安排在我身边。我客气地与他说着话：哪种跑车最好。西装是哪一家做得挺。袖口纽不流行，男装衬衫又流行软领子。打火机还是都彭的管用。

宋家明也来加入谈话，话题开始转入香港医生的医德。宋家明是脑科医生。我听得津津有味。他冷静地描述如何把病人的头发剃光，把头骨锯开，用手触摸柔软跳动的人脑网膜……勖聪憩“啧啧”连声。聪慧阻止他：“宋家明——宋家明——”

我觉得宋家明很伟大，多么高贵的职业，我倾心地想。

客人终于全部到齐，数目并不太多，两条长桌拼成马蹄形，象征幸运。银餐具、水晶杯子，绅士淑女轻轻笑声，缎子衣服“窸窣”作响，这就叫作衣香鬓影吧。但觉豪华而温馨，我酒后很高兴。

聪慧说："我爸爸来了，我介绍爸爸给你认识。"

我连忙站起来，一转头，呆在那里。

真是五雷轰顶一般，聪慧拖着她的父亲，而她的父亲正是我在花园中对着大吹法螺的中年人。

我觉得恐怖，无地自容，连脖子都涨红。想到我适才说过的话，心突突地跳。我当然知道他是今夜的客人之一，却没想到他就是勖某人。

聪慧一直说她父亲年纪比她母亲大好一截，我以为勖某是白发萧萧的老翁，谁知跑出来这个潇洒的壮年人。

地洞，哪里有地洞可以钻进去?

只听见勖某微笑说："刚才我已经见过姜小姐。"

我在心中呻吟一声，这老奸巨猾。我怕我头顶会冒出一车青烟昏过去，但我尽量镇静下来，坐好，其余的时间再也没有说话。

勖某就坐在我正对面，我脸色转得雪白，食而不知其味，勖聪恕一直埋怨白酒不够水果味，鱼太老，蔬菜太烂，我巴不得可以匆匆忙忙吃完走人。

这个故事是告诉我话实在是不能多说，酒不能多喝。但既然已经酒后失言，也不妨开怀大饮。

我喝得很多。勖聪恕说："你的酒量真好。"

其实我已经差不多，身子摇摇晃晃，有人说句什么半幽默的话，我便叽叽地笑。

散席时我立刻对聪慧说："我要走了。"

"我们还要到图书室去喝咖啡，你怎么走了？"聪慧不肯放我，"还没跳舞呢。"

宋家明说："她疲倦了，让聪恕送她。"

聪慧说："可是聪恕又不知走到什么地方去了。"

宋家明说道："有司机，来，姜小姐，请这边。"

我还得说些场面话："我祝你们永远快乐。"

聪慧说："谢谢你，谢谢。"她紧握我的手，然后低声问："你没事吧？"

"没有，你放心。"

宋家明送我到门口。他很和善，一直扶着我左手。

被风一吹，我醒了一半，也没有什么后悔。多年之前，我也常喝得半醉，那时扶我的，是我爱的男孩子——我真不明白，短短二十一年间，我竟可以有那么多的伤心史——幸亏我如果觉得没安全感是不会喝醉的。

勖家的车子停在我们面前。我听到宋家明惊异地说："勖先生。"

是勖聪慧他们的父亲，他开着车子前来。

他推开车门说："请姜小姐进来，我送姜小姐。"

我只好上车。

车门被关上，车内一片静寂。我把头枕在座椅上，闭上眼睛。

车驶出一段路，他才开口："我叫勖存姿。"

我疲倦地说："你好，勖老先生。"

"是不是你不愉快？实在对不起。"

"不不，是我自己蠢钝。"

"你并没做错什么。"

"我与我的大嘴巴。"我没有张开眼睛。

他轻笑。

我仍然觉得他是个说话的好对象，虽然他太洞悉一切内情。我不会原谅他令我如此出丑。

“我不会原谅你。”

“为什么？你并没说错什么，我刚想介绍自己，你已经站起来走开，我根本没时间。”

我睁开眼睛：“什么？你不认为我离谱？”

“直爽的年轻人永远受我欢迎。我在席间发觉你很不开心，所以借机会送你回家，叫你振作点。”

我看着他：“你的意思——你不介意？”

“为什么要介意？”他问。

“你真开通。”我又闭上眼睛，我觉得好过得多，但又不放心，“你忘了我说过些什么吧？”

“我记得每一只字，但我不介意——没有什么好介意的。”

“谢谢。”我吁出一口气。

“你的家到了。”他说。

“你怎么知道我住在这里？”我奇问。

“呀，这是一个秘密。”

聪恕与聪慧的脸盘与笑容都像他。

“再见。”我推开车门。

“几时？”他问。

我回转头：“什么？”

“你说‘再见’，我问‘几时再见’。”他说道。

我的酒完全醒了。

我指着自己的鼻子：“我？”

“是。”他微笑。

我再问一次：“你说，你要再见我？”

“为什么不？我太老了吗？”他有那份诚意。

“当然不！但是——”

“但是什么？”

我简直毫无招架之力。

“几时有空？”他打铁趁热。

我睁大着眼，心狂跳。

“明天下午两点。”他说，“我的车停在这里，OK？”

我呆子似的点头。

“你上楼去吧，好好地睡一觉，明天见。”他又微微笑。

我转身，腾云驾雾似的回到家中。

贰·

我不介意出卖我的青春。青春不卖也是会过的。

老妈咕哝："是有这等女孩子，一天到晚野在外头，也不怕累死。"其实是心实喜之的，这年头生女儿，谁希望女儿成日待在家中。

我往沙发一倒，实在支持不住了，睡着了。

第二天醒得早，但不比老妈更早。她已经上了班。空中小姐做得过了气，她便当地勤，地勤再过气，便在售票部做事。她大概就是这么认得澳洲佬咸密顿的。对她有好处。

我在喝牛奶，一边对昨夜的事疑幻疑真。

我拿一面镜子来搁在面前。看了看，还是这张脸。勖存姿看中的是什么？

而且他到底有多大岁数了。五十？六十？没想到东方男人的年龄也那么难以猜测——可是为什么要猜测。为我的自尊心。我尚未到要寻找"糖心爹地"的地步——但为什么不呢？心中七上八落。

这对勖存姿不公平。他是一个很具吸引力的男人。

即使他没有钱，我也会跟他出去约会——约会而已。

聪慧的父亲……勖存姿，存姿。一个男人的名字有一个这样的字，为什么。我会问他。我并不怕他。一点儿也不。

约会一个女孩子并不是稀奇的事。一个男人生命之中一定有很多很多的女人。一个女人的生命之中也有许多许多的男人。

以前的女人可以坐在兰闺中温馨地绣上一辈子的花，现在这种时节已经过去。约会女友的父亲也不是什么大逆不道的事，我是很开通的。

在家待到十二点，勖存姿的电话来了，是他的女秘书搭的线，他那亲切的声音说："别忘记我们两点正有约会。"我放下电话，觉得很满足、踏实。就像接听长途电话，可爱的男孩子在八千里外说："我想你。"其实一点实际的帮助也没有，薪水没有加一分，第二天还是得七点半起床，可是心忽然安定下来，生活上琐碎的不愉快之处荡然无存，脸上不自觉地浮起一个恍惚暧昧的笑容，一整天踏在九层云上。

我居然可以吸引到勖存姿的约会，这恐怕就是最最大的成就。

正当我要出门时，老妈打电话来，叮嘱这个叮嘱那个。我叫她别担心，尽管自由地去结婚，或许我会买一条绣百子图的被面送给她。

她说父亲要见我一面。他书面通知老妈的。

我沉默一会儿，我说："我没时间给他。"

"他无论如何还是你父亲。"

"我没有温情。我姓姜，姜是我的母亲的姓。"

"你自己告诉他。"

"不，你告诉他。"我说。

"我不愿与他有任何接触。"老妈说。

“我也一样。”我说，“叫他去地狱。”

“你叫他去。”老妈挂上电话。

我拉开大门，电话铃又响，是勖聪恕。他问我记不记得他。

“是，我记得你，”我哈哈地假笑，“当然我记得你。你好吗？”

我看手表，我已迟到了，勖聪恕父亲在楼下等我。

他迟疑一刻问：“今天晚上有空吗？”

“我现在正出门赴约呢。”

“啊，”他失望，“对不起。”

“明天再通电话好吗？明天中午时分。”我说，“对不起，我实在要出去了。”

“谢谢，再见。”我掷下电话。

勖存姿的车子果然不出所料，已经停在门口，是一辆黑色平治[1]，由他自己驾驶。

我拉开车门：“对不起，我迟下来。”

“迟十分钟，对女孩子来说，不算什么呢。”他温和地问，“我相信你曾令许多男人等待超过这段时间。”

我笑。他开动车子。

“为兴趣问一下，你最长令人等过多久？”

“十年。”我说。

勖存姿大笑。他有两只非常不整齐而非常尖的犬齿，笑起来并不像上了年纪的人，他的魅力是难以形容的。我不介意与他在一起。

我没问他去哪里，去什么地方都无所谓。

他说：“女孩子都喜欢红色黄色的跑车。”

---

[1] 平治：奔驰，Mercedes-Benz，德国汽车品牌，被认为是世界上最成功的高档汽车品牌之一。

“我不是那种很小的女孩子。”我小心地说。

“你说话尽可能像昨天一般的自由，不必顾忌我是老头子。”

“你老吗？”

“是的，老。我的肌肉早已松弛，我的头发斑白，我不行啦，”他笑得却仍然很轻松，“小女儿都准备结婚了——聪慧与你差不多大？”

“我比她大。”我说。

“但是她比你幼稚好多。”

“我说过她有条件做一个天真的人，我没有。”我简单地说，“聪慧并不幼稚，她只是天真，我非常喜欢她，她待人真正诚意，她像你，勖先生，勖家的人都好得不得了。”

“谢谢你。”他笑。

我们沉默下来。

过一会儿勖存姿问：“你愿意到我另外的一个家去晚餐吗？”

“另外一个家？”我略略诧异。

他眨眨眼：“狡兔三窟。”

我微笑：“我愿意去探险。”

那是小小的一层公寓，在高级住宅区，装修得很简单，明净大方，门口树荫下有孩子脚踏车的铃声。像他这样的男人，当然需要一个这样的地方会见女朋友，有男佣为我们倒酒备菜。男佣比女佣能守秘密。

“聪慧说你在英国有房子。”

“是的。”他不经意地说。

我不服气：“我打赌你在苏格兰没有堡垒。”

“你喜欢苏格兰的堡垒？”他略略扬起一条眉毛。

“噢是。令人想起《麦克白》《奥塞罗》[1]。悲剧中的悲剧。苍白的、真实的。我不喜欢童话式堡垒——从此之后仙德瑞拉与魅力王子愉快地生活在一起——甜得发腻——我又说得太多了。”

“不不，请说下去。”

“为什么？”

他正在亲自开一瓶“香白丹[2]”红酒，听到我问他，怔了怔，随即说：“你是个可爱的女孩子。”

“大概是你喜欢孩子话，”我笑，“为什么不与聪慧多谈谈？”

他倒少许酒在酒杯中，递给我：“聪慧有宋家明，聪憩有方家凯。聪恕有无数的女朋友。我妻子有她的牌友。”

我问：“你妻子不了解你？”我哈哈大笑。“真奇怪，”我前仰后合，“所有的妻子都不了解她们的丈夫。”

勖存姿凝视我一会儿：“你很残酷，姜小姐。”

“我根本是一个这样的人，”我说，“我不是糖与香料。”

“至少你诚实。”他叹口气。

我尝尝酒，又香又醇又滑，丝绒一般，我贪婪地一小口一小口啜着。

勖存姿一直在注视我，我的眼睛用不着接触他的眼睛也可知道。我极端地高兴。

他忽然问我：“在生活中，你最希望得到的是什么？”

“爱。”

“呵？”他有点意外？

---

[1] 《奥塞罗》：奥赛罗，*Othello*，莎士比亚四大悲剧之一。

[2] 香白丹：香贝丹，Chambertin，布根地的名酒，一直被列为宫廷贡品，拿破仑十分钟爱。

“被爱与爱人。”我说，“很多爱。”

“第二希望得到什么？”

“钱。”我说。

“多少？”他问。

“足够。”

“多少是足够？”

“不多。”我答。

“还有其他的吗？”

“健康。”

“很实际。”他说。

我一向是个实际的人，心中有着实际的计划。我可不能像勖聪慧这样浪漫在风花雪月之中。

“吃点儿生蚝。”勖存姿说。

“你的名字为什么叫存姿？”我边吃边问，“像个女人。”

他呆呆，然后很专心地说：“从来没有人问我这个问题。”他看着我。

我耸耸肩。“没有什么稀奇。你公司的手下人怎么敢问你，很明显地你与子女并不太接近。你的朋友也不会提出这么傻气的问题。这可是你的真名字？”

“是我的真名字。”他微笑中有太多“呵你这个好奇的孩子”的意思。我抹抹手。

“是你的父亲替你取的名字？——恕我无礼。”

“是我祖父。”

“很可能他做清朝翰林的时候暗恋一位芳名中带‘姿’字的小姐，结果没娶到她，所以给孙儿取名叫‘存姿’——姿常存在我心中。小说常常有这样的惆怅故事。”

“但我祖父不是翰林。”他笑，“他是卜卦先生，一共有九个儿女。”

“真的？多浪漫。卜卦，与《易经》有关系吧？”

“我只是个生意人，我不懂《易经》。”他答。

“你父亲干哪一行？”我更好奇。

勖存姿用手擦擦鼻子：“唔。”

“对不起。”

“没关系，他也是生意人。”勖存姿答。

“自学的还是念 MBA？”我继续问下去，一边把一瓶“香白丹”喝得精光。

“他是自学，我上牛津。”他答。

“不坏。”我说，“你知道吗？我去过牛津开会，他们的厕所是蹲着用的，两边踏脚的青砖有微凹痕，多可怕，你可以想象有多少人上过那厕所——”

勖存姿一边摇头一边大笑。勖家的人都喜欢笑。勖氏真是个快乐的家族。

第二道菜是鱼。我专心地吃。

勖存姿说：“轮我发问了。”

我摇头：“我不会回答你任何问题。”

“为什么？”他说，“太不公平。你知道你一共问过多少问题？”

我还是摇头。“我是一个普通女孩，我的身世一无可提之处，对不起。”

他怔一怔。“没关系，”他的风度是无懈可击的，“不愿意说不要说。”

“谢谢。”

隔一阵男用人放一张唱片，轻得微不可闻的一般背景音乐。我的胃口极佳，吃甜品时裙头已经绷紧。

勖存姿说："我儿子聪恕——他对你颇具意思。"

意外使我抬起头："是吗？"

"你觉得他如何？"他问。

我轻咳一声："很文静。"

勖存姿笑："如果他约会你，你会跟他出去吗？"

"我不知道，但如果你再约我，我会出来。"

他又怔住，然后缓缓地说："如今的女孩子都如你这么坦白吗，姜小姐？"

"我认为是。聪慧也很直接，三天之内我们已是好朋友，时间太短，谁有空打草丛作无谓浪费。"

"说得好。"勖存姿点头。

"姜小姐，你有无习惯接受礼物？"他忽然问道。

"礼物？"我一时不明白。

他又轻轻颔首。

"我不会拒绝——呀，你仍在旁敲侧击地打听我。"我笑，"我不会再回答任何问题。"

他自身后取过一只礼物盒子，递给我。

我接过，放在面前，看着它，心中矛盾地挣扎着。

礼物。为什么送我礼物？

见面礼？长辈见小辈？不可能，再阔的人也不会无端端送礼物。只有钞票奇多而且舍得花的男人遇见他喜爱的女人的时候才会送礼，代表什么，不必多言。

我用手撑着下巴，看看勖存姿，看看礼物盒子。一定是首饰。他是上午出去买的。很有计划地要送我东西。我当然可以马上拒绝。我轻叹一声，但我会后悔，盒子里到底是什么？

理应拒绝的。少女要有少女的自尊，一九七八年的少女也该有自尊。爽朗是一件事，我不想被任何人看轻，不拘小节绝对不是十二点。

我叹口气，多么讨厌的繁文缛节，多么希望仍然是个孩子，随便什么都可以抢着要。

我说：“勖先生，我不能接受。”

“为什么？”他问。

“你不能问问题。”我说。

“连看一看都没有兴趣？”他笑问。

“只怕看一看便舍不得不收下。”我老实地说道。

“那是为什么？”他问，“为什么不接受？”

“还没到收礼物的时候。”

“什么是——收礼物的时候？”勖存姿炯炯的目光直看到我眼睛里去。

我的脸涨红。上一次收的礼物是韩国泰送出来，因为我们已经同居在一起。

勖存姿说：“姜小姐，我希望你用心地听我说话。”

“好。”我说。

存姿站起来，踱到窗前，背着我，这番话一定是难以出口的话，否则他可以用他的面孔对着我。像他这样年纪的人，什么话没有说过，什么事没有经历过，他要说什么？

“姜小姐，我已是一个老人了。”

多新鲜的开场白。

“有很多东西，确是钱所办不到的。”他说下去。

我沉默地听着，一边把水晶杯子转过去，又转回来。他想说什么，我已经有点分数，很是难过，他为什么单单选我来说这番话？并不见得我家中穷点儿，就得匆匆地将自己卖出来。

我放下杯子，抬起头，他还是背着我。

“是，”他说下去，“可以买得到的东西，我不会吝啬，姜小姐，我自问没有条件追求你，我除去钱什么也没有，我已是一个老人。我很坦白，毫不讳言地说一句，原谅我，我非常喜欢你，如果你愿意的话，我们作一项交易如何？”他很流利地把话说完。

我把那只礼物盒子拆开，打开，里面是一只钻戒。不大不小，很戴得出去，两三克拉模样，美丽。我在手指上试戴一下，又脱下来，放回盒子里，把盒子仍然搁回桌子上。

我取过外套，自己去开门。

勖存姿转过身子来，我看着他，手在门把上，我都不知道要说些什么才好，我摊摊手。

“我得罪了你？”他问。

我摇头。公主才有资格被得罪，我是谁？我牵牵嘴角，拉开门。

“姜小姐——”他有点急，“姜小姐。”

“我替自己悲哀。我看上去像妓女？”我问，“你看上去像嫖客？我们两个人都不是那种人，为什么你要把情况暴露得这样坏？”

他说：“我喜欢你。我急于要得到你。”他还是笑了。

“但我是个人，一个女人。你不可以这么快买下一个不是妓女的女人。最后我或许会把自己卖出来，但不是这么快。这是人与东西之别。”我转头出门。

“姜小姐。”勖存姿在后面叫我。

我已经离开，在街上截一部街车，他或者以为我是以退为进，随便他怎么想，我呆坐在计程车内，车子向家那里驶去，我下年度的学费，我想，学费没着落。生活费用。我的母亲要去嫁人，现在这个世界上我只剩下我自己。刚才勖存姿给我一个机会。我凄凉地想，如果我要照目前这种水准生活下去，我就得出卖我拥有的来换取我所要的。我绝不想回香港来租一间尾房做份女秘书工作，一生一世坐在有异味的公共交通工具里。这是我一个堕落的好机会，不是每个女人都可以得到这种机会。

我对计程车司机说："把车往回开。"

"什么？"司机转过来问。

"往回开。"我说，"我刚才上车的地方。"

司机好不耐烦。"喂，你到底决定没有？小姐，你到底要往哪条路走？你想清楚。"

我的眼泪汹涌而出："我想清楚了，请你往回开。"

司机看见我哭，反而手足无措，"好好，往回开。"他把车子掉头，"别哭好不好？小姐，我听你的。"

我不会怪社会，社会没有对我不起，这是我自己的决定。

下车时我付他很多的小账，司机投我以奇异的目光，然后离去，在倒后镜还频频看我数眼。

我按门铃，低声轻咳清清喉咙。

来开门的是勖存姿本人。他有一丝惊喜。"姜小姐。"

"我回来了，我适才不高兴是因为那戒指上的石头太小。"我很平静地说。

"姜小姐，对不起，你必须原谅我，因为我年纪的关系我的时间太少，我很愿意走正常的追求路线，但是——"

“我明白。”我说，“但是你将你自己估价低，勖先生，你并不老，比我好得多了，我除出青春，什么也没有。”

“姜小姐，谢谢你回来。”他微笑说。

他是那么镇静，感染了我。

“你有——什么条件吗？”勖存姿问我。

“有。我要读书。”我简单地说。

“当然。你在剑桥的圣三一学院。”他说，“我会派人照顾你。我会在剑桥找一层房子——管家、司机、女佣，你不用担心任何事。”

“谢谢你。”我说，“你呢？你有什么条件呢？”

“你有男朋友吗？”他问。

“没有。”我说，“现在开始，一个也没有了。”

“你会觉得闷厌，我不会反对你正常的社交。”他说。

“我明白，勖先生，你会发觉我的好处是比其他的女孩子懂事。”我说。

“你会不会很不快乐？”他不是完全不顾虑的。

我笑一笑：“我想上街走走，你有空吗？勖先生。”我看着他。

“我公司里有事。”他拿出支票本子，签一个名字，把空白支票画线给我，“到首饰店去另买一只戒指。”

“谢谢。”我说，“呵，”我想起来，“聪恕约我明天与他见面，我如何推他？”

勖存姿一怔，凝视我。“你应该知道如何应付他。”

我说：“但他是你的儿子。”

“那有什么分别？”他问，“推掉他。”他停一停，“现在你是我的人。”

我仰起头笑。这使我想起梁山伯对祝英台说："……你，你已是马家的人了……"我已是勖存姿的人了。

"我开车送你出去。"勖存姿说。

"谢谢。"

在车子中他缓缓地说道："我希望你会喜欢我。"

"我一直未曾'不喜欢'过你。"我说，"别忘记，在花园中，当我还不知道你很有钱的时候，是我主动勾搭向你说的话。"我的眼睛看着前面的路。

"我会记得。"勖存姿微笑。

从此之后，他没有叫过我"姜小姐"。从此之后，我是他的喜宝。我到此时此刻才发觉这个名字对我来说是多么恰当，仿佛一生下来就注定要做这种女人。

"在此处放你下来可好？这区珠宝饰店很多。"他说。

我点点头，下车。我跟他说："我不会买得太离谱的。"

他笑笑："我早知道。"

我悠闲地走入珠宝店，店员们并不注意。我心中窃喜，随即又叹口气，把那张支票捏在手中，手放在口袋里，一种神秘的喜乐，黑暗罪恶的喜乐，左手不让右手知道，一切在阴暗中交易。这是我第一次痛快地用钱，兴奋莫名。

我坐下。

一个男店员向我迎上来。他问："小姐，看什么首饰呢？"他微笑着。大概以为我会买一只 K 金小鸡心，心面镶粒芝麻般小巧的碎钻。

我问："你们店里有没有十卡拉左右全美方钻？"声音比我预料中恬淡得多。

男店员马上对我改观，又不好意思做得太明显。他答：“我找我们经理来，小姐请稍等。”

我到经理室去挑钻石。我对珠宝并不懂太多，结果选到的一粒是九点七五卡拉。全美，切割完整，但是颜色不够蓝。那经理说：“姜小姐，如今这么大的钻石，十全十美很难的。”

“我不相信。”我说，“我要十全十美的。”

经理犹疑一会儿问：“姜小姐，你是付现款吗？”

我抬起眼。“你们难道还设有十二年分期付款？”

“是，是。”他心中一定在骂我是母狗，“有一位客人口头上订一颗方钻，倒真是十全十美，不过小一点。”

“多大？”

“八卡多。”

“太小。”我说。

“那么还有一颗，也是客人订下的，十二卡多。”他瞪着。

“拿出来瞧瞧。”我说。

那经理轻轻叹息，去取钻石，相比之下，先头那一粒简直成了蛋黄石。我说：“把这颗镶起来，越简单越好。”

“小姐，镶戒指你戴太大，你手指那么细，才五号。”

“我喜欢戒指。”我说。

“你戴起来钻石会侧在一边的。”这经理也是牛脾气。

我把支票拿出来，摊开。“我喜欢侧在一边，只要敲不碎就可以，敲碎了找你算账。多少钱？”

他看见支票上的签名，很错愕。大概勖存姿这种流在外面的支票很少看到。他熟悉这个签名。

“怎么镶呢？一圈长方的碎石——”他还啰唆。

“什么也不要，在石头四周打一个白金环，多少钱？”

他把价钱写在纸上。“我们与勖先生相熟，价钱已打得最低——”

我已经把数字抄在支票上。我说：“如果退票，你与他相熟最好。”

“小姐——”

“快把支票拿去兑现，”我站起来，“趁银行现在开门。”

“是，是。”他心中一定在骂我是小母狗，我知道，一定。

我离开珠宝店，去找母亲。她的航空公司就在附近。我隔着玻璃柜窗看她，她正在补粉。刚吃完饭盒子吧。可怜的母亲，我们都太需要安定的生活。

离远看，老妈还真漂亮的，宝蓝色制服，鹅黄色丝巾。我敲敲玻璃，第一次她没听见，第二次她抬起头来，向我招手。

我走进去坐在她面前。“老妈。”我说。

“吃过饭没有？”她问。

我点点头。“妈。”我把手放在她手上。

“怎么了？”她很敏感，“有什么事？”

“今夜又约好咸密顿？”我问。

她说：“是的，我知道很对不起你，但我们马上要动身……你明白的，你一直都明白。”她有点儿羞愧。

“当然，你管你去，我会很好，真的。”

“房子只租到月底……可以延长……你需要吗？”

我摇头。“我可以住到朋友家去，或是回伦敦，老妈，你担心自己就够，我会打算。”

“我一直对你不起——”

我看看四周，“嘘——老妈，这里并不是排演粤语片的好场所。”

“去你的！”

“老妈，我会过得极好，香港什么都有，就是没饿死的人，一个二十一岁的女孩子会有麻烦吗？当然不会，你好好地去结婚，我们两个人都会过得很好。”

“你在英国的开销——”

“我会回去找份暑期工。”我说，“老妈，你放心。”

老妈与我两个人都知道一千份暑期工加在一起都付不了学费。但是她既然在我嘴里得到应允，也并不详加追究，她只要得到下台的机会。

“我就下班了，要不要等我一起吃晚饭？”老妈问。

“哈！你看你女儿像不像闲得慌，需要与她妈一起吃晚饭？我有一千个男人排队在那里等我呢。晚上见。”我站起来，扮个鬼脸，离开。

我也不知道该上哪里去，独自在街上逛着，每间橱窗留意，皮袋店里放着银狐大衣。你知道，加拿大的银狐与俄国银狐是不一样的。加拿大银狐上的白色太多，有种苍老斑白的味道，俄国银狐上的那一点点白刚刚在手尖，非常美——但我忽然觉得一切都索然无味，因为这些东西现在都变得唾手可得。得到的东西一向没有一件是好的。

唾手可得的东西有什么味道呢？买了也不过是搁家里，偶然拉开衣柜门瞧一瞧又关上。

我不介意出卖我的青春。青春不卖也是会过的。我很心安理得地回家去吃罐头汤。

勖存姿的女秘书已找我很多次，勖接过电话说：“我忘记跟你说，你搬到我那里去住好不好？”

“好。”

“我看过你选的钻石。已经在镶了，收据在我这里。”

“倒是真快。”我说。

“我叫司机来接你。”他说，“你收拾收拾东西。”

“是。”

“别担心。”他说，“我会照顾你。”

“我相信。”我说，“我现在就收拾。”

“稍迟见你。”他挂上电话。

我有什么好收拾的，自英国来不过是那个箱子。带过去也只有这个箱子。我坐下来为老妈写一封很长很长的信，向她解释我这两日的“际遇”，并且搬出去的原因。但没留下电话地址：“我会同你联络，你不必找我——好好地到澳洲去做家庭主妇，如果可能的话，再生一两个孩子，我不会向你联络，但我会写信。祝好，替我问候咸密顿先生。女儿敬上。”我一边流泪一边写。其实没有什么哭的，这种事情在今日也很普通。

然后我提着衣箱下楼，勖家的司机开着那辆魅影在楼下等我。他下车来替我把箱子放好，为我开车门，关车门，忽然之间，我又置身在一辆劳斯莱斯之中。

那一夜勖存姿并没有来。他通知我说有事。我很乐意地把大门反锁，在陌生的床上睡得烂熟。

第二天醒来已是日上三竿。我自冰箱内找到食物，为自己准备早餐，冷静地举案大嚼。

门铃大作，我去开门，是一个女佣来报到，专门服侍我的。

我没有出门，自衣箱中拿出几本书看足一个下午，很轻松很满足很安乐，我一切的挂念一扫而空。我被照顾得妥善，这是我二十一年生命中从未发生过的喜事——为什么不这么想？

门铃又响，女佣去开门，是珠宝店送戒指来。我签收。把戒指戴在手上，然后问自己：除了钱之外，还有其他的道理吧？勖存姿永远会在那里，当我需要他的时候，他已经准备好了。我呢，是为安全感多点，还是为钱？

每次当我转头，谁在灯火阑珊处？我的头已转得酸软，为值得的人也回过首，为不值的人亦回过首。我只是疲倦，二十一岁的人比人家四十二岁还倦，我需要一个可供休息的地方，现在勖存姿提供给我，我觉得很高兴。这里面的因素并不只金钱，不管别人相信与不相信，我自己知道不只是金钱。

他的电话随后便到了。他说："你为什么不出去？我没有不准你上街。"他轻笑。

"我知道，我自己乐得待在屋子里。"我说，"老在外头逛，太疲倦。"我说的是老实话，并不故意讨好他。

"你有与我儿子联络过吗？"他问，"你不能叫他白等。"

"我现在就推掉他。"我说。

"如何推法？"他问。

"把事实告诉他，我选了他父亲而不是他。"

勖存姿笑："不可以这样，说你没有空就可以了。"

"我还以为你会让我自由发展。"我温和地说道。

"不，我不会的。"他也很温和地答。

我原想问他今夜会不会上门来，但为什么要问？我又没有爱上他。

我翻到聪慧给我的号码，接听电话的正是她。

“姜小姐！你到什么地方去了？我与聪恕足足找了你两天！哥哥尤其找得你厉害。”

“我想回英国。”我说，“告诉你哥哥，说我没有空。”

“胡说，我们一起回英国。你想回去的原因很简单：你觉得闷。跟我们出来，今天家明与我去探姐姐，聪恕也去，你在哪里？我来接你。”

“我不想出来。”我说。

“你患了自我幽闭症？真不能忍受你这个人，出来好不好，喂，好不好？”

如果聪慧知道我的身份，如果她知道现在我是她父亲的女人……

“你还在不在那一头？姜喜宝，快点好不好？”她在那里撒娇，半带引诱性，“看看那太阳，看，不出来岂非太可惜？出来见我们。”

出去见他们。是的，我也想借此了解一下勖存姿可以雇三百个私家侦探调查我一生的故事，我可没有能力这么做，趁他还不能控制我，我可以见聪慧。

“我在码头等人。”我说。

“好，二十分钟后在码头见面。”

我把大门打开，车子与司机在。当然勖存姿会知道我一举一动。到码头的时候，我吩咐司机把车驶开，我说：“我等的是勖聪慧。”

来的是聪恕，他羞涩地向我扬扬手。

“聪慧呢？”我问。

“已到姐姐家去了，今天是姐姐大女儿的两岁生日，你知道聪慧，一早起劲地去办礼物买蛋糕。”

我说：“那我不去了，是你们自己人的盛会。”

聪恕笑：“两岁孩子的生日好算盛会？大家会趁机到姐姐家去捣乱罢了——她那里新装修。我们到一下就溜走，好不好？”

“我们？”我问。

“你答应今天与我约会的，”他转过头来，“忘了？”

真忘了。

勖聪憩嫁的丈夫姓方，真是一个温柔殷实的好人，略略有点胖笃笃，脾气老好的样子，永远笑嘻嘻，一副和气生财——他又偏是做生意的，并没有飞黄腾达，但也不必倚赖岳父。

像方家凯这种男人是值得一嫁的——等四十岁的时候再说吧，四十岁之前嫁他，只怕活不到四十岁，活活地闷死，我不禁微笑起来。

方家凯两个小女儿都可爱得像天使，一个穿白，一个穿淡蓝，就差背上没长两个小翅膀，否则就是洋人宫廷壁画上的天使。

勖聪憩并不满足这两个女儿，她要一个儿子，她当众说：“一个家庭中如果没有男孩子，根本不好算是家庭。”

聪慧说：“大家瞧瞧这女人那没出息劲，也算少有了，竟说出这种话来，亏她还是香港大学当年的高才生。”

方家凯只是憨憨地笑，并不反对生完又生，我在研究他的眼睛鼻子，看看到底他是哪一部分生得好，以致娶得到勖聪憩这样的妻子。

宋家明仍然坐在聪慧不远处，一双眸子尖锐地观察着一切，我忍不住又微笑。

聪慧把手臂亲昵地搭在我肩膀上。“你笑什么？”她问我。

宋家明说："笑也不让别人笑？"

我答："看你们这么幸福，实在高兴，所以笑。"

勖聪憩说："姜小姐与聪慧真是一见如故，爱屋及乌。"

聪恕笑问："咱们算是一群乌鸦吗？"

聪憩笑："那要问过姜小姐。"她对我始终维持客气的距离，不肯叫我的名字。

我踱到露台去，悠闲地站着看风景，这一刻在勖家面前，我是胜利者。

一转头，看到宋家明。

"不陪聪慧吗？"我闷闷地问。

"聪慧是天真一点，但并不是孩子，我不用时时刻刻陪着她。"他的话说得句句带骨头。

我笑笑，平和地说："是有这种人的！独怕别人沾他的光。你处处防着我，怕我不知会在聪慧身上贪图什么。宋先生，知识分子势利起来，确是又厉害了三分，你说是不是？"

宋家明略觉不安。

我说："我要占便宜，并不会在聪慧身上打主意。"再补一句，"更不会在聪恕身上盘算。"

"姜小姐，如果我给你一个小人的感觉，这是我的错。"他居然尚能维持风度。

我看看宋家明已变掉的面色，乘胜追击："不怕不怕，宋先生，不必道歉，穷人受嫌疑是很应该的。"我笑，"俗云：狗眼看人低。聪慧确是天真了一点，把我当作朋友，这真是……"

我还是那个微笑，宋家明凝视我半晌，略略一鞠躬，一声不响地回客厅去了。

这该死的人，又不姓勖，不过是将娶勖家的一个女儿，就这么替勖家担忧起来，真不要脸。不晓得勖存姿将来会拨多少钱在他名下。

我有种痛快的感觉，没有人知道我掌握着什么，这件秘密使我身价百倍。我把手上的戒指转过来，又转过去。

聪恕走出来。“你在这里？”他说，“我们去别的地方吧，孩子的生日会有什么好逗留的？”

“我喜欢留在这里，待会儿我有事，不能陪你。”

“是的，聪慧说过你想提早回英国。”

我沉默一会儿，伏在露台的栏杆上往下看，不知道哪里传来蝉声。

“我能陪你回英国吗？”

我转头，一时没听清楚聪恕说的是什么。

“我没有事，我可以陪你到剑桥，如果你不介意，我们可以去划长篙船。”聪恕的声音很兴奋。

我看着他，这次一点儿也不刺激，因为我已不用指望这些有钱少爷对我青睐有加，提拔于我。我只是奇怪他怎么会看中我这么一个人。

“我不行，聪恕。”我直截了当地说。

他涨红了耳朵。“你不喜欢我，你只喜欢聪慧。”

我不十分确定我是否喜欢聪慧。大部分漂亮富足的女孩子喜欢找一个条件比她略差的女伴，加借衬托起她的矜贵，聪慧对我也不外是如此心理，她携我出来散心，她帮助了我，成全她伟大的人格……我抬起头对聪恕说：“我当然喜欢你，聪恕，但是我这次回去——我有男朋友在剑桥，我不是自由身。”

“啊！”他也靠着露台栏杆，“但聪慧说你告诉她，你并没有男朋友。”

“那时候我跟聪慧不熟，不好意思告诉她。”我说。

“他——比我强很多？”聪恕反而坦然了。

“我不知道，聪恕，我不认为把人来作比较是公道的事，总而言之，如果他的优点较为适合我，我就喜欢他。”

“我也有优点吗？”聪恕问。

“当然，聪恕，你这么善良、温柔、诚恳……你的优点很多很多。”

聪慧在我们身后笑出来，“是吗？”她走过来，“你看到聪恕有这么多优点？我不相信，香港有很多失意的女孩子也不会相信。”

“聪慧！”聪恕不悦。

“二哥哥，你算啦，我不是不帮你忙，你瞧你，弄巧成拙。”她转头看我，“怎么，你真的回英国？”

我点点头。“我打算到新加坡去转谐和号飞机。我还未乘搭过谐和号。”

聪慧端详我：“两天不见，喜宝，你有什么地方好像变了。”她终于看到我手上的戒指，“多么好看的戒指，新买的吗？”

“唔。”我点点头，“聪慧，我有点儿事，我要告辞了。”

聪恕说：“我送你。”

“不，不，我自己能够回去。”我说。

我逐一向他们告辞，勖聪憩送我到门口：“姜小姐，不送不送。”

不用她送。她父亲的司机与车子在楼下接我便行了。

我开始明白勖家的毛病在什么地方。太有教养太过含蓄太过谦让，表面上看仿佛很美满，其实谁也不知谁在做什么，苍白而隔膜，自己一家在演着一台戏，自己一家人又权充观众——还有更诙谐无聊可怜可笑的事吗？我也明白勖存姿与勖聪恕怎么会对我有兴趣，因为我是活生生的赤裸裸有存在感的一个人。

我有什么忧虑？无产阶级丝毫不用担心顾忌，想到什么说什么，要做什么做什么，最多打回原形，我又不是没做过穷人，有啥子损失？

哪有勖家的人这样，带着一箱面具做人，什么场合用什么面具，小心翼翼地戴上，描金的镶银的嵌宝石的，弄到后来，不知道是面具戴着他们，还是他们戴着面具。

连对婴儿说话都要说："谢谢""不敢当""请"。

勖存姿有什么选择呢？他不能降低人格往荔园去看脱衣舞，或是包下台湾歌女。他又想找个情妇以娱晚年，在偶然的场合遇见了我——实在是他的幸运。

我的信心忽然充分起来，说穿了大家都一般空虚，至少我与老妈姜咏丽女士尚能玉帛相见，开心见诚地抱头痛哭。他们能够吗？

我保证勖存姿没有与他太太说话已有二十五年。勖太太那种慢吞吞腻答答的神情，整个人仿佛被猪油粘住了，拖泥带水的……忽然之间我对他们一家都恶感有加，或者除了聪慧，聪慧的活泼虽然做作，可幸她实在年轻，并且够诚意，并不讨厌。或者也除了聪恕，聪恕的羞怯沦为娘娘腔，明眼人一看就知道是怎么一回事，但聪恕像多数女性化的男人，他很可爱，他对我好感是因为我体内的男性荷尔蒙比他尚多。

我不喜欢勖聪慈。对方家凯毫无意见。厌恶宋家明——他光明了宋家似乎还不够，尚想改革勖家。勖存姿并不见得有那么笨，再不争气的儿子跟女婿还差一层肚皮。宋家明除了得到聪慧的那份嫁妆，也没什么其他的好处，他应该明白。

在这次短短的聚会中我把勖家人物的关系分析得一清二楚，很有点得意。

回到勖存姿的小公寓，他本人坐在客厅听音乐喝白兰地。老实说，看见他还真的有点儿高兴。

因为我一向寂寞。

"哦，"我说，"你来了。"

他抬起头，目光炯炯，说："你到过我大女儿家吗？"

"是。刚回来。"我答。

"我以为你应该知道避开他们。"

"是，我是故意上门去的。"我说，"很抱歉，你是生气了？怕亲戚晓得我现在的身份？"

勖存姿说："我不怕任何人，你把我估计太低了。"

"或者我把自己估计过高。我尚未习惯我已把自己出售给你一个人。"

他沉默一会儿。

"我已经派人到剑桥去为你找到房子。你最快什么时候可以动身回英国？要不要与母亲说再见？"

他要把我遣回英国。这也是一个好主意。

我问："关于我，你知道多少？"

他微笑。"你是一个年轻的女孩子，你有什么历史呢？"

我不服气。我说："我有男朋友在英国。"

"你是指那位韩先生？"他笑，"你不会喜欢他，你一早已经不喜欢他。"

我也忍不住笑，我坐下来。“你对我倒是知道得很清楚。不过在英国，我也可以找到新男朋友。”

他凝视我：“总比找上我自己的儿子好一点儿。”

我大胆假设：“聪恕？聪恕对女孩子没有兴趣。”

勖存姿的面色一变：“他对你有。”

我说：“因为我比他更像一个男人。”

勖存姿老练地转改话题：“你像男人？我不会付百多万港币送一只戒指给男人。”他扬扬手，“看你戴着它的姿态！像戴破铜烂铁似的。”

我看着他。

他也看着我。

这实在是我第一次放胆地，仔仔细细地把他看清楚。他的确已经上了六十岁。两鬓斑白，头发有点稀疏，带天然波浪，但梳理得非常好，面孔上自然多皱褶，但男人的皱纹与女人的不一样，他的眼袋并不见得十分明显，皮肤松弛只增加个性。数十年前他一定是个无上英俊的男人，现在也还是很有风度很漂亮，但……确然是老了。

当然，精心修饰过的衣服帮助他很多。

脱掉衣服后，勖存姿的身材会如何？想到这里，我并没有脸红，反而有点苍白寒冷的感觉。到底是六十多岁的老年人。再保养得好，也还是六十多岁的老年人。

我相信他也是用同样心思在看我：这个女孩子，在她身上投资，是否值得？她值这么多吗？她的胸脯是真的还是穿着厚垫子的胸罩？大腿是否圆浑……他是有经验的老手，他不会花错钱。

最使他担心应是将来如何控制我。我想这也是容易的。他有钱，我需要钱。我一定会乖乖地听命于他——在某一个程度之内。

我看着他良久，整个公寓里没有一点点声响，柔和的阳光通过白色纱帘透进来，他太阳棕的皮肤显得很精神。我叹一口气。

“我替你去订飞机票回伦敦。”他说，“到时有人在伦敦接你。”

“我知道，你在李琴公园有房子。”我说。

他笑：“我喜欢聪明的女孩子。”

“是的，人家都这么说，请替我买‘谐和号’头等票子。”

“你愿意到新加坡转机？”他诧异。

“愿意。”我笑。

“我会在伦敦见你。”他说。

“一年见多少次？”我问。

“我不知道。你的功课会很忙，”他含蓄地，“交际生活也会很忙。”

“你可以雇人盯死我。”我笑。

“我早已派好人了。”他也笑，“学校、家，伦敦、剑桥、香港——我有没有告诉过你？我是一个很妒忌的老人。”

“我感到荣幸。”我说。

“我有事，要先走。”他站起来。

“再见。”我说。

“我留下了现钞在书桌抽屉里。”他临出门说。

圣诞老人。

我不想在他面前提“老”字，不是不敢，有点不忍。他又不是不知道他老，我何必提醒他。

勖存姿毕竟是勖存姿，他转头笑笑说：“你是五月的明媚好风光，我是十二月。十二月有圣诞老人，我是一个胜任的圣诞老人。”

我把手臂叠在胸前。“勖先生，”我说，“与你打交道做买卖真是乐事。”

“我也深有同感，姜小姐。”

他上车走了。

我在屋里看戚本大字《红楼梦》。隔很久我放下书。现款，他说。在书房抽屉里。

我走到书房，小心翼翼地坐下来，轻轻地拉开第一格抽屉。没有。我把第一格抽屉推回去。如果不在第一格，那么一定在第三格，别问我为什么，勖存姿不像一个把现钞放在第二格抽屉的人。

我更轻地拉开第三格，抽屉只被移动一吋，我已看见满满的一千元与五百元大钞。我的心剧跳，我一生没见过这么多的直版现钞，钞票与钻石又不一样，钻石是穿着皮裘礼服的女人。现钞是……裸女。

我从未曾这样心跳过。就算是圣三一学院收我做学生那一天，我也没有如此紧张，因为那是我自己劳苦所得，何喜之有？但现在，现在不同，到目前为止，勖存姿连手都没碰过我。他说得不对，他比圣诞老人更慷慨。既然如此，我也乐得大方。我把抽屉推回去。反正是我的东西，飞不了，让它们堆在那里待在那里休息在那里，愉快、舒畅、坦然地贬值。

我竟然被照顾得那么妥当。我伸伸腿，搁得舒服点。

这使我想起一首歌，乔治·萧伯纳的剧本《卖花女》[1] 被改为电影，女主角高声唱：

---

[1] 《卖花女》：又被译作《皮格马利翁》，是爱尔兰剧作家萧伯纳的戏剧。通过描写教授如何训练一名贫苦卖花女并最终成功被上流社会所认可的故事，抨击当时英国腐朽保守的等级意识。后来被好莱坞翻拍成电影《窈窕淑女》。

我所需要只是某处一间房间。
远离夜间的冷空气。
有一张老大的椅子。
呵那将是多么可爱。
某人的头枕在我膝盖上，
又温柔又暖和。
他把我照顾得妥妥当当，
呵那将是多么可爱……

我记得很清楚，歌词中只说“可爱”，没有“爱情”。

爱情是另外一件事。爱情是太奢华的事。

至于我，我已经太满足目前的一切。

我可以正式开始庆祝，因为我不必再看世上各种各样的人奇奇怪怪的脸色，我可以开始痛惜我自己悲惨的命运——沦落在一个男人的手中、做他的金屋里的阿娇。

只有不愁衣食的人才有资格用时间来埋怨命运。

我把双腿转一个位置。

电话铃响了，我拿起听筒：“喂？”

那边不响。我再“喂”，不响。我冷笑一声：“神秘电话吗？”放下话筒。

电话再响，我再拿起话筒：“喂，有话请说好不好？”

那边轻轻地问：“是你？真是你？”

“谁？”我问。

“聪恕。”

他。他怎么知道我在此地。如果他知道，那么每个人都已经知道。消息真快。

我应该如何应付？

聪恕低声地说：“他们说你在这里，我与聪慧都不相信。”

我维持缄默。

“为什么？”聪恕问，“为什么？”

我应该如何回答？因为我穷？还是因为我虚荣？还是两者皆备？

我并不觉得羞愧，事无大小，若非当事人本身，永远没法子明了真相，聪恕无法了解到我的心情。多年来的贫乏——爱的贫乏，物质的贫乏，一切一切，积郁到今天，忽然得到一个出口，我不可能顾忌到后果，我一定要做了再说。

“你是为他的钱，是不是？”聪恕问，“我也有钱，真的，我父亲的钱便是我的钱，别担心钱的问题。”

聪恕，你父亲的钱怎么等于你的钱？我心中想问。

“我要见你，我现在就来。”他放下电话。

难怪勖存姿要把我调回剑桥，知子莫若父，他知道他儿子。聪恕傻气得紧。我披上衣服便离开公寓，我不想见聪恕，这将会是多么尴尬的事。

我一个人踱在街上。女佣问我上哪里，我摇摇头，我自己也不知道，我怎么晓得，我只知道我一定要避开聪恕。

司机就在门口，他拉开车门，我上车。

我说：“随便兜兜风。”

他们说，坐劳斯莱斯，最忌自己开关车门。《红楼梦》里说的：没吃过猪肉，也见过猪肉，也见过猪跑。那么终究有猪肉吃的时候不会出洋相。

坐在车子里要端端正正，头不要左右两边晃，要安然稳当，若无其事。

我现在就这么坐着。车子缓缓驶向郊外的马路，勖聪恕不会再见到我。

或者我会叫勖存姿买一辆跑车给我。像聪慧在开的小黑豹，抑或是别的牌子，我可以好好地想一想，他会答应的。假使我要月亮，他如果办得到，他也会去摘下来——不是为爱我，而是因为他的虚荣心：勖存姿的女人什么都有，勖存姿是个有本事的男人。

司机忽然开口："姜小姐，少爷的车在后面追我们。"

"什么？"

司机小心翼翼地说："少爷的车子，你请往后看看。"

我转过头，勖聪恕开着一辆式样古怪的跑车，紧紧贴在劳斯莱斯的后面。

我问："他跟着我们多久了？"我不是不慌张的。

"一出大路，姜小姐。"

"摆脱他，我们加速。"

"姜小姐，少爷这辆车比我们的快。"

好，没法了。

"照常速，假装没有看见他。"

"是。"

但是勖聪恕超车，当他的车子追过我们的时候，他减低速度，逼得司机停下车来。

"姜小姐——"司机转头。

"不关你事。"我说，"你开门让我下车。"

叁·

『我一直希望得到很多爱。如果没有爱，很多钱也是好的。如果两者都没有，我还有健康。我其实并不贫乏。』

车子停下来，聪恕敲着车窗。他并不愤怒，他的面孔很哀伤，我非常害怕看见这样的表情，因此我别转头，下了车我往前走，他跟在我后面。两辆车子就停在路边。

这种场面在国语片中见过良多。可惜如果是拍电影，我一定是个被逼卖身的苦命女子。在现实中，我是自愿的剑桥大学生，现实里发生的事往往比故事戏剧化得多。

我问他："为什么？"

"为什么？这是我要问的问题。"聪恕说。

"为什么跟住我？"我问。

"我先看见你，你是我的人。我已约好父亲今夜与他讲话，我们会有一个谈判。"

"谈什么？"我瞠目问。

"你是我的。"聪恕固执地说。

我笑："聪恕，不要过火，我们只认识数日，手也未曾拉过，况且我不是任何人的，我仍是我自己的。"

"他做过一次，他已经做过一次这样的事，我不会再原谅他！"聪恕紧握拳头。

“他做过什么？”我淡然问。

“我的女朋友，他喜欢抢我的女朋友。”聪恕脑上的青筋全现出来，我不敢看他。

我镇定地答：“或者你父亲以前抢过你的女友，但我可不是你的女友。”

“不是？如果他没有把你买下来，你能担保我们不会成为一对？”

我一呆，这话的确说得有道理。未遇上勖存姿之前，聪恕也就是个白马王子，一般女孩子抓紧他还来不及，当时我也曾为认识他而兴奋过一阵子。

“现在不一样了。”我说，“对不起，聪恕，我不是你的理想对象。”

“你在他身上看到什么？他已是个老头子。”

“他是你的父亲。”我说。

“他是个老头子。”

“我要回车上去，聪恕，对不起。”我说，“对不起。”

他拉住我。“道歉没有任何用。”他说。

“你要我怎么办？跪你拜你？”

“不不不。”聪恕道，“离开他。”

我不能。“我不能。”我说。

“你又不爱他，为什么不能？”聪恕问。

“聪恕，你不会明白的，我要走了。”

他跟在我后面，苍白而美丽的脸，一额头的汗。

“你能开车吗？”我实在担心他。

他看着我，完全茫然。

听不到我的问题。

“我开车送你回去。”我无可奈何。

我发动他的跑车。进了第二排挡，车子已加速到七十米。他根本不应该开这部危险的车子。

在车里聪恕对我说："……我很久没有爱上一个女孩子了。我对女孩子很失望……她们的内心很丑陋。但是你不同……你跟男孩子一般爽朗磊落。"他把头埋在手中，"我爱上了你。"

"这么快？"我非常讥讽地问，"这么快便有爱——？"

"你不相信我？"他问。

我把持驾驶盘稳健有力，我这样的个性，坚强如岩石，二十一年来，我如果轻易相信过任何人一句话，我可活不到今天。我甚至不相信我的老妈，更不用提我那位父亲。

假使有人说他爱我，我并不会多一丝欢欣，除非他的爱可以折现。假使有人说他恨我，我不会担心，太阳明日还是照样升起来，他妈的，花儿不是照样地开，恨我的人可以把他们自己的心吃掉，谁管他。

但是当聪恕说他爱我，我害怕。他是一个特别的男孩子，他的软弱与我的坚毅是一个极端，我害怕。

我说："看，聪恕，我只是一个拜金主义的女孩子，我这种女人一个仙一打，真的。"

"把车停在路边。"他轻轻地说。

我不敢不听他。

他看着我，把手放在我肩膀上，他在颤抖，他说："你甚至开车也开得这么好！你应该是我父亲的儿子，勖存姿一直想要一个读书好开车好做人好，聪明、敏捷、才智的儿子，但是他得到的只是我……我和父亲互相憎恨对方，但是我们又离不开对方，你可以帮助我，我一定要得到你。"聪恕说得浑身颤抖。

他把手搁在我脸上摸索，手心全是汗，我的脸被他摸得黏答答的，说不出的难受。

我把他的手轻轻拨开："聪恕，我不是你的武器。"

"求求你。"他把头伏在我胸脯上，抱住我的腰。

他不过是一个受惊的孩子。我不能令他惶恐，我要镇静他。

我轻轻地抱着他的头，他有很柔软的乌密的头发，我缓缓地说："你知道'金屋藏娇'的故事吗？一个皇子小时候，才七岁，他的姑妈抱他坐在膝盖上，让他观看众家侍女，然后逐个问他好不好，皆答不好。最后他姑妈问：'我的女儿阿娇呢？她好吗？'小皇答：'好，如果将来娶到阿娇，我将以金屋藏之。'这便是金屋藏娇的来源。"

聪恕啜泣。

"你不应该哭，大男孩子是不哭的。"我低声说。

"我要你。"他声音模糊。

"你不是每样东西都可以得到的。"我说，"聪恕，这点你应该明白。"

他哭得像个无助的婴儿，我衬衫的前幅可全湿了。

我又说："不是你父亲与你争，而是你不停地要与你父亲争，是不是？"

他只是哭。

"让我送你回家。"我说道，"我们就快到了。"

"一到家你就会走的，以后我永远也见不到你。"

"你可来英国看我。"我猛开支票，"在英国我们可以去撑长篙船。"

"不不，一切都是谎言。"他不肯放开我。

“聪恕，你这个样子实在令我太难为情太难做。”

我抬起头叹息，忽然看到勖聪慧站在我们面前。我真正吓一跳，脸红耳赤。勖家一家都有神出鬼没的本事。看到聪慧我是惭愧的，因为她对我太好，以致引狼入室，养虎为患。

“把他交给我。”聪慧对我说。

我推推聪恕。“聪慧来了。”

“二哥哥，你看你那样子，回去又免不掉让爸爸责备。”聪恕抬起头，聪慧拉着他过她的车子，她还带歉意地看我一眼，我更加难受。

“聪慧——”

“我们有话慢慢讲，我先把二哥送回家再说。”她把聪恕载走了。

聪恕的车——

司机的声音自我身后响起：“姜小姐，我已叫人来开走少爷这辆车。”

我恨勖家上上下下，这种洞悉一切奸情的样子。

我一声不响地上车，然后说：“回家。”

今天是母亲到澳洲去的好日子。

我总得与她联络上才行。电话拨通以后，我与老妈的对话如下：

“喜宝，你到什么地方去了？我们是八点钟的飞机，马上要到飞机场——”

咸密顿的声音接上来：“——你好大胆子，不送我们吗？你还没见过我的面呢！”

“我不需要见你。”我不耐烦，“请你叫我老妈回来听电话，我还有话说。”谁有空跟这洋土佬打情骂俏。

“喜宝——”

“听着，妈，我会过得很好，你可别担心我，你自己与咸密顿高高兴兴的，什么也别牵挂，咱们通信。”

“喜宝——”她忽然哭起来。

“真的很好，老妈，我进出坐的是劳斯——喂，你敬请勿哭好不好？”

“但他是个老人——”

“老人才好呢。每次我转头，他都一定在那里，无微不至，我甚至会嫁他，遗产不成问题。”

“喜宝，你终身的快乐——”妈说。

“我终身的快乐我自己知道，行了，母亲，你可以走了，再见，一切心照。”

我放下电话。

我很平安地坐在电视机面前。聪恕聪慧聪憩，他们不再重要，现在我才在显著的地位。我舒了一口气，我是最受注目的人物。

晚上八点钟，我独个儿坐在小客厅里吃晚饭，三菜一汤，精心烹制。每样我略动几筷，胃口并不是坏，但是我一定要注意节食，曾经一度我胖到一百二十八磅——奇怪，一有安全感后便会想起这些琐碎的事。

外表再强硬的人也渴望被爱。早晨的阳光淡淡地照在爱人的脸上……足以抵得钻石黄金……那种急急想报知遇之恩的冲动……

我躺在沙发上很久。大概是憩着了，梦中还是在开信箱，信箱里的信全部跌出来，跌出来，这些信全都变成现钞，在现钞堆中我拣信，但是找来找去找不到，心虚地，一手都是冷汗，我觉得非常痛苦，我还是在找信，然后有人抓住我的手，我惊醒。

抓住我的手的是勖存姿，我自然的反应是握紧他的手。

“你怎么了？”他轻轻地说，“一头的汗水，做梦？”他拨开我额头前粘住的头发。

我点点头。

“可以告诉我吗？”他轻轻地问。

我的眼睛开始红起来，润湿。我点点头。“我一直希望得到很多爱。如果没有爱，很多钱也是好的。如果两者都没有，我还有健康。我其实并不贫乏。”我的眼泪始终没有流下来。

“以后你会什么都有，别担心。”他说。

“谢谢你。”

勖存姿凝视我。“其实我一直希望有像你这样的孩子。你放心，我不会勉强你。你知道吗？很有可能我已经爱上了你——”他轻轻拥抱我。

我把头埋在他胸前，那种大量的安全感传入我心头。

我把手臂围着他的腰，他既温暖又强壮。

“你见过聪恕？”他低声问。

“是，见过。”

“他……一直是我心头一块大石。当聪慧嫁出去之后，再也不会有人关心他。”

“他不是婴儿了。”我说道，“他还有他母亲。”

“正是，正因他不是婴儿，所以没有人原谅他。”

“你担心他？”我问，“你担心我吗？”

“是的，我担心你。我担心你会不听话，担心你会逃走，”他轻笑，“担心你嫌我老……”

我也笑。

“你今夜留下来吗？”我问。

“聪恕有话跟我说。”他笑笑。

“可是我马上回伦敦，”我说，“你真的肯定这两天没有空？”

“我们还有很多的时间，”他看看我说，“我不会放过你，你放心。”

我忽然涨红了脸。“笑话，我有什么不放心的？”

他看着我，叹气。“你是一个美丽的女孩子，是，喜宝，太过美丽，太过聪明。”

我转过头去。这难道也是我的错？过分的聪明，过分的敏感。我们出来孤身作战的女孩子，如果不是“踏着尾巴头会动”，懂鉴毛辨色，实在是很吃亏的，一股牛劲向前冲，撞死了也没人同情，这年头，谁会冒险得罪人教导人，教精了别人，他自己的女儿岂非饿死。

一切都是靠自己吧。但是现在不一样，现在我有勖存姿，想想都精神一振。

“我要走了。”他说，“这几天比较忙，你自己收拾收拾，司机会把你送到飞机场——聪慧他们开学，我也很少亲自送，所以你不必多心。”

“我多心？”我讪笑，“我自己提着大皮箱跑遍整个欧洲，谁来理我的死活，现在倒真变成香饽饽了，连我自己都觉得奇怪。”

他临出门时看到茶几上的药瓶，他问：“安眠药？”

我点点头。

“到伦敦有司机接你。”存姿边说着边穿大衣。

我在他身后帮他把大衣穿上，我问：“你不禁止我服药？”

他看我一眼。“嘴头禁止有什么用？当你自己觉得不需要服药也可以睡得稳，你当然会得把药戒掉。我不会单单嘴头上为别人设想的。”他笑笑。

“谢谢你。”我说。

“当你觉得安全舒适的时候，药瓶子会得飞出窗口，光是劝你，大概已经很多人做过，而且失败。”

他开门走了。

只有勖存姿这样的男人，才好算是男人，我叹口气。能够做他的儿女是幸福，能够嫁他为妻也是幸福，就算我这样子跟住他，也并不见得不是好事。我心中的肮脏感觉渐渐消失，因为我开始尊重他，他在我心目中的地位相当重大。

他与聪恕的谈判如何，我永远不会知道，过了三天我就启程往新加坡转“谐和号”到伦敦。我发出一封信给母亲。我在香港已经没有家，命运的安排密不通风，我并没有沦落香港。

司机把我的行李提进去。我在新加坡候机室遇见宋家明。

我向他点点头。在很远的一个位子坐下阅读杂志。

宋却缓缓地走过来，坐在我旁边。我看他一眼，真出乎我意料，他还有什么话说？要与我斗嘴，他也不见得会得讨了好去。

宋家明，我心里说，放马过来吧。

他问：“在香港没有看到聪慧？”声音则还和善。

“没有。”我简单地答，并没有放下手中的书本。

“这两日勖家人仰马翻。”他说。

“是吗？”我淡淡地反问，勖家塌了天又与我何关。

“聪恕自杀。”

我一怔。第一个感觉不是吃惊，而是好笑，我反问：“男人也自杀？为了什么？”

“姜小姐，你可谓铁石心肠，受之无愧。”

“是的，我一向不同情弱者。如果身为聪恕还要自杀，像我们这种阶级的人，早就全该买条麻绳吊死——还在世上苦苦挣扎作甚？”

宋家明说：“你这话说得并不是没有道理——可是你不关心聪恕的死活？”

我说：“他死不了。他怎么死得？”

“料事如神，姜小姐。”

我说：“你知道有些女人自杀——号啕痛哭一场，吞两粒安眠药，用刀片在手腕轻轻割一刀——”我笑出来，“我只以为有种女人才会那么做。”

宋家明凝视着我：“你瞧不起聪恕？”

“我瞧不起他有什么用？”我说，“他还是勖存姿的独子，将来承继勖家十亿家财。”我盯着宋的脸。

“你知道吗，姜小姐，我现在开始明白勖存姿怎么选上你。你真是独一无二的人物。”

“谢谢，我会把你的话当作赞美。”

“是。”他说，“这确是赞美。在短短两个星期内，使勖氏父子为你争风，太不容易。”

我说：“据我所知，我还并不是第一个这么成功的女人。”

“你知道得还真不少，”他嘲讽，“知己知彼，百战百胜。”

我只是笑笑。

“聪慧自然后悔把你带到家来。”他说。

“叫聪慧放宽点，一切都是注定的。”对聪慧我有愧意。因为她对我好，从头到尾，她没有对我说过一句夹骨头、难堪的话，她没有讽刺我，没有瞧不起我，从头到尾，她待我好。

“注定的？”宋家明问。

“是的。”我说，“生命中这么大的转变，难道还不是注定的？你听过这句话吗：先注死，后注生，三百年前订婚姻。”我变得温和，“注定我要与聪慧相遇，注定我会在勖家出现。”冥冥中自有主宰。

“这是最圆满的解释。”宋家明说。

“你不是去伦敦吧？”我问。

“是，有点事要办——代勖先生去签张合同。”

“将来伦敦的事恐怕不用我理，有你在。”他忽然与我熟络起来。

“我对这些其实没有什么兴趣，”我很坦白，“我想念好书，现在勖先生会供给我生活的费用。”

“很抱歉我这么说，姜小姐，我真的没有恶意，但你当然知道勖存姿已是一个老人，而你还是这么年轻貌美，你的机会实在很多的，况且又是知识分子。”他声音里充满困惑，的确没有挖苦的成分。

“我也不知道如何解释。”我说，“在适当的时间与适当的地点，他是一个适当的人，就是如此。”

“你不介意人们会怎么说你吗？”宋家明问。

我眯眯笑。“老老实实地告诉你，宋先生，人家怎么说，I don’t care a fucking shit！[1]”

他不出声。忽然之间也笑了，他用一只手揩着鼻子，另一只手搭在我肩膀上，低着头笑。

“姜小姐，你真是有趣。”他说。

“谢谢你。”

---

[1] I don’t care a fucking shit：我才不管这些玩意儿。

“欢迎成为勖家一分子。”他说。

“你承认我？”我问。

“我是谁？我是老几？勖存姿先生不是早已承认了你？”

“但是你，宋先生，如果你看不起我，我的生活岂非略有瑕疵？”

“我原先以为你是个有野心的女……”宋说，“可是现在看不像——我不明白，姜小姐，你到底要什么？”

“爱。”我说，“如果没有爱，钱也是好的。如果没有钱，至少我还有健康。也不过如此，不不，我不想霸占勖家的产业，这又不是演长篇电视剧，我要勖家全部财产来干什么？天天把一捆捆的美金大钞往楼下扔？我只要足够的生活费——很多的煤烧得暖烘烘，很多巧克力供我嚼食——你听过这首歌？”我问。

宋家明看着我很久，我知道他已原谅了我。

“上飞机了。”我说。

我觉得很高兴，把宋家明赢过来并不见得是这么容易的事，我只希望他对我取消敌意而已。他会明白吗？像我这样的人。

他问：“你真的在圣三一学院？”

我微笑：“如果我不是圣三一的人，叫这架飞机马上摔下来！叫我马上死掉。”

“好毒的咒！”宋摇头笑，“除我之外，还有数百个搭客陪着你一起摔下来。”

“你为什么怀疑？勖存姿可没有怀疑。”我说。

“勖存姿在认识你第二天就派人去调查过你，他有什么怀疑？这上下他清楚你的历史恐怕比你自己还多。”

“他是这么小心的人？”我抬起头。

“姜小姐，我替你担心，他不是那种糊涂的老人，你出卖的青春与自由，会使你后悔。”

“我认为他是好人。”我说。

“因为他目前喜欢你。”

“我只看到目前。”

“姜小姐，勖存姿是一个极其精悍的人，伴君如伴虎。”

“谢谢你的忠告，我们乞丐完全没有选择余地。谢谢你。”

“祝你好运。”他这句话说得是由衷的。

我点点头。

我们在飞机上坐的并不是隔邻位置，距离很远。宋家明在飞机上并没有过来与我交谈，下飞机时我没有看见他。我看到一部黑色的“丹姆拉[1]”。车牌是CCY65。

天气很凉很舒服，我吸进一口空气。

英籍司机迎上来：“姜小姐？”

我点点头。

有一位中年外籍女士伸手过来：“我是辛普森太太，你的管家。”

“我的——管家？”我说，“好，从现在开始，我是主人，你一切听我的！”

她很震惊，没想到我的态度有这么强硬，我觉得这次下马威是必然的事，如果今天我一切都听她的，以后我就是她的奴隶。我干什么要听一个英国半老太婆的话？有什么事勖存姿亲自跟我说个清楚。

“你在等什么？”我不客气地问。

---

[1] 丹姆拉：Daimler，房车的音译。

于是我们上车，到酒店租房间，我想这选择是明智的，因为宋家明一定住在他李琴公园的房子里，他不想在那里见我吧。

我用三天的时间逛街探访旧朋友观剧，辛普森太太与我同住一个套房。每天上什么地方，我一一与她说清楚。我也不想她的生活难堪，到第六天的时候，我们已经有说有笑。

她像一切英国中下级的人，非常贪小，我随手送她的小礼物，像是香水、胸针，都是货真价实的名贵东西，她很是感激。在这六七日当中，我肯定了“你是仆人”这件事。但凡洋人，你不骑在他头上，他会骑上来的，也不单是洋人吧，只要是人就这样。

过了十天，辛普森太太问我：“姜小姐，我们还在伦敦住多久？”这次的语气是试探式的。

“我不知道。”我说，“我在伦敦很高兴。”

“或者我们应该回剑桥了，你应该看看美丽的房子。”

“那房子可逃不掉。”我说，“你放心。”

勖存姿一定已跟她联络过多次。他有没有暴跳如雷？他买下来的女人不听令于他。

不过我想得太幼稚。勖并没有动气，至少他面子上没装出来，一点儿痕迹都没有。我应该知道。他像那种富裕得过头的女人，一柜都是皮大衣，即使新缝制一件银狐，从店中取回，挂好，也就忘记这件事，并不会日日天亮打开衣柜去摸一摸——我把勖存姿实在是估计太低了。他见过，拥有过的女人有多少！他怎么会在乎我在跟他斗智。

想到这里，索然无味。因为我在伦敦逗留这么久，他一点儿表示都没有。这表示什么？表示见怪不怪，其怪自败。我决定停止这种游戏，乖乖回剑桥去。

我原本想勖存姿跟我大吵一顿，表示我存在的重要。他并没有给我机会这么做，迫使我自己端了梯子下台。他很厉害。现在我知道，他并不是一般出来玩的老男人。他是勖存姿。

于是我对辛普森太太说："我们回剑桥吧。"

我们乘车自伦敦驶出去。路很长。一路上我都没有开口说话。辛普森太太坐另外一部小车，我不喜欢与她同车，我叫司机另外找辆车给她。两个小时的路程，我干吗要跟她坐一起？是的，她脸上显出被侮辱的样子，她可以不做我的管家，她不干大把人等着来干。人生在世，谁不受谁的气。我自从给勖存姿买下来以后，何尝不在受气，他连碰都不碰我，这足够使我恨他一辈子。

我的一辈子……我的一辈子。我叹气……我的一辈子尚有多少？是一个未知数，想想不禁打个寒噤，难道我会跟足勖存姿一辈子？难道我还想"姜喜宝"三个字在他的遗嘱内出现？

不不。等我读完这六年功课，我一定要脱离他，我叮嘱自己："六年，我给他六年。六年也不算是一个短的日子，一个女人有多少个六年。"一个。然而这六年不善加利用，也是会过去的。

等毕了业，我可以领取律师执照，我可以留在英国，也可以另创天地。

（伦敦往剑桥的路出名的美丽，两边的村庄田野，建筑得无懈可击的红砖别墅——阔人们又要开始猎狐了吧。时节近深秋。）

我那父亲得知我要念法律，自鼻子里哼出来。他说："念七年？念完又如何？你有没有钱自己开律师楼？没钱，挨完后还不是在人家公司里待一辈子！有什么小市民要离婚卖楼你就给他们乌搅。告诉你，别以为你老子吊儿郎当是因为做人不努力，逢人都有个命，命中注定做小人物，一辈子就是个小人物，你心头高有什么屁用？不相信，你去爬爬看，跌得眉青鼻肿你才知道！”

我不相信。我不相信姜喜宝要坐中环写字楼的打字机前终老，我总要赌这一把。

我不相信在剑桥孵七年而不能认识一个理想的对象。

第一年我是怎么过的？靠韩国泰。

韩的父亲在伦敦芝勒街[1]开餐馆。去的次数多了以后，付现款渐渐为签单子，这些单子终于神出鬼没由韩国泰垫付。他对我很不错，只是他自己能力也有限。

一个年轻的女人立志要往上爬，并不是太难的事，立志要立得早。

我坐在LIMOUSINE[2]里，LIMO的定义是司机座位与客人座位用玻璃隔开的汽车。我喜欢这个感觉，以前我有很多不愉快的经验，暂时也可算过去了。

车子到剑桥时是傍晚。

那层房子无懈可击的美丽，在《哈泼市场》杂志[3]常常可以看到这种屋宇的广告。一辆小小的“赞臣希里[4]”停在车房。辛普森说：“勖先生说你穿九号衣服，这些衣服都是我为你选的，希望我的趣味尚能讨你欢喜。”

我看着衣柜里挂得密密麻麻的衣服，拨也没拨动它们，我要学勖存姿，学他那种不在乎。所以笑说：“谢谢你，其实我只需要两件毛衣与两条牛仔裤已经足够过一个学期。”

---

[1] 伦敦芝勒街：伦敦的唐人街叫芝勒街。

[2] LIMOUSINE：limousine，豪华型车。

[3] 《哈泼市场》杂志：***Harper's Magazine***，美国《哈泼斯杂志》，1850年创刊。

[4] 赞臣希里：赞臣希利，Jensen Healey，豪车，现已绝版。

我要开始对辛普森好一点儿。只有暴发户才来不及地刻薄下人，我要与她相敬如宾。

我打开书房写字台的抽屉，第三格抽屉里有整齐直版的英镑。我的学费。我会将书单中所有的参考书都买下来。我将不会在大众图书馆内出现，永远不。

我吁出一口气。

我走到睡房。睡房是蓝白两色，设备简单而实际，我倒在床上。中央暖气温度一定是七十二，窗外的树叶已经飘落。

我拉一拉唤女佣的绒带，一分钟后她进来报到："是。"

"我们这里有无'拍玛森'芝士[1]，'普意费赛'白酒，还有无盐白脱[2]，法国麦包[3]？"

她脸上没有什么表情，她说："小姐，十五分钟之后我送上来。"她退出去。

我觉得太快活，我只不过是一个廉价的年轻女人，金钱随时可以给我带来快乐。

辛普森敲门，在门外说："姜小姐，你有客人。"

"谁？"我并没有唤她进房，"那是谁？"

"对不起，姜小姐，我无法挡她的驾，是勖聪慧小姐。"

我自床上坐起来。

勖聪慧。

"请她上来。"

---

[1] "拍玛森"芝士：即帕玛森奶酪，Parmesan Cheese，产自意大利，色泽淡黄柔润，属于硬质干酪，有浓郁的水果香，被很多喜好奶酪者称为奶酪之王。

[2] 白脱：Butter，黄油，指从天然牛奶中提炼出来的油脂。

[3] 法国麦包：无油全麦包。

辛普森在外头咳嗽一声："勖小姐说请姜小姐下去。"

我想一想。聪慧，她叫我下去。好一个聪慧。

"好，我马上下来。"

我洗一把脸，脱掉靴子，穿上拖鞋，跑下楼。

聪慧在书房等我，听见我脚步她转过头来。

我把双手插在裤袋里，看着她，她也看着我。

她转过身去再度背着我，眼光落在窗外。

"你有看过后园的玫瑰吗？父亲这么多别墅，以这间的园子最美。"她闷闷地说。

"哦。"我说，"是吗？我没留意。"

"我不是开玩笑。我去过他多处的家。但没想到各式各样的女人中有你在内。"

我笑笑。女佣在这个时候把我刚才要的食物送出来，白酒盛在水晶杯子里，麦包搁银盆中。

聪慧看见说："你容许我也大嚼一顿。"她跟女佣说："拿些桃子来，或是草莓。"

女佣退出去，我的手仍在裤袋中。

聪慧说："你知道有些女明星女歌星？她们一出外旅行便失踪三两年，后来我会发觉：咦，我爹这个情妇顶脸熟——不就是那些出国留学的女人吗？哈哈哈。"

我看着聪慧。我可是半点儿都不动气。

她大口喝着白酒，大口吃着芝士，一边说下去："那次回家坐飞机我不该坐二等，但是我觉得做学生应该有那么样朴素便那么样朴素——我后悔得很，如果我坐头等，你便永远见不到我，这件事便永远不会发生。"

我看着窗口。远处在灰蓝色的天空是圣三一堂的钟楼。曾经一度我愧对聪慧，因为她是唯一没有刻薄过我的人。一切不同了。我现在的愧意已得到补偿，我心安理得地微笑。

我并没有指望聪慧会是一个圣人。从来不。

过很久，我问："你说完了吧？"

聪慧放下瓶子，看着我，她答："我说完了。"

隔很久我问："你猜今年几时会下雪？你打算去滑雪？"

又是沉默。

"我约好宋家明在慕尼黑。"她说。

"瑞士是滑雪的好地，但必须与爱人同往；像百慕达[1]或是瑞士这种地方，必须与爱人同往。"我停一停，"我现在什么都有，就是没爱人。"

聪慧问："我父亲什么时候来？"

"我不知道。我到英国之后还没有见过他。"

"学校什么时候开学？"聪慧问。

"隔两个星期。"我问，"你呢？"

"我？我被开除了，考试没合格。"聪慧答。

"可以补考。"我说，"补考时他们会把试卷给你看。"

"该补考的时候我在香港。"她说。

我不出声。她没有用功的必要。各人的兴趣不一样。

"我可以看一看你手上的戒指？"她问。

"当然。"我脱下递过去。

聪慧把戒指翻来覆去地看半晌。"很大。"

---

[1] 百慕达：百慕大群岛，Bermuda，旧称萨默斯岛。位于北大西洋，是自治的英国海外领地。

“是的。”我套回手中。

很久很久之前，我就希望有一只这样的戒指，很久很久之前，人家连芝麻绿豆的戒指都不送。自然我也没有苦苦哀求。机会没有来到时只有静候，跳也不管用。这样方方的一块石头，我想：许多女人都梦寐以求。

我笑：“你知道奥菲莉亚临死之前吟的诗？‘我如何把我的真爱辨认——’谁送最大的钻石，谁就最爱你。”

聪慧问：“你真的那么想？”

“真的。”我真的这么想。

“你认为我父亲爱你？”聪慧问。

“我不知道。”我说，“芸芸众女当中，他至少选中了我。”

“依此类推，这还不算最大的钻石，”聪慧嘲弄地说，“因为我觉得你不过是他的玩物，将来自有真爱你的人买了更大的钻石来朝见你。”

我看看腕表。“聪慧，我给你的时间已经够长了。”

“当然，这里是你的家，噢，我怎么可以忘记这一点呢？”她站起来。

“你知道吗？我猜到你会那么说。”我说，“一字不差，我知道你会那么说。”

“你是一个妓女！”聪慧说。她终于忍耐不住了。

“当然，因为你父亲是嫖客。再见！”

我自顾自上楼。

聪慧摔烂了茶几上的酒杯。我为什么要担心，她的父亲自然会付钱再买新的。我在楼上的窗门看她驾车飞驰离开。

勖家的人可轮流来这里羞辱我，我才不介意。自勖夫人开始，勖聪憩、勖聪恕、勖聪慧、方家恺、宋家明……他们都可以来。我为什么要介意？他们越为我的存在恐慌，我的地位越巩固。这点浅白的逻辑如果我不明白，我还在剑桥读 BAR？

当然他们引起我生活上的不快，谁没有生活上的不快。我母亲姜女士在航空公司赚二千余元港币，生活上的不快比我更多。

我不是勖聪慧，我与她对生活细节上的容忍力极端不同。

我有时到附近公园兜圈子，在后园一面墙上练一小时网球。我并没有意思让韩国泰知道我已回到剑桥。我的一切已完全与他无关，我们在此处结束。

过数日我收到宋家明一封信，他对于聪慧那日的行为表示歉意。每一个都知道我在这个地址。我根本不是什么秘密。很好。

聪慧态度上一百八十度的改变使我心安理得。开学的时候我拿着成沓的现款去交学费。

只是到现在还没见到勖存姿。

他仿佛已经完全忘记我了。

我觉得寂寞。走路的时候踢石子便表示我寂寞。

我其实并没有朋友，因为不相信有朋友这回事。如果我与韩国泰先生只是朋友关系，他不会自动替我付账单。如果朋友不能在现实生活中帮助我，要他们做什么？你不是想告诉我，一个“朋友”对着我念念有词地安慰我十个小时，我的难题就会得到解决吧？

朋友只能偶然在心情好的时候带我去看一场戏，吃一顿饭，这有啥意思，我不是一个八岁的孩子——一只玩具熊，一杯冰激凌都能令我雀跃，不不，我惯于寂寞。

放学回来写功课，背书本，静寂的屋子，只听见女佣进出时浆熨得笔挺的制服“沙沙”作声。

丝绒大沙发是我盘踞之地，炉火熊熊，在案件与案件之间抬起头来，分外温馨，但是我始终未曾遇见勖存姿，他还没有来。

我忽然觉得可笑，我仿佛是后宫佳丽三千人中的一个，等待皇帝的驾幸。见他妈勖家的大头鬼，当聪慧的态度来个这么大转变的时候，我就已经什么也不欠他们了。总不见得我还要写情书给老头子：我想你，你为什么不来看我……

我一辈子没有写过情信。

所以我没有主动要求见勖存姿。

我不提，辛普森也不提，仿佛世界上根本没勖存姿存在似的，有时午夜梦回，连我自己都疑幻疑真。

但是我见到韩国泰，他找到圣三一堂来。我在饭堂喝咖啡，他一屁股坐在对面："小宝！"我抬起头来，他的面色非常难看。

"什么事？"我问。我的好处是冷静。

"你什么时候回来的？"他老实不客气地问。

"什么时候回来？我看不出与你有什么关系。"

他瞪大眼："这是什么意思？"

"我们完了。"我说。

他大力按住我的手："不，姜小姐，我们没有完。"

我摔开他的手掌："我们已经完了。"

"你不能对我这样！"他嚷。

全食堂的人转过头来看我们。

我知道这是没有办法的事，韩国泰那种唐人街餐馆气息身不由己地露出来。

我看着他，我为他难为情。我把我的书抱在怀中，走出食堂，他蹬蹬蹬跟在我身后。我走到园子的石凳上坐下，对他说：

“有话请讲，有屁请放。”

“以前你对我可不是这样子的。”他冷笑，“以前——”

我说：“此一时也，彼一时也。”我可以忍受勖存姿的折辱，但不是这个人，现在我与这个人没有关系。

“很好！”他气炸了肺，“你另找到人替你交学费了？则忘记是我把你从那种野鸡秘书学校里拉出来的！别忘记你初到英国时身边只有三百镑！别忘记你只住在老太太出租的尾房！别忘记你连大衣都没有一件！可别忘记——”

我接下去：“——我连搭公路车都不懂。我买不起白脱只吃玛其琳[1]。我半年没有看过一场电影。我写信只用邮简。如果没有你，半年的秘书课程我也没有资格念下去，我只好到洋人家去做往年妹来缴学费。如果没有你，我进不了剑桥，我穿不上这身黑袍。如果没有你，我早就滚回香港，做着写字楼工作，‘老板长，老板短’，天天朝九晚五。如果没有你，姜喜宝就没有今天。对，你完全说得对。”

他对我瞠目而视，我把头转向河边。

剑桥的哭泣杨柳尚在飘拂，并没有发觉天气已经很凉了，细雨微微下在河中，点点涟漪在水中微扬。我抬起头来：“韩国泰，你完全说得对。你不知道我的忧虑有多重，这些年来我忍受过什么。你有什么好气的？不错你做了我的踏脚石，但是你损失过什么？你难道没有得到你需要的一切？”

他呆呆地看着我。

“我要离开你了，我不再需要你。”

---

[1] 玛其琳：Margarine，人造奶油，指从动植物中提炼出来的油脂。

我站起来。

他拉住我："难道我们没有感情？"

"那是一件很奢侈的事，像我这样的蚁民，我不大去想它。"

"小宝——但是你说过你爱我。"

"我说过吗，你记错了。"

"至少你说过你喜欢我。"他恳求，"小宝，想想清楚。"

"或许，在那个环境，在那个时候——而且你不是真的相信吧，你不是真相信我会爱上你吧？"我说。

他的脸色煞白："小宝，你做戏做得太好。"

"那么下次别相信。"我笑一笑，"下次别相信女人。"

"我是爱你的。"他说。

我看着他一会儿："我不认为如此，国泰，你自己恐怕也有点弄糊涂了，你并不爱我，你从来也未曾爱过我，这是事实。"

他看着我长久长久，然后别转身子走开。

我看着脚下的草地，青绿得可爱。在这种地方应该有人陪着散步至永恒，才不枉一生。

我开着赞臣希里回家。

再过一个月就开始下雪了。今年的雪有鹅毛般大。我呆着脸在教室往窗外看。读书就是这样好，无论心不在焉，板着长脸，只要考试及格，就是一个及格的人。

你试着拉长脸到社会去试一试。

这是一个卖笑的社会。除非能够找到高贵的职业，而高贵的职业需要高贵的学历支持，高贵的学历需要金钱，始终兜回来。

一个案件跟着另外一个案件。我背得滚瓜烂熟。中国人适合念法律，我们自幼太熟习背诵课本，并不求解释。法律文法自成一家，不背熟还真不成功。

但是这雪，多年没下这么大的雪了。圣诞假期快要来临，剑桥并不时常下雪，今年真是例外。

我的寂寞在心中又深印一层。我忍耐孤寂的本事是一流的。日出日落，年始年终，从来没有两样。

我到底有没有恋爱过呢？

那时候我与韩国泰去看电影。坐在小电影院里看喜剧片，笑到眼泪都流出来，一场放完休息的当儿有女郎捧着盘子来卖冰激凌。韩国泰老是买一杯奶油覆盆子给我，我吃得津津有味，忽然感动了，只觉得幸福，我问韩国泰："我们结婚好不好？"

韩国泰微笑。

然后电影散场，走出戏院，被冷风一吹，我便完全忘记这件事。谁说我恋爱过？我不认为我有。

但是我留恋那一刻的温馨，所以我说韩国泰早已得到他要的一切，他还有什么好抱怨的？

终于下课了，我脱下黑色短袍，放进更衣室的小铁柜。披上大衣，出门。

男同学对我吹口哨，大声嚷："喂，保护野生动物，勿穿皮裘！"

我转头笑一笑。

我走到停车场。赞臣希里旁边停着一辆黑色宾利。

我的心一跳。

一个男人打开车门下车，黑色的开司米[1]大衣。黑色"宝勒"帽子。

勖存姿。

---

[1] 开司米：Cashmere，山羊绒。

我不由自主地呆住，百感交集。

四个月了。我终于见到他，他来看我了。

我哽咽，镇静自己，然后开口："勖先生。"

"小宝。"他微笑。

很奇怪，我自动走过去双手绕着抱住他的腰。头靠紧他的胸。他的衣服穿得很厚，我听不到他心跳动，但是那种无限的安全感流入我胸腔。

他轻拍我的肩膀："小宝。"

我放开他，端详他的脸，他气色非常好。

"功课如何？"

"很好。"我答。

"我知道你是个好学生，我只希望聪慧与聪恕可以像你。"他夸奖我。

我微笑，我问："坐我的车，嗯？好不好？"

存姿凝视我。"叫我如何敌得过你这种恳求？"他坐进我的赞臣希里。

勖存姿真是一个男人，他并没有问：那间屋子还好吗？这部车子还好吗？辛普森太太尚可以吗？没有。

他不是这种小家气的人。他只是问："你的功课可好？"

我从心里钦佩他。

我把车子开得很当心，缓缓经过雪路。

勖在我身边幽默地说："有老同车，特别当心。"

我笑："别来这一套，你不见有那么老。今天你总要在我家吃饭。我们喝'香白丹'，我存着一瓶已经多月。你如果告诉我没有空，我就把这辆车驶下康河，同归于尽。"

勖长长吹声口哨："这真是我飞来艳福。"

我又再微笑。他真懂得给我面子。我这个人是他包下来的，然而他说得好像他尚欠我人情。

我看他一眼。笑笑。

"你的头发长了。"他说。

"是的。每星期我到维代沙宣[1]去打理头发。要开车落伦敦呢，剑桥简直是乡下地方。"

"但大学是好大学。"

"世界上最好的。"我笑答。

我们像久未见面的老朋友，自在舒适，我也觉得奇怪，我们当中仿佛一点儿隔膜都没有，我可以推心置腹地把一切细节都告诉他。

他说："小宝，想想看——世界上最好的，你应该骄傲，至少你将会拥有世界上最佳学府的文凭。"

"你太褒奖我，勖先生。"我笑说。

我一直叫他勖先生，我喜欢这样叫他：勖先生。

"看到你很高兴，小宝。"

"我也一样。"忽然我说，"我等了你很久，你很忙是不是？忙你的事业，忙你的家庭。"

"不，我并不是很忙。"勖存姿说。

我转头看着他。家到了，我停好车子。

"你的车子开得很好。"

我笑一笑："我在你眼中，仿佛有点十全十美的样子呢。"

我们进屋子去。

---

[1] 维代沙宣：维达·沙宣，Vidal Sassoon，国际殿堂级发型大师，同时他的名字也作为宝洁旗下著名美发产品的品牌名称。

辛普森显然早已得到消息，立刻捧上白兰地，我喝一杯热茶，坐在图书室陪勖存姿。

我说："你一定要听我这张唱片，我找很久也找不到，是这次回香港买了下来的。"

我非常兴奋，摇撼着他的手臂，他微笑地看着我。

"你听不听地方戏曲？"我问他，"你喜欢吗？"

"你听的是什么？昆曲、京戏、弹词、大鼓？"他含笑问，"粤剧？潮剧？"

"不，"我笑，"猜漏一样。绍兴戏。听听看。"

他又笑。喝一口白兰地，很满足的样子靠在丝绒沙发里，手臂摊得宽宽的。

我们两个人都在笑，而且笑得如此真实。大概是有值得开心的地方吧。以前有一首葛兰唱的时代曲，一开头便这样："你看我我看你，你看我我又几时怎么高兴过……你也不要问我，我也不会我也不能我也不想老实对你说……"我其实也没有什么时候是真正高兴过。没有。

我小心放下唱片，当它是名贵的古董。

我解释给勖存姿听："这是'梁祝'……梁山伯与祝英台。"我怕他不懂这些。

他脸上充满笑意，点点头。我觉得他笑容里还有很多其他的含义。这人。我微微白他一眼，这人就是够深沉。

我们静静坐在那里听祝英台迟疑地诉说："自从小妹别你回来——爹爹作主，已将小妹，许配马家了——"

我的眼睛充满泪水。梁祝的故事永远如此动我心弦。他们真是求仁得仁的一对。

勖存姿说："来，来，别伤心，我说些好玩的事你知。"

"什么事？"我问。

"我小的时候反串过小旦，演过苏三。"勖存姿说。

我瞪大眼："不！"

"真的。"他笑，"脖子上套一个木枷，出场的时候碎步走一圈，然后拖长声音叫声'苦——'你看过《玉堂春》没有？"

我当时抹干眼泪，笑道："这不是真的，我以为你是洋派人，大生意大商家，你怎么去扮女人？"

"那时我只有十四岁。好玩，家里票友多得很。"

"哗，那是多年前的事了。"

他点点头，然后说："多年前的事。"

瞧我这张嘴，又触动他心事。他怕老，我就非得提醒他老不可。他不愉快我有什么好处？我现在吃的是他的饭，住的是他的屋子，穿的是他的衣服。我一定要令他愉快，这是我的职责。

勖存姿不动声色地说下去："我还有张带黄着色照片，你有没有兴趣看？下次带来。"然后他站起来。

我知道事情不妙，心沉下去。果然他说："今天有点儿事，伦敦等我开会，我先走一步。"

天晓得我只不过说错一句话，我只说错了一句话。

他真是难以侍候。

我看着他，他并没有看我。辛普森太太被他唤来，替他穿上大衣。他自己戴上帽子与手套，这才转过头来对我平静地说："下次再来看你。"

我点点头。

他向大门走去，辛普森替他开门。

肆·

慢慢便学会了，只要勖存姿肯支持我，三五年之后，我会比一个公主更像一个公主。

我独个儿坐在图书室很久很久，耸耸肩。老实说，我真的很有诚意留他吃饭，我真的很高兴看到他。毕竟这是我初次正式学习如何讨一个男人的欢心，瞻望他的眼睛鼻子做人，难免出错，马屁拍在马脚上。

当然我心中怨愤。然而又怎样呢？我可以站起来拍拍屁股走，没有人会留我。

我微笑，但是其中的利害关系太重大，我跟钱又没有仇，只要目的可以达到，受种种折辱又何妨，何必做茅厕砖头。

只是，我从窗口看出，雪已经停了。只是我也是母亲十月怀胎生下来的人，跟勖聪慧一般并无异样，我是怎么沦落到这种地步的呢？竟靠出售自尊为生。究竟是勖存姿的钱多，抑或是我的自尊多？在未来的日子里，这个问题可以得到揭露。

我并没有破口大骂，摔东西发脾气。我甚至没有哭。不，我不恨勖存姿。他已付出代价，他有权教训我，OK！从现在开始我知道，尽管他自己提一百个“老”字，我甚至不能暗示一下“老”的影子，禁例。好，我现在知道了。

我披上大衣散步到屋外去。绕十五分钟小路有间酒馆。我坐下喝了一品脱[1]基尼斯[2]，酒馆照例设有点唱机，年轻的恋人旁若无人地亲热着。

我又叫一品脱基尼斯。

我低着头想，我可以找韩国泰。但又没这个兴致。天下像他那样的男人倒也还多，犯不着吃回头草，往前面走一定会碰到新的。

碰男人太容易了。在未来的二十五年内尚不用愁。怎样叫他们娶我才是难事。无论如何，一个男人对女人最大的尊敬还是求婚，不管那是个怎样的男人，也还是真诚的。

有人在我身后问："独自来的？"

我笑笑。"是。"转头看搭讪者。一个黄种男孩子，很清爽。看样子也是个学生。

"我从没有在附近见过你。"他说。

窄脚牛仔裤，球鞋，T 恤上写"达尔文学院"。当然他没有见过我，我们根本不同学院。我又从来不参加中国同学会的舞会。

"基尼斯？"他问，碰碰我的杯子。

"不。"我说，"白开水，你喝醉了，视力有毛病。"

他擦擦鼻子，笑："很大的幽默感。"

我看着他。

"你好吗？"他温和地问。

"很好。我能为你做什么？"我问。

---

[1] 品脱：Pint，一品脱约 536 毫升。

[2] 基尼斯：Guinness，吉尼斯黑啤酒，帝亚吉欧旗下的著名啤酒品牌，是世界第一大黑啤酒品牌。

“陪我。我很寂寞。”陌生人问，“你可寂寞？”

“基本上每个人都寂寞，有些人表露出来，有人不表露。”我温和地说。

“你是哪种？”他问，“抑或根本不寂寞。”

“我不知道。”我笑答。

“如果我把手搭在你肩膀上，你的男朋友是否会打黑我的眼睛？”

我笑。“你是中国人？”

“不，我从马来西亚来。”

“你英语说得很好。”我诧异。

“我六岁自马来西亚到英国。”他笑着补充。

“马来哪个城？”我问。

“槟南[1]。”他答，“听过槟南？”

我耸耸肩。槟南与沙劳越[2]对我都没有分别，马来西亚对我是一片空白。

我问：“你住哪儿？”

“宿舍。”

“我可以偷进去？”我问。

“当然！”他摊开手臂，“欢迎。”他有雪白的牙齿。

我问道：“你要一品脱基尼斯？”

“我喝啤酒。”他把手搭在我肩膀上。

他是个运动健将型的男孩子，天真、活泼、无机心，家里恐怕有点儿钱——他脸上没有苦涩。半工半读或者家境略差的学生多数眼睛里充满怨气。

---

[1] 槟南：槟城，马来西亚十三个联邦州之一，位于西马来西亚西北部。

[2] 沙劳越：沙捞越，一般指砂拉越州，马来西亚面积最大的州属。

如果我今年十六岁，我会得接受这么样的男朋友。

我把基尼斯喝完。我对他说："走吧。"

他扬起一道眉——一道很漂亮的浓眉，大方地答："OK。"

我们走出酒馆，不知内情的人何尝不会想："多么相配的一对。"

哈哈哈哈。

"车子在这边。"他说。

是一辆小小的福士车。以前韩国泰也开福士车。很多男孩子都喜欢买这种二手车，因为它们很经用。

奇怪。在这个时候想起韩。睹物思人，铁石心肠的人都会被一刹那的回忆软化吧，短短的一刻，几秒钟。

我今夜的寂寞凄凉得不能控制。

"对了，"男孩子搓搓鼻子，"我不得不问你，这是常规：你有没有服避孕丸？"

"有。谢谢你问。"

"还有，"他迟一刻，"你没有任何病吧？"

"没有。"我摇摇头，"我是非常干净的。"

他放心了，稚气地笑，然后说道："轮到你问。"

"你依时服了避孕丸没有？"我淡然问。

"去你的！"他大笑。

"你没患梅毒吧？"我又问。

"我服帖了，我的天，不管你是谁，我知道我不可能每天都碰见你这样的女孩子。"他摇头晃脑的。

可是像他这样的男孩子——健康、活泼、普通——每个校舍里有数百名，他至为平常。

我看着他。他们每个都有强壮的手臂，温暖的胸膛，这是我所知道的。

我登上他的车。

“你可开车？”他问，开动引擎。

“我会开。”我简单地答。

“你叫什么名字？”他问。

“莉莉。”

他摇摇头：“不，你不叫莉莉。”

“为什么不叫莉莉。”

他侧头看我一眼，眼睛炯炯有神。“你不像一个莉莉。”

我笑。“在酒吧中可以被男人带走的女人都叫莉莉、菲菲、咪咪。”

“那么我宁愿叫你咪咪。”他说。

“OK。”我说。

“别把自己想得太坏，你今天只不过是寂寞，如此而已。”他开导我。

我的天，我翻翻白眼。小子，我的经验足够做你的妈。

“我们到了，剑桥大学的宿舍——嗨，你是干吗的？”男孩子看着我。

“我？我专门在酒吧喝酒与勾搭男人。”

“别说笑。”

“可以下车了吗？”我问。

“可以。我住楼下，我们自窗口跳进去，免得在门房处签访客簿。你爬得动？”

“行。”

我与他走到宿舍，他先进去，我在窗外等他。他进入房间打开窗，我身手敏捷地跳进去，他在里面搂住我，然后马上关窗，拉好窗帘。

他笑："你的动作熟练。"

我答："训练有素。"

他摇摇头，"好口才。"他说。

我在他小小的宿舍坐下，小小的床，只有两尺半宽，这是用来抵制男学生把女孩子带回宿舍的。任凭你们再热情，两尺半的床也装不下两个成人。

他打开柜门，拉开抽屉，取出酒，问我："喝不喝？"

"我喝够了。"我摇头。

"你连我的名字也不问？"

我脱下外套，搭在他椅子背上。宿舍的暖气还不错。我看他一眼。

我说："你叫丹。丹尼斯·阮。"

他诧异："你怎么知道？"

"书架子上的书写着你的名字，一眼就看到了。"

"我怎么称呼你？"他问，"仍然是咪咪？"

我说："咪咪是个可爱的名字。"

"你到底是干什么的？"他好奇地问。

我笑："你为什么还不脱衣服？"

他耸耸肩，过来吻我的脸，我们两个人的姿势都很熟练，仿佛是多年的情侣。

后来我问他："你是念语言的，是不是？会用几种语言说'我爱你'？"

他答："我从不说'我爱你'。我还没遇到我爱的女人。"

"你难道连骗她们都不屑？"我问。

"我是个诚实的人。"

"男人是越来越吝啬了。"

"不，是女人越来越聪明，骗她们也没用。"男孩说。

我微笑。"我要回去了。"我说。"这么早？"他失望。

我说："迟早是要走的。"

我穿上衣服，谁又会跟谁待一辈子。

"你是个漂亮的女孩子。"他说，"我喜欢你。"

"谢谢你。"我说。

"嗨，你一定要走吗？"他还是要问。

"当然。"我披上大衣，穿上鞋子。

"我送你。"他也起床。

"不用。"我说。

"你叫不到计程车的。"他警告我。

"别担心。"我微笑。

我推开窗子，爬上窗框，跳出去。

"喂！"他在室内叫住我。

"嘘——"

"我如何再见你？"他追问，"你还会不会到红狮酒馆去？"声音很焦急。

"再见。"我转头便走。

"喂，你等一等行吗？"他还是那么大声。

"再不关上窗，你当心着凉。"我跟他说。

我急步走过草地，到大堂门房处打电话叫司机来接我。这就是有司机的好处。

我不得不感激勖存姿，受他一个的气胜过受全世界人的气。

丹尼斯·阮。像他那样的男孩子，可以为我做什么？是什么他有而我没有的？他还可以为我做些什么服务？我实在不懂得。啊原谅我如此现实。

司机把我载回家，辛普森太太来开门。她不敢问我去了什么地方，我径自上楼，心中舒畅，适才勖存姿身上受的气荡然无存。

只要他每月肯把支票开出来，只要形势比人强的时候我是永远不争的。

我把自己浸到热水中洗一个浴，然后睡觉。

一整夜做梦听到奇奇怪怪的声音，各式各样的人对我吼叫。

在梦中，教授说我功课不好，母亲怪我没有写信。父亲向我要钱，然后勖聪慧指着我鼻子骂。忽然发觉勖存姿的支票已经良久没有寄来。

惊出一身冷汗，自床上跃起，我喘息着呆呆地想：这份日子并不好过。

如坐针毡。

以前我一直不知道这四个字是什么意思，现在明白了。如坐针毡。勖存姿不停地带来噩梦，一天二十四小时，一个月三十天，我不得安宁。

生活不错是有了着落，然后我付出的是什么？

我倒在床上，把被子拉过来。明天又是另外一天，太阳升起来，我还是要应付新的一日。

一切静止了七天。

然后辛普林接到勖存姿的电话，说他隔两个星期会来看我。那时刚刚过完圣诞。他在什么地方过节？香港？伦敦？我不知道。

我只跟辛普森说："你懂得安排，你去安排。"

真是大亨，新宠说错一句话，便罚她坐三个礼拜的冷宫。这个世界，白痴才说钱没用。

我才不介意聪恕问："你怎么选择这种生活？"

什么生活？如果我的父亲不是勖存姿，我又有什么选择？你到大洋行去看看，五千元请个大学博士回来，叫他站着死他不敢坐着死。哪里都一样，天下乌鸦一样黑。聪恕是那种穷人没面包吃，他叫人家去吃蛋糕的人，他妈的翻版男性玛丽安东奈[1]，可惜聪恕永远没有机会上断头台。

晚上我看电视，他们在演伊利莎白一世[2]的故事。我看得津津有味。人生不如意事常八九。做女皇又几时高兴过，整天看斩头。英国人真野蛮。她母亲安褒琳[3]被她爹斩的头，因为安褒琳不肯离婚。她堂妹苏格兰的玛丽又掉了头。表妹珍格莱[4]又照样被她治死。（我想她晚上做噩梦时一定时常见到一大堆无头鬼跑来跑去。）

我喜欢珍格莱。如果你到国家博物馆去，你可以看到珍格莱贵女面临刽子手的一大幅油画，珍的眼睛已被蒙住，跪在地上，

---

[1] 玛丽安东奈：玛丽·安托瓦内特，Marie Antoinette，法国国王路易十六的妻子，原奥地利帝国公主。

[2] 伊利莎白一世：伊丽莎白一世，都铎王朝最后一位君主。

[3] 安褒琳：安妮·博林，Anne Boleyn，英王亨利八世第二任王后，彭布罗克女侯爵，也是英国历史上最著名的王后之一。女王伊丽莎白一世的生母。

[4] 珍格莱：简·格雷，Jane Grey，萨福克公爵亨利·格雷的长女，母亲是弗朗西斯·布兰登，外祖母玛丽·都铎是亨利七世的女儿、亨利八世的妹妹。她曾嫁给法兰西国王，后又改嫁。

服侍她的女侍哭昏在地。

那幅图画给我的印象至深。珍格莱死那年才二十多岁，而且她长得美，我实在不明白一个女人怎么可以把另一个女人放在断头台上，也许是可能的，所以她是伊利莎白一世。

我看电视可以看整夜，边喝白酒边看，有一天我会变两百五十磅，得找两个人把我抬着走。

我伸个懒腰。最好是八人大轿，只有正式进门，明媒正娶的太太才有资格坐八人轿。

我上床睡觉，明天的忧虑自有明天挡。

我睡觉怕冷，从来没有开窗的习惯，连房门都关得紧紧的，以电毯裹身，而且非常惊觉。即使服安眠药还是不能一觉到天亮。

这是第六感觉，半夜里我忽然觉得不对劲，浑身寒毛竖立，我睁开眼睛。但是我没有动，一个黑色的影子在窗前。

啊上帝，我的血凝住，这种新闻在报上看得太多，但是真正不幸遇上，一次已经太多。我希望枕头底下有一把枪。

我不敢动，不敢声张。

他想怎么样？我的冷汗满满一额头，他是怎么进来的？这间屋子有最好的防盗设备，一只老鼠爬上窗框都有警钟响，这个人是怎么进来的？

三十秒钟像一个世纪那么长，老实说，我害怕得疯了。他忽然掉过头，向我床边走过来，我忍不住自床上跃起，他掩住我的嘴。我瞪大眼睛，心里忽然十分的平静。

完了。我想，不要呼叫，不要挣扎，他比我还害怕。我不要帮助他杀死我。我平静躺在床上。

那人轻轻地说："是我。"

我没听出来，仍然看着他。

他把手松开，我没有叫。

"是我——小宝。"

勖存姿。

我全身的血脉缓缓流通，保持着原来的姿势不动。

是他。

我们铺了红地毯侍候他他不来，这样子重门深锁地偷进来，这是为什么？为了表示只要有钱，便可以为所欲为？

"我吓怕了你？"勖存姿轻声问。

我点点头。

房间里很暗很暗，我只看得到他身子的轮廓。

他按亮了我床头的一盏灯。灯上的老式水晶垂饰在墙顶上反映出虹彩的颜色。我看看腕表，清晨三点四十五分。

他为什么在这种时间出现？

他开始解释："飞机既然到了，我想来看看你。"

在早上三点四十五分，像一个贼似的。

我自床上起来，披上晨楼。我问道："喝咖啡？"

"不，我就这样坐着很好。"

我笑一笑。他那样坐着，提醒我第一次见的时候，咱们坐在他石澳家园子里谈天的情况。

不知道为什么，我竟没有生气。

我说："我陪你坐。"

"你睡熟的时候很漂亮。"他忽然说。

我有点儿高兴。"醒的时候不漂亮？"

“两样。”他说，“醒的时候你太精明。”

我又笑一笑。

“你现在不大肯说话了。”他叹口气。

“是吗？”我反问，“你觉得是这样吗？”

“是的。”

当然，尤其经过上次，为什么我还要再得罪他。如果他要一只洋囡囡，就让他得到一只洋囡囡，我为什么要多嘴。

“这是我的错。”他平静地说，“我使你静默。原谅我。”

我诧异，抬起头来。

“请你再与我说话，我喜欢听你说话。”他的声音内几乎带点恳求意味。

啊勖存姿的内心世界是奇妙的。一个年纪这么大，这么有地位财产的男人，居然情绪如此变幻多端。

“好的，我与你说话。”我开始，“你乘什么班次飞机到伦敦的？”

“我乘自己的喷射机[1]，六座位。”

我真正地呆住。我晓得他有钱，但是我不知道他富有到这种地步。在这一秒钟内我决定了一件事，我必须抓紧机会，我的名字一定要在他的遗嘱内出现，哪怕届时我已是六十岁的老太婆，钱还是钱。

我略略探身向前。“剑桥有私人机场？”

“怎么没有？”他微笑。

“然后你偷偷地用锁匙打开大门，偷偷地提着皮鞋上楼，偷

[1] 喷射机：喷气式飞机。

偷地看我睡觉？”我问，“就是如此？”

“我没有脱皮鞋。”他让我看他脚上的鞋子，“我只是偷偷轻轻地一步步缓缓走进来，地毯厚，你没听见。”

“为什么在这种时分？”我问。

“想看看你有没有在家睡觉，想看看你房中有没有男人。”他淡淡地微笑。

他真是诚实直接。老天，我用手覆在额头上，他听起来倒像是妒忌的一个理想情人。可是我没有忘记他如何隔四个月才见我第一面，如何为我一句话而马上离开，不，我一直有警惕心，或者正如他所说，我是个聪明的女孩子。

今天他高兴，所以赶了来看我，对我说这种话，一切都不过随他高兴，因为他是勖存姿。

“当然，”他说下去，“即使你留人过夜，我也相信你不会把他留在此地。”

我说：“也许我经常在外度宿，而偏偏今夜在这里睡。”

“所以，这永远是一宗神秘的案件。”他微笑道。

“你不相信我会对你忠实？”我问。

“不相信。”他摇摇头，“不可能。”

“为什么不？”我问。

“历古至今，年轻女孩子从没对有钱的老头忠实过。”他还是平静地说。

我说：“也许我是例外。”

“不是，小宝，不是你。”他仍然摇头。

我微笑。

“你今夜很漂亮。”这是勖存姿第二次称赞我道。

我缓缓地说："你要不要上床来？"

他还是摇摇头。

"你不想与我睡觉？"我问得再直接没有。

"不，小宝，我不想。"

"或者另一个时间。"我温和地说。

"不，小宝，"他抬起头来，脸上不动声色，声音如常，不过非常温柔，"我不敢在你面前脱衣裳。"

我用手抱住膝头。"如果你怕难为情，你可以熄灯。"

"你还是可以感觉到我松弛的肌肉，皮肤一层层地搭在骨头上。"

我静止一刻。

我从来没有想到这一点，我没有想到勖存姿会有这种自卑感，我真做梦也没想到。

那么他买我回来干什么？摆在那里看？

我勉强笑一笑，我说："我早知你不是世界先生。"

"不不，"他说道，"我老了。"

"每个人都会老的。每个人都会活到三十岁——除非他二十九岁死去。"

"你并不知道年老的可怕。"勖存姿说，"你看你的青春——"

"我也一日比一日老。三年前我脸上一颗斑点也没有，冬天只需涂点凡士林，现在我已经决定去买防皱膏，什么 B_{21}、B_{23}[1]、激生素[2]、胎胞素[3]。我们都怕老，都怕胸脯不再坚挺，都怕腰身不

---

[1] B_{21}、B_{23}：法国贵族化品牌幽兰（Orlane）的抗皱霜。

[2] 激生素：激素。

[3] 胎胞素：胎盘素。

够细实，都怕皮肤松弛。老年是痛苦的，我怎么会不知道？否则数千年来，咱们何必把‘生老病死’四字一齐并提？”

他听着我说话。

勖存姿的双目炯炯有神。

我诚恳地说——老天，我从来没有对一个男人这么诚恳过：“我知道你不再是二十岁，但是你半生的成就与你的年龄相等，甚或过之，你还有什么遗憾？你并不是一个无声无息的人，你甚至有私家喷射机，世界各地都有你的生意与女人，香港只不过是你偶尔度假的地方，你不是真想到其他八大行星去发展吧？”

他抬起头，看看天花板，他叹口气。“我还是老了。但愿我还年轻。”

“喂！”我忍不住，“你别学伊利莎白一世好不好——‘我愿意以我的一切，买回一刻时光——’”

他看着我。“你怕死亡吗？”

“怕。”

“为什么？”

“因为死亡对人类是未知数，人类对一切未知皆有恐惧。”

“你还年轻。”勖存姿说。

“死亡来得最突然。”我说，“各人机会均等。”

“你刚才说‘我半生的成就……’，错了，”他的声音细不可闻，“我已经差不多过完了我的一生。我并没有下半生在那里等我。”

清晨四时，我们还在室内谈论生老病死的问题。如果在香港的夏日，天应该亮了，可惜这是英伦的隆冬，窗外仍是漆黑一片。

我不知道怎么回答他。被窝里这么暖和，他却与二十一岁的情妇促膝谈人生大道理。

要了解勖存姿不是这么容易的事，我内心有隐忧。

我没有想到死亡，我有想到毕业，我要拿到剑桥法科文凭，我要进入英伦皇家律师协会，我要取到挂牌的资格，我要这一切一切。我只想到扬眉吐气，鹤立鸡群。我只想到可以从勖存姿那里获得我所要的一切。

这不是每个女人都可以得到的机会，我运气好，我岂止遇到一个金矿。勖存姿简直是第二个戴啤尔斯[1]钻石工业机构。我中了彩票。

原本我只以为他可以替我付数年学费，使我的生活过得稳定一点儿，但现在我的想头完全改变。勖存姿可以使我成为一个公主。

我静默地震惊着，为我未卜的运气颤抖。

勖存姿问我："你在想什么？你年轻的思潮逗留在哪里？"他凝视我。

"我不知如何回答你。"我微笑，"我很羞惭，我竟无法令你上床。"

"年轻的小姐，你在诱人做不道德的行为。"

我大笑起来。

他又恢复了常态。

"你想到公园去散步？"他问。

"当然。"我当然得说当然。

我从衣柜内取出长的银狐大衣，披上，拉上靴子。他要去

[1] 戴啤尔斯：戴比尔斯，De Beers。戴比尔斯一直是钻石开采和评估行业中声誉卓著的名字。

散步，他不要睡觉，无所谓。伙计怎可以与老板争执，穷不与富斗。

我说："我准备好了。"

他站起来："好，我们去吸收新鲜空气。"

我转头问："你穿得可够暖？"

他看着我，点点头，然后说："多年没有人问我这个问题了。"他语意深长。

我们走到附近的公园去，铁闸锁着没开。

我问："爬？"

他笑，搓搓手："我没爬墙已经十几年。"

我脱下长大衣，扔到铁闸那一边，然后连攀带跳过了去。伸手鼓励他，"来，快。"我前几天才爬过男生宿舍。

"你先穿上大衣，冻坏你。"他说。

我把大衣穿上，把他拉过铁闸。他很灵敏，怎么看都不像老人，我仍然觉得他是中年人。四十八，或是五十二。可是听他的语气，他仿佛已七十岁了。

我们缓缓在秃树间散步。

我问："连你太太都一向不问你冷暖？"

"我不大见到她。"

"她是你的真太太？"我问。

他看我一眼，"喜宝，你的问题真彻底得惊人，"他笑，"我真不敢相信有人会问这种问题。是的，她是我的正式太太。"

"她叫什么名字？她是不是有一个非常动听的名字？"

"她姓欧阳，叫秀丽。"

"勖欧阳秀丽。"我念一次，"多么长的名字。"

他只向我看一眼，含着笑，不答。他的心情似乎分外的好。奇怪。在荒凉的冬日公园中，黑墨墨地散步，只偶然迎面遇见一盏煤气灯，而他却忽然高兴起来。

“孩子们呢？你有几个孩子？”我问。

“你不是都见过了吗？”

“嗯，‘外面’没有孩子？”我问。

他摇摇头：“没有。”

“他们为什么都住香港？”我怀疑地问。

“聪慧与聪恕并不住在香港。只我太太住香港，不过因为全世界以香港最舒服最方便。”

“对。”我说。

“你的小脑袋在想什么？”他问我。

我们在人工小湖对面的长凳坐下。

“我在想，为什么你在香港不出名。”我很困惑。

“人为什么要出名？”他笑着反问，“你喜欢出名？喜欢被大堆人围着签名？你喜欢那样？你喜欢高价投一个车牌，让全香港人知道？你喜欢参加慈善晚会，与诸名流拍照上报？如果是你喜欢，喜宝，我不怪你，你是小女孩子，各人的趣味不同，我不大做这一套。”

“你做什么？”

“我赚钱。”

“赚什么钱？”我问。

“什么钱都赚，只要是钱。”

“我记得你是念牛津的。而且你爹剩了钱给你。嘿……我有无懈可击的记性。”

“我相信。”他搂一搂我。

“除了赚钱还做什么？”我问，“与女人在公园中散步？”

“与你在公园中散步。”他拾起一块小石子，投向湖面，小石子一直滑出去，滑得好远，湖面早已结上了冰。

“这湖上在春季有鸭子。鸭子都飞走了。”我说。

“迁移，候鸟迁移。”勖存姿说。

“我不认为如此。”我说，“这些鸭子不再懂得飞行，它们已太驯服。”

他又看着我，他问：“你怎么可以在清晨脸都不洗就这么漂亮？”

这是第三次他赞我漂亮。

“你有很多女人？”我问，聪慧提过他的女人们。

“不。我自己也觉得稀奇，我并没有很多的女人。”

“为什么？”

“你不觉得女人个个都差不多？”他反问。

我觉得乏味，也许他见得太多。但是丹尼斯·阮说我是突出的。但丹尼斯·阮只是个孩子，他懂什么，他的话怎可相信。

“你也有过情妇。”我说。

“那自然，”他答，“回去吧。”他站起来。

我陪他走回去。小路上低洼处的积水都凝成了薄冰。（如履薄冰。）我一脚踏碎冰片，发出“咔嚓”轻微的一声。像一颗心碎掉破裂，除却天边月，没人知。

我抬高头，月亮还没有下去呢，天空很高，没有星。

“明天要上课？”勖存姿问。

“要。”

他忽然怜爱地说："害你起不了床。"

"起得，"我说，"一定起得了。"

他犹疑片刻。"我想住几天。"

我脚步一停顿，随即马上安定下来。"你要我请假吗？"

"也不必，今天已是星期四，我不想妨碍你的功课。周末陪我去巴黎好了。"

"机票买好了吗，抑或坐六座位？"我问。

"我们坐客机。"他微笑。

"为什么？"我失望地问，他不答。

回到屋子，他在客房休息。辛普森的表情一点儿痕迹都没有。英国人日常生活都像阿嘉泰姬斯蒂[1]的小说，他妈的乱悬疑性特强，受不了。为什么他们不能像中国人，一切拍台拍凳说个清楚？

我淋热水浴，换好衣服去上课。勖存姿在客房已睡熟了。我对辛普森说，有要事到圣三一院去找我。

到课室才觉得疲倦，双肩酸软，眼皮抬不起来，未老先衰。瞧我这样儿。早两年跟着唐人餐馆那班人去看武侠午夜场，完了还消夜，还一点儿事都没有，如今少睡三两个小时，呵欠频频，掩住脸，简直像毒瘾发作的款式。

我只想钻回被窝去睡，好好睡。

可是今夜勖存姿说不定又不知要如何折磨我。也许他要到阿尔卑斯山麓去露营，我的天。

我把头靠在椅背上，又打一个呵欠。

---

[1] 阿嘉泰姬斯蒂：阿加莎·克里斯蒂，Agatha Christie，1890—1976，英国女侦探小说家、剧作家，三大推理文学宗师之一。

有人把手按在我肩上。我吓一跳，转头——

“丹尼斯。”我睁大眼。

丹尼斯·阮。

他吻我的脸、我的脖子。“我找到你了。”

我说道：“坐下来，这是课室。”

“我找到你了。”他狂喜，“你姓姜，你叫小宝。”

“喜宝。”我改正他。

“我找到你了。”老天。

我拿起笔记。“我们出去说话。”

在课室外我说：“你是怎么找到我的？”

“我雇‘哥伦布探长[1]’找的。”他抱紧我，“你可不叫咪咪。”

我的头被他箍得不能动弹，我说：“我以为你雇了‘光头可杰’。”

“你为什么不告诉我咱们是同学？”他问。

“为什么要告诉你，”我不悦，“你这个人真是一点儿情趣也没有，完了就是完了，哪来这么多麻烦。”

“我想再见到你，怎么，你不想再见我？”

“不。”我往前走。

“别生气，我知道你吓了一跳，但是我不能忘记你。”

“还有这种事！”我自鼻中哼了一声。

“我不能忘记你的胸脯，你有极美的——”

我大喝一声：“住嘴！光天白日之下，请你放尊重些。”

“对不起对不起，请你原谅，但小宝，周末我们可以见面吗？

---

[1] 哥伦布探长：神探可伦坡，美国电视剧《神探可伦坡》（Columbo）的主人公。

周末我们去喝酒。”丹尼斯·阮说。

“周末我去巴黎。”我一直向前走。午膳时间，我要回家见勖存姿，因为他是我的老板。

“告诉我你是否很有钱？”他用手擦擦鼻子，“你手上那只戒指是真的？”

“你为什么不能piss off[1]？”

“你别这样好不好？”他说，“周末去巴黎，下礼拜总有空吧？”

“我没有空闲。”我说，“我的男朋友在此地。”

“我才不相信。”他很调皮地跟我后面一蹦一跳的。

“当心我把你推下康河。”我诅咒他，“浸死你。”

“做我的女朋友。”他拉着我手。

“你再不走，我叫警察。”

我已经走到停车场，上车开动车子，把他抛在那里。倒后镜里的丹尼斯·阮越缩越小，我不怕他，但被他找到，终究是个麻烦。

——他到底是怎么找到我的？

剑桥是个小埠，但不会小得三天之内就可以把一个女人找出来。我知道，这里的中国女人少。

中午勖存姿在后园料理玫瑰花。居然有很好的阳光，但还是冷得足以使皮肤发紫，我把双手藏在腋下，看着他精神百倍地掘动泥土。

他见到我问：“下午没课？”

---

[1] piss off：意思是“滚开，滚蛋”。

“有。”我说，“尚有三节课。”

“回来吃饭？”他问。

“回来看你。”

他抬起头。“进屋子去吧。”他说。

我们坐下来吃简单而美味的食物。这个厨师的手艺实在不错，勖存姿很讲究吃，他喜欢美味但不花巧、基本实惠的食物，西式多于中式。

“你懂得烹饪？”他问我。

我点头。“自然。煮得很好。”

“会吗？”他不置信。

我笑，不说话。

“下午我有事到朋友家去，晚上仍陪我吃饭？”他像在征求我同意，其实晓得答案永远会“是”。

我点点头。“自然。”

“没约会？”他半真半假地问。

“有约会我也会推掉。”我面不改容。

他也笑。

我们说话像打仗，百上加斤，要多累就多累。

下午三点就完课了。我匆匆回到家，开始为勖存姿做晚餐。不知为什么，我倒并不至于这么急要讨好他，不过我想他晓得我会做家务。

做了四道菜：海鲜牛油果，红酒烧牛肉，一个很好的沙拉，甜品是香橙苏芙喱[1]。

---

[1] 苏芙喱：Souffle，又叫蛋奶酥，是道很讲究的法国甜点，并不常见。

花足我整整三小时，但是我居然很愉快，辛普森陪着我忙，奔进奔出地帮手。她很诧异，她一直没想到我会有兴趣做这样的事情。

勖存姿回来的时候我刚来得及把身上的油腻洗掉。他在楼下唤我："小宝！小宝！"

我奔下来："来了。"

私底下，我祈望过一千次一万次，我的父亲每日下班回家，会这样地叫我。长大以后，又希望得到好的归宿，丈夫每日回家会这么唤我。

一直等到今天。虽然勖存姿既不是丈夫又不是父亲，到底有总比没有好，管他归进哪一类。

而一个女人毕生可以依靠的，也不过只是她父亲与丈夫。

我重重地叹口气，我两者都欠缺。

辛普森帮他脱大衣。

"下雪吗？"我瞧瞧窗外，"晴天比雪天更冻。"

"春天很快就要来了。"勖存姿笑，"看我为你买了什么。"他取出一只盒子。

又是首饰。我说："我已经有这只戒指。"

他笑。"真亏你天天戴着这只麻将牌，我没有见过更伧俗的东西，亏你是个大学生。"

我的脸涨红。勖存姿的这两句"亏你"把我说得抬不起头来。

我接过他手中的盒子。我说："我等一会儿才看。"

"怎么？"他笑，"被我说得动气了？"

"我怎么敢动气？"我只好打开盒子。

是一条美丽细致的项链。"古董？"我问，"真美！像维多利亚时代的。”

“你应该戴这种，”勖说，“秀气玲珑。”

“是，老爷。”我说，“谢谢老爷。”

“别调皮了。我肚子饿，咱们吃饭吧。”他拍拍我肩膀。

我们坐下来。勖存姿对头盘没有意见，称赞牛肉香，他喜欢沙拉够脆。上甜品时，我到厨房去，亲自等苏芙喱从烤箱出来，然后置碟子上捧出去。

他欢呼：“香橙苏芙喱。”他连忙吃。

然后他怀疑地把匙羹放下来：“你怎么知道我喜欢吃苏芙喱？”

我并不知道。我做苏芙喱是因为这个甜品最难做。

勖存姿吃数口又说：“我们厨师并不擅长做这个。”

“他不擅长我擅长。”我说。

“你？”

我从没见他那么惊异过，我的意思是，勖存姿是那种泰山崩于前而不动声色的人。

“你。”他大笑，“好！好。”

我白他一眼：“吃完了再笑好不好？”

“谢谢你。这顿饭很简单，”他住了笑，“但我真的吃得极开心。”

我看着他。

“让我抱你一下。”他说，“过来。”

我站起来走过去，他抱一抱我。我指指脸颊：“这里。”我说。他轻吻我的脸，我吻他唇，他很生硬。我很想笑。如果有观众，一定会以为是少女图奸中年男人，但是他很快就恢复自然，把我抱得很紧很紧。我再一次地诧异，我轻声笑道：“你把我挤爆了。”

他放开我。

我把他的手臂放在我腰上。

他说："年轻的女士，你作风至为不道德。"

我蹲在沙发上笑。

我们还是啥也没做。我拢拢头发。

我说："我知道，你在吊我胃口。"

勖存姿也大笑。

我把那条项链系上，他帮我扣好。我用手摸一摸。"谢谢你。"我说。

"早点睡吧。"他说，"我要处理文件。"

"你去过伦敦了？"我问。

"嗯。"他答。

我上楼，坐在床沿看手上的戒指，不禁笑出来，勖存姿形容得真妙。麻将牌，可不就像麻将牌，我脱下来抛进抽屉。因为我没有见过世面。我想：因为我暴发，因为我不懂得选优雅的东西。没关系，我躺在床上，手臂枕在头下。慢慢便学会了，只要勖存姿肯支持我，三五年之后，我会比一个公主更像一个公主。

我闭上眼睛，我疲倦，目前我要睡一觉。

明天我要去找好的法文与德文老师，请到家来私人授课，明天……

我和衣睡着了。

伍·

他有权、有势、有力，而且最主要的是，他愿意，命运令我遇见了他。

……一定是清晨，因为我听见鸟鸣。

睁开眼睛，果然天已经亮了，身上的牛仔裤缚得我透不过气来。天，我竟动也没动过，直睡了一夜。我连忙把长裤脱掉，看看钟，才八点，还可以再睡一觉。

身后的声音说：“真服了你，这样子可以睡得着。到底是小孩子。”笑。

是勖存姿，我转过去。“你最鬼祟了，永远这样神出鬼没。”

他走过来。“我不相信你真的睡得熟，穿着这种铁板裤能上床？”

“你几时做完文件的？”我问。

“不久之前。上来看你睡得可好。”

“我睡得很好，谢谢你。”我白他一眼，“没被你吓死真是运气。”

他笑说：“真凶，像一种小动物，张牙舞爪的——”

“关在笼子里。”我接下去。

“你有这种感觉？”他问。

“过来。”我说。

“你说什么？”他一怔。

“我说过来。”我没好气，“我不是要非礼你，勖先生，你的羊毛衫的纽扣全扣错了。我现在想帮你扣好。”

他依言走过来。这可是他生平第一次听命于人吧。

我为他解开纽子，还没有扣第一粒，事情就发生了。

也该发生了，倒在床上的时候我想。已经等了半年。很少男人有这样的耐心，这么不在乎。

我并不想详加解释与形容。

第二天他开车送我到圣三一。

下车时候我吻一下他的脸。我问：“你还不走吧？”

“明天我们去巴黎。”他说，“已经讲好的。”

我点点头，他把车子驶走。

迎面走来丹尼斯·阮。这么大的校舍，他偏偏永远会在我面前出现。

“那是你的男朋友？”他讽刺地问，“那个就是？他是个风烛残年的老头子。”

我一径向课室直走去，不理睬他。

他拖住我：“别假装不认得我。”

我转过头，正想狠狠地责骂他，他的面色却令我怵然而惊，不忍再出声，他看上去真有点儿憔悴，原本笑弯弯的眼睛现在很空洞。

“你怎么了？”我问。心中想，另外一个勖聪恕，这干男孩子平常在女孩群中奔驰得所向无敌，忽然之间碰到一个对手，个个被击垮下来。

“我很不好受。”

“你没刮胡子？”我问道，“看上去像个醉汉。”

“我想念你。”他固执地说。

“丹尼斯，到伦敦去找一找，像我这样的女人有六万个。”

“我只想念你。”他还是老话一句。

我笑问：“我现在去上课，你要不要转系？法科教授会欢迎你，反正你精拉丁文。”

“下课我在饭堂等你。”丹尼斯·阮说，“除非你连吃茶点时间也被人约走了。”丹尼斯·阮转身走。

我大声嚷：“明天我要去巴黎，你别浪费时间。”

他不睬我，高大的身形背着我走远。

他是个漂亮的男孩子，强壮的手臂，瘦小腰身，美丽的体形，温暖的身体，一寸寸都是青春。我怎能告诉他，我只想紧紧地拥抱他，靠在他身边，走遍剑桥，听他说笑话……

但是勖存姿在这里。勖存姿对我太重要。我知道丹尼斯会说最好的笑话给我听，但我肚子饿的时候，我十分怀疑笑话是否可以填饱我的胃。好的，我知道丹尼斯可爱，除此之外，尚有什么？

一个月、两个月、三个月吧，我会对他的一切厌倦，不值得冒险，连考虑的余地都不必留下。

我对丹尼斯·阮甚至不必像对韩国泰。丹尼斯是零。

我专心地做完上午的功课到饭堂坐下，丹尼斯·阮走过来。他穿着紧窄的牛仔裤，大 T 恤。真漂亮。

我看他一眼，低下头喝红茶。

他说：“我有个朋友认识你。”

“谁？”我冷淡地问。

丹尼斯坐在我对面："他说跟你很熟，他叫宋家明。"

我的血凝住，手拿着红茶杯，可不知怎么办才好。

"他在什么地方？"我声音中带一丝惶恐。

"你真认识他？"丹尼斯诧异问。

"是。"我答，"世界真细小。"我喃喃地说道。

"他一会儿来看我，他说有话跟你讲。"

我已经镇静下来，处之泰然，我说："当然他有话要说。"我可以猜得他要说的是什么。我的胃像压着一大堆铅般。谁说这碗饭好吃，全打背脊骨里落。

"你怎么认识他的？"我问。

"我与他妹妹约会一个时期。"阮说。

再明白没有了，我点点头。

"你告诉宋家明什么？说我什么来着？"我问道。

"我对他说我认识了你，爱上了你。"丹尼斯说。

我知道，全世界的人都想毁了我。我低下头叹口气。

我问："我在你宿舍过夜的事，你也说了？"

"说了。我说我从来不晓得东方女郎也有这么好的胸脯。"丹尼斯天真地说，"我爱上了你。"

我呆呆地注视着面前的茶杯，我将怎么办？解释？推卸？还是听其自然？

我把头枕在手臂上面，不出声。

丹尼斯毫不知情，他问："你怎么了？你看上去不大舒服，为什么？"

我轻声说："丹尼斯，你刚才见过我的男朋友，你知道他是谁？"

“谁？一个肮脏有钱的老头子。”丹尼斯气愤地说。

“但却是你好友宋家明的岳父，丹尼斯。”我用手掩住脸。

丹尼斯至为震惊，他站起来，推翻桌前的茶杯。

他嚷：“对不起，我真的对不起，我可不晓得，我真的不晓得。”

我叹口气，看他一眼。“我原谅你，因为你所做的，你并不知道。”我站起来，“我很疲倦，下午不想上课。”

“我替你解释，一切是我造的谣言，好不好？”他拉住我苦苦哀求，“我真的不知道。”

“丹尼斯，没关系，你听我说，真的没关系——”真是啼笑皆非，我还得安慰他，太难了。

“我做了什么？”他几乎要哭起来，“我做了什么？”

我看到宋家明走进饭堂，连忙按住丹尼斯：“噤声！别响，他来了，镇静一点儿，装作若无其事的样子。”

丹尼斯只好坐下来。

宋家明仍然风度翩翩，温文儒雅，叫人心折。

他礼貌地向我点点头：“姜小姐，你好。”

叫“姜小姐”是最最好的招呼。不然他还能叫我什么？

“世界真小。”我微笑地说。微笑自然有点僵硬。

“是，我与丹尼斯认识长久。”我也微笑。“你见过勖先生了？”我问。

“尚没有。”宋家明说。

“勖先生与我明日一起去巴黎。”我补一句，“如果没有变化的话。”

“变化？为什么会有变化？”宋家明作其不解状。

我看着他："譬如说，有人说了些对我不利的话。"

"不利的话？你有什么把柄在什么人的手中吗？"他笑问，一边凝视我。

"不是把柄，是事实。"我说。

"你以为还有什么事实是勖先生所不知道的？"他问我。

我真的呆住了。

"姜小姐，如果你认为有事能瞒得住勖先生，而尚要旁人多嘴的话，姜小姐，我对你的估计太高，而你对勖先生的估计太低了。"

我震惊得无以复加，脸色突变，无法克服自己的恐惧。勖存姿到底是个怎样的人？他到底派了多少人监视我？

宋家明说："我过来探望丹尼斯，没想到碰到你。"

"见到你很好，宋先生，谢谢你。"我说得很僵。

他点点头。

丹尼斯在一旁又急又难受，插不上嘴。

"我只是可怜我自己。"我轻声说完，站起来走开。

我捧着书在游离状态中离开饭堂，把赞臣希里开回家。这是我的家？我有看过屋契吗？没有。我到底有什么？我把抽屉里所有的英镑放进一只大纸袋里去，带着那只钻戒，开车到最近的银行去存好，用我本人的名字开一个户口。仿佛安了心。

我有些什么？一万三千镑现款与一只戒指。

晚上勖存姿回来，脸上一点异迹都没有。他吻我前额，我陪他吃饭，食不下咽。明天还去巴黎？

终于我放下银匙，我说："你知道一切？"

他抬起头。"什么一切？"有点儿诧异。

“我的一切？过去，目前，未来。”

“知道一点儿。”他说，声音很冷淡。

“我今天看到宋家明。”

“这我知道。”他微笑，他什么都知道。

我把桌子一掀，桌上所有的杯碟餐具全部摔在地上，刚巧饭厅没有铺地毯，玻璃瓷器碰在细柚木地板上撞得粉碎。小片溅我手上，开始流血。我只觉得愤怒，我吼叫：“你买下我，我是你的玩物，我只希望你像孩子玩娃娃般对我待我，已心满意足，让我提醒你，勖先生，我只比令千金大两岁，她是人，我也是人，我希望你不要像猫玩老鼠式地作弄我，谢谢你。”我转身，一脚踢开酒瓶，头也不回地走出饭厅。

我走上楼，扭开水龙头，冲掉手上的血，我从来没觉得这么倒霉过，我想我不适合干这行，我还是马上退出的好，这样子作贱做一辈子，我不习惯。

血自裂缝汩汩地流出来，我并不痛，有点儿事不关己地看着血染红洗脸盆。我用毛巾包好手指。快，我要走得快，迅速想出应付的办法。

勖存姿敲敲房门：“我可否进来？”

我大力拉开门：“别假装做戏了！这是你买下的屋子，你买下的女人，你买下的一切！我痛恨你这种人，你放心，我马上搬出去，从现在开始，我不沾姓勖的半点儿关系。”

“你的手流血流得很厉害，不要看医生？”他完全话不对题。

“辛普森。”我狂叫，大力按唤人铃。

辛普森走进来，手足无措地站在那里。

“替我叫一辆街车！去。”我呼喝着。

勖存姿说："辛普森太太，你先退出去。"

"是，先生。"辛普森太太马上退出去。

"站住。"我喝道。

勖存姿马上说："我付她薪水，是我叫她走的。"

"好得很，你狠，我步行走，再见。"我冲出一步。

他拉住我。

"拿开你那只肮脏的手。"我厌憎地说。

"下一句你要责骂我是只猪了。"他还是很温和，"坐下来。"

"我为什么要坐下来？"我反问。

"因为你现在'恼羞成怒'，下不了台。在气头上说的话、做的事，永远不可以作准。"

我瞪着他。

"你会后悔的，所以，坐下来。"

我坐在床沿，白色的床罩上染着紫羌色的血。

"你还年轻，沉不住气。"他说，"救伤盒子在哪里？"他走进浴室，取出纱布药棉。"把你的手给我。"

我把手递出去。

"割得很深。"他毫不动容地说，"最好缝一二针，可是我们有白药。中国人走到哪里还是中国人，带着土方药粉。"

我什么也不说。

我永远在明，他永远在暗，我跟他一天，一天在他掌握之中。与丹尼斯偷情唯一的乐趣就只因为勖存姿不知道。现在他已经知道，一切变得无谓之至。我下不了台，故此索性发场脾气，现在上了更高的台，更下不来。

"是的。"他说，"我什么都知道。那是个富有魅力的年轻男孩，配你是毫不羞愧的，而且他很喜欢你。以前你有很多这种男朋友，以后你也会有很多这种男朋友。我并不妒忌。我也懂得年轻男人的双臂坚强有力，是我知道，但我不生气。你不过是小女孩子。”

他包扎好我的手。

“我倒并不是那么颠倒于你的肉体——别误会我，你有极好的身材与皮肤，但女人们的身体容易得到，我希望将来你或许可以爱我一点点，不要恨我。”

我茫然说：“我并不恨你。”

“当然你恨我。你恨我，你也恨自己。一切为了钱，你觉得肮脏，你替自己不值，你常拿聪慧出来比较，你恨命运，你恨得太多，因为你美丽聪明向上，但是你没有机会，你出卖青春换取我给你的机会，但你的智慧不能容忍我给你的耻辱。于是你恨这个世界。”

勖存姿叹口气。

我别转面孔。

“我会离开英国一个时期。”他说。

我冷笑。“离开英国？你即使到西伯利亚，也还清楚我的一举一动。”在他的遗嘱上出现？我不干了，我没这份天才！

他转身对我说：“让我提醒你一件事，我有这个权利，我们签好合同，你是我的人。我的容忍度不是不大，但你要明白，你已经得到你所需要的一切，你也应该付出点代价吧？谁叫你的父亲不叫勖存姿？”

我听着这些话，连血带泪一起往肚里吞。

“我知道你的信息了，”我说，“如果你要辞退我的话，请早两个月通知。”

“我会的。”他拉开门，再转过头来，“是不是我要求太过分？我只希望你喜欢我一点点。”我睁大眼睛看着他。

他叹口气，离开我的屋子。

我唤来医生看我的伤口，然后服安眠药睡觉。明天又是另外一天，史嘉勒奥哈拉[1]说的。

我做一个美丽的梦。在教堂举行白色婚礼。我穿白色缎子的西装小礼服，白色小小缎帽，新鲜玫瑰花圈着帽顶，白色面绸。

但是电话铃响了又响，响了又响，把我惊醒。

后来发觉是楼下客厅与我房中的电话同时响个不停。

没隔一会儿，楼下的电话辛普森接到了。楼上的铃声停止。辛普森气急败坏地跑上来。

“姜小姐！姜小姐。”

“什么事。”

“勖先生。他被送去萨森医院，他示意要见你——”

我跳起来。

“哪里？”我拉开门，“哪里？怎么会的？”

“医院打电话来，勖先生的心脏病发作——”

“什么医院？”我扯住她双肩问。

“萨森——”

我早已披上大衣，抢过车匙，赤足狂奔下楼，我驶快车往医院，脑中只有一个念头，是我气的，他是我气的。

我把车子铲上草地停好，奔进急救室，我抓住一名护士，喘

[1] 史嘉勒奥哈拉：斯佳丽·奥哈拉，Scarlett O’hara，著名小说《飘》中的女主角。

着气。“CCYUNG！心脏病人。”

他们仿佛在等我，马上把我带到病房。

勖存姿躺在白色的床上。

我走过去，我问医生：“他死了？他死了？”

“没有。”医生们的声音永远如此镇静，“危险。你不能嘈吵，他要见你——你就是姜小姐？他暂时不能说话，你可以走过去坐在那张椅上，我们给你五分钟。”

我缓缓走过去坐下。

勖存姿鼻子与嘴都插着细管，全通向一座座的仪器。

他的头微微一侧，看到我，想说话，但没有可能。

护士说：“他要拉你的手。”她把我的手放在他手上。

忽然之间我再也忍不住我的眼泪，我开始饮泣，然后号啕大哭，医生连忙把我拉出病房。

“吩咐过你，叫你噤声。”

我跪在地上哭：“他会死吗，他会死吗？”

护士把我拦住。“他不会死的，他已度过危险期，你镇静点好不好？”

另外一个医生说：“着她回去，病人不能受任何刺激。”

宋家明！忽然我想到宋家明，我奔出医院，开车往达尔文学院找丹尼斯·阮，他应当知道宋家明在什么地方。

我衣冠不整地跑到人家男生宿舍去敲门，阮出来看见我，马上说：“你来这里干什么？家明到你家去了。”

“他得到了消息？”我气急败坏地问。

“他到你家去了，你看你这样子，你已经冻僵掉，让我开车送你回家。快。”

我的嘴唇在颤抖，我点头，我实在没有能力再把车子开回去。

丹尼斯叹口气，他上了我的赞臣希里，一边喃喃说："明天校方就会查询干吗草地与水仙花全被铲掉，如果你从左边进来，连玫瑰园也一起完蛋，那岂不是更好？"

我只是浑身发抖，说不出话来。

"你看你，手脚流血，脸上一团糟。"

他开车也飞快，一下子回到家。

宋家明听到引擎的声音来开门，一把搂住我。

"静下来。"他低声命令我。

我只想抓住一些东西，将溺的人只要抓住一些东西。

"别怕，他不会死的。这次不会。"宋家明温柔地说。

我们三人进屋子，阮关上大门。

辛普森太太递上热开水，宋家明喂我喝下去。

"上楼去换好衣裳，去。"宋命令我。

"不……"

"上去，我陪你上去。"宋家明的语气肯定坚决。

我瞪着宋家明："不……"

"他的身体一向不好，这种情形已发生过一次，别惧怕。上楼去，让辛普森太太替你搽洗伤口。"

我拉住宋的衣角，半晌我问："为什么？为什么你对我这么好？"

他侧转头去。

丹尼斯说："我在这里等，有什么事叫我一声。"

辛普森太太替我放好一大浴缸的热水，把我泡下去。宋家明坐在我床上。

他说："像杀猪。"他还是幽默，"古时杀猪就得用那么大缸热水。要不就像生孩子。我总不明白为什么生孩子要煲热水。"

我在淌泪。自己也不明白为什么，但眼泪完全不受控制地淌下来。

辛普森太太替我擦干身子，敷药。

我如木人一般，还只是流泪。我一生之中没有任何事再令我更伤心如今次。

我觉得罪孽深重，对不起勖家的人。

穿好衣裳，自浴间走出来，辛普森太太替我穿衣服，束起头发。

宋家明叹口气。他用很轻的声音说："真想不到。勖老先生爱上了你，而你也爱上了他。"

"什么？"我问。

他叹一口气，不响。

"什么？"我再问。

宋家明说："医院也有通知我，但是医生说他只想见你，我赶来接你，辛普森太太说你已经走了。"

"你有没有看到他？"我问。

"他没有说要见我。"宋家明答，"他只说他要见你。"

"他没事吧？"我问。

"我们明早再去看他。"宋答，"不会有事的。"

我们下楼，与丹尼斯三个人坐在客厅，直到天亮。

天亮我们到医院去，丹尼斯回宿舍。家明坐在门口，只有我一人进病房。

勖存姿身上的管子已经减少很多，护士严重警告我："你别惊动他。”

我点点头。

我蹲在他身边，维持最接近的距离，握住他的手。

他张开眼睛，看到是我，微微点头，又闭上眼睛，嘴巴动了一动，想说些什么，我把耳朵趋在他嘴边。

“我老了。”他说。

我拼命地摇头，也不知道想否认些什么，脸埋在他手中。

“你可以回去了，好好地睡觉，好好地念书。”

我说：“是。”

“我出院来看你，你不必再来看我，没去成巴黎……”

我点头，又摇头。

护士过来，轻声对我说：“不要说太多话。”

我拉住勖存姿的手，吻一吻。“我走了。”我说。

他闭着眼睛点点头。

我走出病房。

家明与我并排走出医院。“他有没有要见我？”他问。

我摇头，轻飘飘地跟在他身后走。

“有没有要见聪慧聪恕？”家明又问。

“没有。”我说。

“医生说他很快会出院。”家明说。

“我不知道他有心脏病。”我说。

家明停了停，然后说：“请恕我无礼，姜小姐，其实关于勖存姿，你什么也不知道。”

“是的，你说得对。”

“他很有钱。”宋家明开始说，“你知道的，是不是？其余的我们也不懂得太多。”

我听着。

“他的生意在苏黎世，常去比利时，我怀疑他做钻石，但他也做黄金，有造船也有银号。他跟全世界的名人都熟，很有势力。他最漂亮的公寓在巴黎福克大道——住蒙纳哥的嘉丽斯王妃[1]隔邻。”

我慢慢地走着，家明一直不离不即陪我。

“我只知道他有两个女儿一个儿子。聪恕始终是他的心事。聪恕太不争气，问题是他根本不用争气。”家明说下去，“勖存姿起码大半年住在苏黎世，他到英国来不外是为了看你。”

我一句话说不出。

“他占有欲非常强，出手很大。我实在佩服他。”

我问：“他可喜欢你？”

家明苦笑：“像他那种人，要赢得他的欢心是很难的。”

我说道：“……世上有钱的人与穷人一般的多。”

“是。”家明说，“但像他有那么多的钱……那么多……你也许不知道，他在苏格兰买下一座堡垒——”

“苏格兰？”我喃喃地问。

“为你。”家明说，“勖存姿令我办这件事。我问他为什么是苏格兰。西班牙的天气更明媚，堡垒更多更便宜。但是他说：‘喜宝中意苏格兰。’”

我呆呆地问：“一整幢堡垒？”麦克白的堡垒。

“七十个房间。”宋家明苦笑，“十四亩花园，正在装修。打

---

[1] 蒙纳哥的嘉丽斯王妃：摩洛哥王妃，嘉莉斯。

开电动铁闸，车子还要驶十分钟才到大门。”

“但是……”

“他比你想象中更有钱吧？”家明问。

我们没有乘车，一路走回家去。

勖存姿出院后并没有再来探我。他飞到苏黎世去了。我一个人在剑桥乖了很久很久。我欠他。我真的欠他。

丹尼斯·阮不敢来找我，他这一段事算告完结。宋家明挟着他一贯的风度做人，并没有提到我与阮的那件事。宋恐怕已知道我在勖存姿心目中的地位，他不敢得罪我——也不见得，不知在什么时候，他已经很明显地原谅了我。

现在恨我的是聪慧。

我设法把成绩表，家课分数，系主任的赞美信全部寄往勖存姿在苏黎世的公司去。我们之间好像真的产生了感情。

他写信给我，亲笔，不是女秘书的速写打字。

我也写信给他，很长很长的，我把信当作一切感情上的发泄与寄托，这时我与老妈完全失去联络，越是疏远，越提不起劲来倾诉。

她能为我做什么呢？我把烦恼告诉她，于事有何补？不如告诉勖存姿。他像我的上帝。如果我说：“……在杂志上看到劳斯‘卡麦克’[1]的广告……”他下一封信会答：“你开卡麦克不适合，但我会置一辆……”我一切的祷告都得到回复。他有权、有势、有力，而且最主要的是，他愿意，命运令我遇见了他。

我跟家明成了朋友，他留在伦敦，接管了勖存姿一间运输公

[1] 劳斯“卡麦克”：劳斯莱斯的一款车型。

司，我们见面机会很多。

宋家明有时候问我私人的问题，像："勖存姿怎么汇钱给你？"

我老实地说："在图书室有一只不锁的抽屉，里面的钞票永远是满的，我用掉多少，有人放多少进去，神出鬼没，我一直没问是谁做的。"

"岂不是像聚宝盆？"他笑。

我也笑。

"女人，时价每天不同。"宋家明说，"前数天我在'夏惠'吃饭，碰到台北新加坡舞厅的一个舞女，她前来跟我搭肩膀说话：'……跟老公来的，旅行。'我问：'结了婚吗？'她笑：'等注册。'来不及地补一句，'在香港我住浅水湾。'你瞧，女人多有办法。当然勖存姿不会看上这种庸脂俗粉……"他看着我。

我却问他："你怎么会到新加坡舞厅去的？"

"你开玩笑？到过台北的人谁没去过新加坡？你知道新加坡舞厅有多少个小姐？两千名。"宋家明又笑。

我说道："你不像是那种男人。"

宋家明说："姜小姐，男人只分两种：有钱与没钱，谁都一样。"

"女人呢？"我问。

"女人分很多种。"他答。

"我是哪一种？聪慧是哪一种？"我又问。

"你很特别。"宋家明说，"难以预测。你实在值得勖存姿所花的心血。"

"真的？你不是故意讨好我？"

他笑着哼一声："如果我有能力，如果我不是这么自爱，我会与勖存姿争你。”

我微笑：“你们这么做，不是为我，而是为了与勖存姿争锋头。”

“不见得。但我必须承认，没有勖存姿琢磨你，你不会是今日的姜喜宝。”

我说：“挤在公路车站上半小时，再美的美女也变得尘满面，发如霜。当日你见到的姜喜宝，与今日的姜喜宝自然完全不同，今日我已被勖存姿蓄养大半年，怎么还会跟以前一样？”

“你说得很是。”他点点头。

“聪慧呢，宋先生？”我始终叫宋先生，而他叫我“姜小姐”。

“聪慧？”他微笑，“你知道有种婴儿，生下来没大脑，在他们脑后打灯光，光线自他们的瞳孔通过直射出来。现在人们捧这种缺乏脑子的女郎为‘黄金女郎’，聪慧是其中之一。”

我至为震惊，我凝视宋家明。“你的意思是——你并不爱聪慧？”

他改变题目。“爱？什么是爱？”他问我。

我老实答：“我不知道。”

“你应该知道。”家明说。

“不，我不知道。”我说。

“勖存姿爱你。”

“他？”我笑，“宋先生，你太过分了。”

“如果一个人临死时想见的是你，那么他是爱你的。”宋家明提醒我。

“但为什么？”我非常怀疑。

“我不知道。人夹人缘，你们有缘分，他今年六十五岁，你才二十一。”他耸耸肩。

“他六十五岁了？”我问。

“你没有看见他那部‘丹姆拉’的车牌？CCY65——勖存姿65。至少六十五岁，那辆车是他六十五岁那年买的。”

我把面孔转向另外一面。

“你现在仍是为了他的钱？”宋问。

我不答。我已经够有钱。要离开他现在我可以马上走。但还有谁会来听我的倾诉？谁有兴趣再读我长信中琐碎的事情？他的确已经年老。但他永远站在我的身后，当我最需要他的时候，他在那里。

年轻人。

他们的应允如水一般在嘴里流出来，大至婚姻、前途、爱情，小至礼物、信件、电话、约会。说过就忘记，一切都是谎言，谎言叠上谎言，连他们自己的脑袋都天花乱坠起来，像看万花筒一般，转完又转，彩色缤纷的图案，实则不过是小镜子里碎玻璃凑成的图案——我看得太多，听得太多，等得太久。一次一次的失望。

我想起我这二十一年的生命——没有一件真事。

只有勖存姿。

不是为了他的钱。在他这次进医院之后，不再是为他的钱。在银行的现款已够我念完剑桥，现在不光是为他的钱，他是世上唯一爱护我的人。

别问我什么是爱，我不知道，勖存姿这样子无限地给予，应是爱的一部分。

宋家明摇摇头。“你不知道人的本性，人喜欢表演。你是一个最好的观众。你甚至懂得挑选堡垒。他的钱花出去，总不能花得冤枉。”他微笑，“你的鉴赏力满足他。”

我说：“说不定他会送我一套梵高[1]的画，不多不少，十来幅，就那样随意地挂在图书室里。”

“姜小姐，你的胃口很大。”

“剑桥市大蒜涨价，我要负责，我口气比胃口更大。”我微笑。

我们几乎是像兄妹般地聊天。渐渐我也觉得不妥当，渐渐我也觉得不安，我们说得太多，见面次数太频。甚至当我在法庭见习时，他都会忽然出现来看我，坐在那里，只是为看我。

他不提到聪慧，也不提到聪恕。我故意问：“你那黄金女郎如何？”

“在那梭晒太阳，她一生中最大的难题是（一）晒太阳以便全年有金棕色美丽的皮肤？抑或（二）不晒太阳，免得紫外光促进雀斑与皱纹早熟。”

“别这么讽刺。”我忍不住说。

“你也知道聪慧，”他问，“你说我有没有过分？”

“她只是……”我惆怅而向往，“不成熟，但她的本性是那么可爱。”

宋家明笑笑，把双手插在裤袋中。他穿着法兰绒西装，同料子裤子，腰头打褶，用一条细细黑色鳄鱼皮带。白色维也纳衬衫[2]，灰色丝领带——温莎结，加一件手织的白色绒线背心。

我问：“谁替你选的衣服？”

他奇道：“怎么忽然问起这种问题来？”

---

[1] 梵高：文森特・威廉・凡・高，Vincent Willem van Gogh，荷兰后印象派画家。

[2] 维也纳衬衫：Gino Venturini，意大利衬衫品牌，拥有百年历史。

“你穿得实在好。”

“我只穿三种颜色。”他说，“这叫好？”

我笑：“我只穿一个颜色哩。”

“是的，去年夏天，当我每次看见你，我都想：‘这女孩子只穿白色。’”家明说。

“谢谢，”我说，“我不知道你注意我。”

“每个人都注意到你。聪慧实在不应把你带回来。”

我笑：“像《呼啸山庄》中的希拉克利夫[1]，狼入羊群？”

宋家明揉揉鼻子，笑道：“我倒不那么确定谁是羊，谁是狼。谁的额头上也没有签字。”

我问：“聪恕呢？”我总得问一问聪恕。

他沉默一会儿。

“聪恕从头到尾在疗养院里。”他终于说。

“我不相信。”非常震惊，“已经多久了？”

“七个月，他很好，但是他情愿住疗养院里。”家明苦笑，“你或许不知道，他天天写一封信给你——”

我抬头：“我一封信也没有收过。”

“没有人为他寄出。”

“谁读那些信？”我问。

“信在勯先生那里。”家明说，“只有勯先生知道内容。”

“啊？”

“他收到过我的信吗？”我问，“勯先生有没有遣人冒我的笔迹复信给聪恕？”

[1] 希拉克利夫：希刺克厉夫，《呼啸山庄》的主人公，恩萧抚养的孤儿。

“聪明的女子。”家明说，“‘你的信’由聪憩代笔，约两星期一封。”

“肉麻的内容？”

“不，很关切的内容，维持着距离，兄妹似的。”

“如果只有勖先生看过聪恕的信，聪憩如何作答？”我问。

“他们总有办法。”家明微笑，“勖家的人总有办法。”

“聪恕，他真的没事吧？”

“没事。如果他生在贫家，日日朝九晚五地做一份卑微工作，听老板呼来喝去，他将会是全香港最健康的人。”

现在宋家明的刻薄很少用在我的身上。

“聪恕除了作林黛玉状外，没有其他的事可做。”家明说，“我很原宥他。”

我看着宋家明：“你呢？你为什么留在勖家？你原是个人才，哪里都可以找到生活。”

“人才？”他嘲弄地，“人才太多了，全世界挤满着多少PH.D.[1]与MBR，他们又如何？在落后国家大小学里占一个教席。勖家给我的不一样，有目共睹。姜小姐，我与你相比，姜小姐，我比你更可怜。”他的声音渐渐低下去。

可怜。宋家明会用到这两个字。可怜。

“你是女人，谁敢嘲笑你。我是男人，我自己先瞧不起自己。如果聪慧的父亲不是勖存姿，或许我会真正爱上她。她不是没有优点的，她美丽、她天真、她善良。但现在我恨。”

这番话多么苦涩。

---

[1] PH.D.：Doctor of Philosophy，哲学博士。

“勖先生看得出我的意图，他比较喜欢方家凯。家凯与聪憩跟他略为疏远，所以他们两夫妻比较能讨得他欢心。”

我不用告诉宋家明。我知道勖存姿最喜欢的是谁。

我。

为什么会这样，我不知道。缘分吧，如宋家明所说，缘分。一切不明不白，不清不楚的事情都归类于缘分与爱情，人类知识的贫乏无以复加。

我问：“是不是为了我，聪恕才住进了疗养院？”

“不。他等这借口等了很久。现在他又为女孩子自杀了，以前净为男孩子。”

我用手撑着头。“如果他们真的都爱我，那我实在太幸福了。才一年之前，我告诉自己，我需要爱，很多的爱。如果没有爱，那么给我很多的钱，如果没有钱，那么我还有健康……”我喃喃地说，“现在这么多人说爱我……”连韩国泰都忽然开始爱我，丹尼斯·阮、勖聪恕，还有站在我面前的宋家明。嗅都可以嗅得出来。

我冷笑。忽然之间我成为香饽饽了，不外是因为现在勖存姿重视我。世上的人原本如此，要踩大家一起踩一个人，要捧起来争着捧。

这年头男人最怕女人会缠住他嫁他，因为我是勖存姿的人，他们少掉这一层恐惧与顾虑，一个个人都争着来爱我。

我无法消受这样的恩宠，真的。

不过宋家明还是宋家明，他一直只对我说理智的话，态度暧昧是另外一件事。

也没多久，聪慧飞来伦敦。人们知道玛丽莎白兰沁[1]，但不知道勖聪慧。人们知道嘉洛莲公主[2]，但不知道勖聪慧。聪慧一生人有大半时间在飞机上度过。她根本不知道她要追求什么，她也不在乎。她一生只做错一件事，去年暑假回香港时，她不该一时兴致勃发，乘搭二等客机座，以致遇见了我。

她穿着非常美丽的一件银狐大衣，看到我不笑不说话，把手绕在她未婚夫的臂弯里。

是她指明要见我的，我给她父亲面子，才赶来看她。

"有重要的事？"

"自然有，爹说下个月来这里。"她说，"爹的遗嘱是在英国立的，他要改动内容，叫你在场，怎么，满意吧？"聪慧冷冷地说。

为什么要我在场？为什么要我知道？我现在不开心了。我是实实在在，真的不开心。我要花的钱已经足够足够。但他为什么不亲自通知我，而要借聪慧的嘴，他是不是想逼聪慧承认我？逼勖家全体成员承认我？要我去做众人眼里的针？

聪慧说："我们届时会聚在伦敦，爹爹叫我们全体在场。"

我不关心。我不会在那里。

聪慧的手一直紧紧揽着家明，一刻不离，我假装看不见。聪慧并不见得有宋家明想象中的那么单纯，不过她这个疑心是多余的，天下的男人那么多，吃饭的地方不拉屎，勾搭上宋家明对我有什么好处？对他有什么好处？况且我们现在份属友好，很谈得拢。目前我没有这种企图。

---

[1] 玛丽莎白兰沁：马里莎·贝伦森，Marisa Berenson，演员，主要作品有《绝地老冤家》。

[2] 嘉洛莲公主：卡罗琳公主，Caroline Grimaldi，摩纳哥大公主。

可是聪慧已经在疑心。

她说："妈妈说那次没把你看清楚，很是遗憾。"

我不响。本来想反驳几句，后来觉得已经占尽风光，何苦不留个余地，于是维持沉默。

我说："如果没有其他的事，我想我可以回剑桥了。"

"哦，还有，爹叫我带这个给你，亲手交到。"她递给我一只牛皮信封。

我看看家明。马上当他们面拆开来。是香港的数份英文报纸。寻人广告，登得四分之一页大："寻找姜喜宝小姐，请即与澳洲奥克兰[1]咸密顿通话（02）786-09843联络为要。"我抬起头来。

家明马上问："什么日子？"

都是三天至七日前的，一连登了好几天。

妈妈。我有预感。

家明说："我想起来了，天，你有没有看《泰晤时报》[2]？我没想到那是寻你的。"

他马上翻出报纸，我们看到三乘五寸那么大的广告："寻找姜喜宝女士，请联络奥克兰……"

我惶恐地抬起头："我没有看见。我没有看见——"

"现在马上打过去，快。"家明催促，"你还等什么？"

聪慧问："什么事？"

我说："我母亲，她在澳洲……"我彷徨起来。

家明替我取过电话，叫接线生挂长途电话。他说道："也许

---

[1] 奥克兰：新西兰最大的城市和港口。

[2]《泰晤时报》：《泰晤士报》（*The Times*）是英国的一张综合性全国发行的日报，是一张对全世界政治、经济、文化发挥着巨大影响的报纸。

你很久没写信给她了，她可牵记你——”

家明是关心我的。

不。我母亲从来不牵记我。我再失踪十年，她也不会登了这么大的广告来寻我，况且现在寻找的并不是她，而是咸密顿。

电话隔五分钟才接通。这五分钟对我来说，长如半世纪。我问着无聊的问题：“澳洲与伦敦相差多少小时？十四个？”“电话三分钟是若干？”

宋家明烦躁地跟我说：“你为什么不看报纸？广告登出已经第三天！连我都注意到。只是我不晓得你母亲在澳州，他们又拼错了你的名字——”

是咸密顿……

聪慧说：“电话接通了，家明，你闭嘴好不好？”她把电话交给我。

我问：“咸密顿先生？”

“喜宝？”那边问。

“咸密顿先生。”我问，“我母亲如何了？”声音颤抖着。

“喜宝，我想你要亲自来一次。喜宝，我给你详细地址，你最好亲自来一次奥克兰——我真高兴终于把你联络上了，你看到报上的广告？”

我狂叫：“告诉我！我母亲怎么了？”

“她——”

“她在什么地方？说。”

“你必须安静下来，喜宝。”

“你马上说。”我把声线降低，“快。”

“喜宝，你的母亲自杀身亡了。”

我老妈？

刹那间我一点声音都听不到，心里平静之至，眼前一切景象慢镜头似的移动，我茫然抓着话筒抬起头，看着家明与聪慧。

聪慧问：“是什么？什么消息？”

我朝电话问：“如何死的？”

咸密顿呜咽的声音：“她自二十七楼跳下来，她到城里去，找到最高的百货公司，然后她跳下来。”

我问：“那是几时的事？”我的声音又慢又有条理，自己听着都吃惊。

聪慧与家明静候一边。

“十天之前，”感密顿在那边哭出声来，“我爱她，我待她至好，一点儿预兆都没有，我真不明白——”

“她葬在哪里？”

“他们不能把她凑在一块儿——你明白？”

“明白。”我说。

在这种时刻，我居然会想到一首歌：“亨蒂敦蒂[1]坐在墙上，亨蒂敦蒂摔了一大跤，皇帝所有的人与皇帝的马，都不能再将亨蒂敦蒂凑回一起。”亨蒂敦蒂是那个蛋头人。

“你母亲是火葬的。”咸密顿在那边说。

“我会尽快赶来。”我说，“我会马上到。”我挂上电话。我走到椅子上坐下。把报纸摊开来，看着那段寻人广告，我的手放在广告上面，一下一下地平摸着。聪慧有点儿害怕。“喜宝——”她走过来坐在我身边。

---

[1] 亨蒂敦蒂：Humpty Dumpty，《鹅妈妈童谣》中的人物。

我抬起头来，对宋家明说："请你，请你与勖先生商量，我应该怎么做。"我的声音很小地恳求。

"是。"宋家明的答案很简单，他把电话机拿到房间去，以便私人对话。

"喜宝——"聪慧想安慰我。

我拍拍她肩膀，表示事情一切可以控制，我可以应付。

我的老妈。

我用手撑着头。啊妈妈，今年应该四十二岁了吧？照俗例加三岁，应是四十五。她还漂亮，还很健康。我那美丽可怜的母亲。经过这些年的不如意，我满以为她已习惯，但是她还是做了一件这么唐突的事。老妈，为什么？除却死亡可以做的尚有这么多，妈妈。

聪慧问："喜宝，你要哭吗？如果你想哭的话，不要勉强，哭出来较好一点儿。"

"谢谢你。"我说，"不，我并不想哭。"

"那么你在想什么？你可别钻牛角尖。"聪慧说。

"我只是在想，"我抬起头，"我母亲在世间四十余年，并没有一日真正得意过。"

"我不明白——我——"

家明走出房间，走到我身边，把手按在我手上。他的手是温暖的。这是我第一次碰到他的手。

他清晰地说："勖先生吩咐我陪你马上到奥克兰去，我们向学校告假五天，速去速回，把骨灰带回来。勖先生说人死不能复生，叫你镇静。"

我点点头。"是。"

“我已订好票子，两点半时间班机，我们马上准备。”

“谢谢你。”我说。

聪慧说：“我也去。”

宋家明忽然翻了脸，他对聪慧说：“你给我坐在那里。”

聪慧响也不敢响。

“你穿好大衣，”宋家明对我说，“我们不用带太多行李。现款我身边有。快！聪慧，开车送我们到飞机场。”

聪慧没奈何，只好听宋家明每一句吩咐。

家明低声跟我说：“勖先生在苏黎世有急事，不能离开，派我也是一样。”

“是。”我说，“我知道，谢谢。”

他替我穿上大衣，扶我出门口。

我说：“我没事，我可以走。”

在车上他要与我坐后座，由聪慧驾驶，我坚持叫他与聪慧并排坐，因为我想打横躺着休息。家明终于与聪慧一起坐。他用一贯沉着的语气跟我说：“随后我又与咸密顿先生通了一次话，他说你父亲看到广告与他联络过。长途电话，费用是咸密顿支付的。”

我问：“我父亲说什么？”

“没什么。他说你母亲不像是会自杀的人。”

“就那样？”我问。

“就那样。”家明答。

我吞一口唾沫。“我给你们一整家都增加了麻烦……事实上我可以一个人到奥克兰去……对我来说稀疏平常，我时常一个人来来去去……”

宋家明有力地截断我道：“这是勖先生的吩咐。”

我点点头。是。勖存姿把我照顾得熨贴入微，没有半丝漏洞。他什么都知道，我保证他什么都知道。

我问：“勖先生可知道我母亲的死因？”

“勖先生说：人死不能复生。”宋家明说。

之后便是沉默。

到飞机场聪慧把我们放下来，她问：“你们几号回来？什么时间？我来接。”

“我会再通知你。”家明说，“开车回去时当心。”

聪慧点点头，把车子掉头开走。

我说：“你对聪慧不必大嚷。”

家明冷冷地说：“每个女人有时都得对她大嚷一次。”

“包括我？”我问。

“你不是我的女人。”他说。

我们登机，一切顺利得很。人们会以为这一对年轻男女是蜜月旅行吧。局外人永远把事情看得十全十美，而事实上我不过是往奥克兰去取母亲的骨灰。

在飞机上我开始对宋家明说及我的往事。小小段，这里琐屑的一片，那里拾起来的一块，我只是想寻个人聆听，恰巧家明在我身边。

“……我们一直穷。”我说，“可是母亲宁愿冒切煤气的危险，先把现款买了纱裙子给我穿，托人送我进贵族学校。”我停一停，“……七岁便带我去穿耳洞，戴一副小金铃耳环。”

家明非常耐心地听着。

飞机上的人都睡着了，只有我在他耳边悄悄低低地说话。

“我们没有钱买洗头水，用肥皂粉洗头，但是头发一定是干净的……我的母亲与我，老实说，我们不像母女，我们像一对流氓，与街市上其他的流氓斗法，我不知道我是怎么长大的。父亲是二流子，我跟母亲的姓……但是我长大了。终于长大了，而且也一样来了外国，一样做起留学生来。”

我喝着飞机女侍应递上来的白酒，一定要把我自己交代清楚。

我问家明：“你听得倦了吧？”

家明说：“尽管说下去，我非常有兴趣。”

“你知道我是怎么到英国来的？笑死你。母亲在航空公司做满五年，公司送她一张来回日本飞机票，她去换了单程伦敦的票子，跟我说：‘去，小宝，到英国去，好歹去一阵子，算是镀过金留过学的。’然后她有三千港元节蓄，把我塞上飞机。你不会相信。”

我把头靠在家明肩膀上。

我说：“我连厚的大衣都没有一件。报名到一间秘书学校去念书，学费去掉两百镑——以后？别问我以后是怎么过的。以后我看见过各式各样的面色，听过很多假的应允，真的谎话。很多人认为只有在革命或打仗的时候才能吃到苦头，其实到了那个时候，大势已去，不是死就是活，听天由命……或者我这一切说出是微不足道的——世界上那么多女人，其中一人心灵自幼受到创伤，算是什么呢？我们不能够人人都做勖聪慧。”

我发泄。

家明把他的手搅住我肩膀。

“这是我第二次乘头等客机。”我说，“以后我将会有许多许多这样的机会，你放心，我会好好地做人，我的机会比我母亲好。”

“一切很快会过去。”

“是的，一切。”我喃喃地说，“我想母亲一定是倦了，从甲男身边飘到乙男身边，从一份工作又飘到另一份工作。她或者没有进过集中营，走警报逃难，或者没有吃过这种苦，但是她一样有资格疲倦，她一样有资格自杀。”

家明说：“你睡一会儿，快睡一会儿。飞机马上要到了。”

“到了？真快。”我说。

飞机到了。宋家明早通知咸密顿接我们。咸密顿一边流泪一边诉说。那么大的一个男人，崩溃得像小孩子一样，由此可知母亲这次给他的打击有多么大。

车子驶到他家要大半日，但我与宋家明还是去了。澳洲那种无边无涯沙漠似的单调。其实沙漠是瑰丽的，但是人们惯性地把沙漠与枯燥连贯在一起，我也不明白。我不明白的事有这么多。

我木着一张脸，宋家明却在车上盹着了。

我们到达咸密顿的屋子。一幢很摩登样很现代化的平房，有花圃，四间房间，车房里尚有两部车子。

“她的房间呢？”我淡淡地问。

我看到老妈的房间，很漂亮，像杂志上翻到的摩登家庭，墙纸窗帘与床垫是一整套的。梳妆台上放着各式化妆品，甚至有一瓶“妮娜烈兹[1]”的“夜间飞行”香水。她的生活应当不错。

拉开衣橱，衣服也一整柜。老妈一生中最好的日子应是现在。

[1] 妮娜烈兹：妮娜·烈兹。一款香水名。

我不明白母亲，我从没有尝试过，很困难的——一个人要了解另一个人，即使是母女、父子、兄弟、夫妻，不可能的事，我只问一个问题——

“你替姜咏丽买过人寿保险？”我问得很可笑的。

咸密顿叫嚷着：“警方问完你又来问，我告诉你，没有，一个子儿也没有买！我不是那种人，我爱咏丽。”他掩着脸呜呜地哭。

我并没有被感动，若干年前我会，现在不，世界上很多人善于演戏，他们演戏，我观剧。观众有时候也很投入剧情，但只限于此。

我们在一间汽车旅馆内休息。宋家明着我服安眠药睡觉，他与勖存姿联络。

我还是做梦了。

信。很多的信。很多的信自信箱里跌出来。我痛快地看完一封又一封，甚至递给我丈夫看。我丈夫是一个年轻人，爱我敬我，饭后用人收拾掉碗筷，我们一起看电视。

陆 ·

『我尊重你，诚服你，但是我不会先爱你。』

在四五点钟的时候我惊醒，宋家明坐在我床边。

他也像勖存姿，黑暗里坐在那里看似睡觉。

“你一额是汗。”他说。

“天气很热。”我撑起身子，“南半球的天气。”

“你做了噩梦？”

“梦是梦，噩梦跟美梦有什么分别？”我虚弱地问。

“你为什么不哭？”他问。

“哭有什么帮助？”

“你应该哭的。”

“应该？谁说的？”

“人们通常在这种时候哭。”

“那么我也可以跟人们说，一个女孩子应当有温暖的家庭，好了吧？”我叹口气。

“咸密顿看上去像个好人——”

“家明，”我改变话题，“有没有女人告诉你，你漂亮得很？”

他微笑，点点头。

“很多女人？”我也微笑。

家明没回答，真是高尚的品行，很多男人会来不及地告诉朋友，他有过多少女人。同样地，低级的女人也会到处喋喋，强迫别人知道她的面首若干。

他握起我的手吻一下。“你熟睡的时候，我喜欢你多点儿。”

勖存姿说过这话。

我问：“因为我没有那么精明？因为我合上眼睛之后，看上去比较单纯？”

“你什么都猜到？”他诧异。

“不，有人在你之前如此说过而已。”我说。

他叹口气：“勖存姿。”

“是。”我说道，“你也一样，什么都猜得到。”

他吻我的脸。

我说：“天还没有亮，你陪我睡一会儿。”我让开一边身子。“来。”我拍拍床褥。

他躺在我身边。“这很危险的。”

“不会。”我说，“我很快会睡熟。”

我真的拖着宋家明再熟睡一觉。听着他的心跳，我有一种安宁。我从来没有在男人身边睡到天亮。没有。我与男人们从来没有地老天荒过。

但是我与宋家明睡到天亮。

他说：“我一直没有睡熟，心是醒的，怕得要死，我不大会控制自己。”

“聪慧知道会怎么样？”我笑着起床。

“怎么样？我也不知道。”他微笑。

“我们今天问咸密顿取回骨灰。”他说。

“为什么？”

“带回到她的出生地去。”宋家明说。

“我母亲的出生地在上海。”我说道，“她是上海人。”

“香港也还比澳洲近上海。”

“真有这么重要？”我漠然问。

“她是你的母亲。”宋家明说。

男人们就是这样，唯一听话的时间是在枕头上的。

男人睡在女人身边的时候，要他长就长，要他短就短。下了床他又是另外一个人，他有主张，他要开始命令我。

咸密顿不肯把骨灰还我——

“她是澳洲人。她嫁了我。她是我的妻子。”

即使请律师来，我也不见得会赢这场官司。

我沉默地说：“带我去看看现场。”

他开车把我们送到现场那座大厦，是一间百货公司。

我站在街上向上看，只觉得蓝天白云，很愉快很爽朗。

“我要上顶楼看看。”我说。

宋家明拦住我，我轻轻推开他。

咸密顿与我们一行三人乘电梯到顶楼，但是大厦顶层已经封锁掉。我请宋家明跟经理说话，交涉良久，经理派人来开了门，连同两位便衣警探一起，我们到达顶楼。二十七层高的房子。

看下去楼下的车辆与行人像虫蚁一般，蠕蠕而动。跳下去一定是死的。老妈那一霎间的勇气到底从何而来？我不能够明白。

我站了很久，也不能说是凭吊，也并没有哭。两个便衣的脸上却露出恻然的神色。谁说现在的世人没有人情味？人们看到比他们更为不幸的人，自然是同情的——锄强扶弱嘛。

然后我向宋家明道谢："你让他们开门，一定费了番唇舌吧？"

他只微微点点，不答。

我们与咸密顿道别。

咸密顿苦涩地问我："为什么？"

"我不知道。"我说，"问上帝。"

"再见。"宋家明与我轮流与他握手。

家明问："你当真不要带任何一样纪念品回去？"

我抬高头想很久。"不要。"我说。

我们就这么离开澳洲回伦敦。

在飞机场出现的是勖存姿本人。我们只离开四天，我坐在他的丹姆拉里面，把头靠在他肩膀上不肯动。

"你怎么了？"勖低声问。

"我疲倦得很，要在你身上吸回点精力。"

"日月精华？我还有什么日月精华？你应当选个精壮少年。"他笑道，"有没有引诱我的女婿？"

我很高兴他问了出来。我老实说："没有。我还不敢。"

"别想太多。"他说，"凡事想多了是不行的。"

我还是在想。

那么高的楼顶，在异乡，离她出生的地方一万多里，她在那里自杀，上帝，为什么？

我想到幼时，她自公司拾回缚礼物的缎带，如果皱了，用搪瓷漱口杯盛了开水熨平——我们连熨斗都买不起。

我想到幼时开派对，把她的耳环当胸针用，居然赢得无限艳羡眼光。

我想到死活好歹她拖拉着我长大，并没有离开过我。

我想到父亲过年如何上门来借钱，她如何一个大耳刮把父亲打出去——是我替父亲拾起帽子交在他手中。

我想到如何她在公众假期冒风雨去当班，为了争取一点点额外的金钱，以便能够买只洋娃娃给我。

我想到上英文中学的开销，她在亲友之间讨旧书本省钱……我们之间的苦苦挣扎。

所以我在十三岁上头学会叫男生付账，他们愿意，因为我长得漂亮，而且我懂得讨好他们。

我的老妈，她离开这个世界之前甚至没有与我联络一下，也没有一封书信，或者她以为我会明白，可惜我并不。

回忆是片断的，没有太多的感情，我们太狼狈，没有奢侈的时间来培养感情，久而久之，她不是不后悔当初没有把子宫中的这一组细胞刮干净流产。我成为她的负累。她带回来的男友都眼睛盯在我初育的身上，到最后我到英国去了，她也老了。

我母亲是个美丽的女人，然而她平白浪费了她的美丽，没有人爱她。

我母亲前夫连打最后一次长途电话询问她的死讯都不肯付钱。

而咸密顿，他做了些什么，他自身明白。我没有能力追究，我也不想追究，从现在开始，在这世界上，我完完全全真真正正地，只净剩我自己一人。

我打一个冷战。

一个人。

我昏昏沉沉地靠着勖存姿，我努力地跟自己说：我要忘掉

“姜咏丽”这三个字。

回到剑桥我病了。

医生的诊断是伤风感冒发烧，额角烧得发烫，我知道这是一种发泄。如果我不能哭，我就病。我想不出应哭的理由，但是我有病的自由。

医生来了又去，去了又来。

勖存姿回苏黎世。他的鲜花日日一束束堆在我房中，朦胧间我也看不清楚，医生吩咐把花全部拿出去，花香对病人并没有帮助。

我一直觉得口渴，时常看见家明。

我问：“聪慧呢？”不知为什么要问起聪慧。

“她一个在这里闷，回香港去了。改遗嘱那天来伦敦。”

“遗嘱？”我急问，“谁的遗嘱？”

“勖先生要改遗嘱——我们之间已经提过的。”家明说。

“不，勖先生为什么要改遗嘱？”我慌忙地说，“他又不会死，他不会死。”我挣扎着要起床，“我跟他去说。”

家明与护士把我按在床上，我号啕大哭起来，只是要起身去找勖存姿。

护士道：“好了，她终于哭了，对她有好处。”

我哭了很久很久才睡熟的。做梦又见了许多信，一沓沓地自信箱中跌出来。那些说爱我的男孩子，他们真的全写信来了……

然后我觉得有人吻我，在唇上在面颊上在耳根，我睁开眼睛，不是勖存姿，年轻男人的体嗅，抚摸他的头发，却是家明。

“我是谁？”家明问，“想清楚再说，别叫错名字。”他把脸埋在我枕头边。

“家明。”我没带一丝惊异。

“是我。”他说。

“家明，你怎么了？”我问，“你怎么？”

“没什么。”他把头枕在我胸前。

我说：“你不必同情我或是可怜我，我很好，我什么事也没有，真的，家明，你不必为我的身世怜惜我。”

他仿佛没听到我的话，他轻轻地说：“或者我们可以一齐逃离勖家，你愿意吗？”

我的心沉下去。他是认真的。

在病中我都醒了一半。每个女人都喜欢有男人为她牺牲，但这太伟大了。我们一起逃走……到一处地方建立小家庭，勖存姿并不会派人来暗杀我们，不，勖存姿不会。但宋家明能爱我多久，我又能爱他多久？

我是否得每天煮饭？是否得出外做工？是否得退学？是否要听他重复自老板处得回来的啰唆气？是否得为他养育儿女？

他与勖聪慧是天作之合，但聪慧的快乐不是我的快乐。

“家明，谢谢你，但是我不想逃走，他从来没有关禁过我，我怎么逃走呢？”我轻轻地说。

“他终于找到了他要的女人。”宋家明叹息，“你对他那么忠心。”

“不不，家明，我对他忠心，是因为我尚没有找到比他更好的人。”我轻轻地说。

“吻我一下。”

我吻他的脸：“谢谢你，家明，谢谢你，我永远不会告诉别人，你放心。”

“如果我担心这个，我不会把话说出来。”他沮丧地。

“家明——”

“别说话，别说话——”

他留在我床边直到天亮。我出卖了勖存姿一整家人。好在是人家出卖我，我也出卖别人。罪人们出卖罪人，没有犯罪的感觉。

勖存姿从赫尔辛基回伦敦来见他的亲人，开“遗嘱大会”。

我没有参加。我身体已经复原，我去上学了。放学已是近六点。他们在夏惠吃饭，我也没有去，我在家吃三文治与热牛奶，眼睛看着电视。

勖存姿在我身后出现，他说：“你上哪儿去了？”

“上学。”我说。

“为什么不来听听你名下现在有多少财产？”他问。

“没有兴趣。我已经够钱用了。”我答。

“他们很失望，他们以为你急于想知道。”勖存姿说。

我笑笑：“我有多少钱，关他们什么事，或许你私底下已给了我整个王国——他们又怎么知道？唯一知道一切的只是全能的勖存姿先生。”

他坐下来。辛普森递上白兰地。我过去吻他的脸，谈了一会儿，他走了。

他走之后没多久，聪慧与家明双双来见我，我们一起喝咖啡。

聪慧胜利地说：“爹爹什么也没分给你。”

我冷淡地说：“Idon’t give a damn.[1]”

---

[1] I don’t give a damn：我一点也不在乎。

“真的？”聪慧嘲弄地问。

“当然真的。”

聪慧看我的表情不像假装，又诧异起来。聪慧永远不能下定决心恨一个人，她的字典里没有“恨”字，她恨我，恨一阵子也就忘了，下意识她知道我是她认可的敌人，她应当刻薄我欺侮我，但是她做得不成功，她时常忘记她的任务。她是这么的可爱。

我看看家明。他的眼光并没有落在我的脸上。他有心事，看上去非常不自然。

我说：“我正在设法猎取勖存姿先生本人。如果我获得他，我自然得到一切。如果我得不到他，那些屑屑碎碎的东西，我不稀罕。”

宋家明抬起头来。“像苏格兰著名的麦都考堡——也算是琐碎的一部分？”

我抬起头来，不是不兴奋的。

“是的，殿下。勖先生还替你置了一艘全雷达控制的游艇，长一百三十六呎，殿下可以出北海遨游。”

家明声音之中的嫉妒是不可抑压的明显。

聪慧睁大眼睛。“我不相信！我不相信爸爸会这么做。”

家明说：“我把屋契带了来，你可以签名。”他把文件搁在书桌上。

我问道：“那艘游艇，它能发射地对空飞弹吗？”

宋家明额角上出现青筋：“我希望你的态度稍微严肃点。”

“宋先生，”我说，“我不知道你竟对我这么不耐烦，可是你不会对勖先生说出你对我的不满吧？你只不过是勖先生的职员。”

聪慧涨红了脸。“他是我的丈夫。”她抢着说。

“未婚夫。”我更正，“我还没看见你穿上过婚纱，OK，请把图则取出来我看一看。”

我微笑。是的，母狗，宋家明一定这么骂我。他们从上至下的人都可以这样骂我，我可不关心。使我惊异的是这些日子来，勖存姿不停地添增我的财产，在感情上他却固执地不肯服输。我不明白他。

聪慧暴怒地说：“我不相信爸爸会做这种糊涂事！我真不相信。”她握紧了拳头，大力擂着桌子。

我抬起头问：“你知道你爸爸有多少？”

她一怔，答不出话来。

我说：“你们都觉得他应该早把遗产分出来，免得将来付天文数字的遗产税。但是你们也不知道他的财产到底有多少。或者他给我的，只不过是桌子上扫下来的面包屑，你们何必看不入眼？即使是狗，难道也不配得到这种待遇吗？况且你们又不知道我为他的牺牲有多少？”

我说这番话的时候，不是不悲哀的。

聪慧说：“你得到的比我们多。”

“你们是他的子女，他是你们的父亲，你不能如此计算，”我说，“我只是他的——”

我坐下来，在屋契上签了一个名字。

家明又说：“伦敦苏莲士拍卖行一批古董钟在下月十二日举行拍卖，勖先生觉得颇值一看，他说你或者会有兴趣。”

“哪一种钟？”我问。

“目录在这里。”他取出一本小册子放在我面前，“其中一座是为教皇保禄一世特制的，威尼斯工匠十六世纪的杰作。每次钟点敲响，十二门徒会逐一依音乐节拍向耶稣点头示意。”

“多么可爱。”我微笑，“十二号我一定到苏莲士去。”

“勖先生还说，如果你在那里见到加洛莲・肯尼迪[1]，就不要继续举手抬价，这种钟是很多的。”

“为什么？我们难道不比她更有钱？我不信。”我微笑。

聪慧惊叹：“家明你发觉没有？我们不过是普通人的生活，她简直是个公主呢。”

“是的。”宋家明答，“你现在才发觉？”他嘲讽地说。

“我们快点走吧。”聪慧说，“我要去见爸爸。”

“为什么？”宋家明抬起头来，问道。

“他老了，”聪慧愤怒地说，“他不知道他在做什么。”

“钱是他的，势是他的，聪慧，我劝你三思而后行。”

“你跟不跟我走？”聪慧问，“我现在要离开这里了！我恶心。”

“你在车子里等我五分钟，我马上来，我还有点事要交代。”

聪慧头也不回地离开。

宋家明低声问：“跟我走。”

“我不会那么做，你知道我不会那么做，这样对你对我都不好，你离不了聪慧，你自己也知道。”

“我愿意为你牺牲。”他急促地说。

我伸一个懒腰：“我最怕别人为我牺牲，凡是用到这种字眼的人，事后都要后悔的，将来天天有一个人向我提着当年如何为我牺牲，我受不了。”

---

[1] 加洛莲・肯尼迪：杰奎琳・肯尼迪，Jacqueline Lee Bouvier Kennedy Onassis，美国第35任总统约翰・肯尼迪的夫人。

“你不怕勖存姿知道？”他赌气地问。

“勖存姿？”我诧异，“你以为他还不知道？”我学着宋家明的语气，“那么我对你的估计未免太高了，他今早才来警告过我。”

家明的面孔转为灰白色，他怕勖存姿，我倒并不为这一点看不起他。谁不怕勖存姿？我也怕。怕他多心，怕他有势。最主要的是，我们这些人全想在他身上捞一笔便宜，最怕是捞不到。

“你还是快些走吧。”我说，“谢谢你，家明，像你这种脾气的人，能够提出这种要求，实在是很给我面子，谢谢你。”

他一声不响地拉开大门离开。

我听到聪慧的跑车引擎咆吼声。

我从没觉得这么寂寞。每个人都离我而去。坐在这么小的一间房子里已经觉得寒冷彻骨，搬到苏格兰的堡垒去？炉火再好，没有人相伴，也是枉然。

我觉得困顿，我锁上门，悬起电话。

窗外落雪，雪融化变水，渐渐变成下雨，室内我模模糊糊地睡着，看见母亲向我招手。蒙眬间我不是不知道她已经死了，但是却没有怕，天下原无女儿怕母亲的道理。

我恍惚间起了床，走向母亲。

我说：“老妈，你怎么了？冷吗？”她给我她冷的感觉，“披我的衣服。”

“你坐下来，小宝，你坐下。”她示意，“你最近怎么样？”她的脸很清晰，比起以前反而年轻了。

“还好。”我说，“你呢？”

“还不是一样。”

我有一千个一万个问题想问，但问不出口。

“你需要什么？老妈，我可以替你办。”我说道。

“什么也不要。我只来看看你，小宝。”

“我不怕，老妈，你有空尽管来。”我说。

“我可以握你的手？”她问。

“当然。”我把手伸出去。

她握着我的手，手倒不是传说中冰冷的。但是她就在我面前渺渺地消失。

我大声叫：“妈妈！妈妈。”

我睁开眼睛，我魇着了。

辛普森听到我的声音，轻轻敲门：“姜小姐，姜小姐？”

我高声问：“什么时候了？”

“十一点。”辛普森诧异地答，“你没看钟？”我随手拉开窗帘。“晚上？”

“不，是早上。”可不是天正亮着。

“我的天。”我说，“上课要迟到了。”

“姜小姐，你有客人。”

“如果是勖聪慧或是宋家明，说我没有空再跟他们说话，我累死了。”

“是勖家的人，他是勖聪恕少爷。”

我放下牙刷，一嘴牙膏泡沫，跑去拉开门。“谁？”我的惊讶难以形容，一个精神病患者自疗养院逃到这里来，这罪名我担当不起。

“勖少爷。”辛普森说。

“老天，”我马上用毛巾抹掉牙膏，披上晨楼，“他看上可好？”我问。

“很好，疲倦一点儿，”辛普森赔笑，“任何人经过那么长的飞行时间都会疲倦。”

“聪恕？”我走进会客室。

他坐在那里，听我的声音，转过头来。他看上去气色很好，一点儿不像病人，衣着也整齐。身边放着一整套“埃天恩爱格纳[1]”的紫红鹿皮行李箱子。

我拍着他的肩膀，“你是路过？”我问。

（祝英台问梁山伯：“贤兄是路过，抑或特地到此？”）

“不，”聪恕答，“我是特地来看你的。”

“自香港来？”我结巴地问。

“当然。”他诧异，“我在信中不是通知你了？该死，你还没收到信？”

“是的。”我拉着他缓缓坐下，“我还没收到信。”我打量着他秀气的脸，“你这次离开香港，家里人知道吗？”

“我为什么要他们知道？”他不以为然，“我又不是小孩子。聪慧来去自若，她几时通知过家里？”

“但你不同，”我说，“你有病，你身子不好。”

“谁说我有病？”聪恕说，“我只是不想回家见到他们那些人。”

“聪恕，家明与聪慧都在伦敦，你要不要跟他们联络一下？”我问。

“不要。”他说，“我只来看你。”

“但他们是你的家人——”

“小宝。”他不耐烦起来，“你几时也变成这种腔调的？我简

---

[1] 埃天恩爱格纳：艾格纳，Etienne Aigner，一个充满传奇性的时尚品牌，以独特的手工与优质用料著名，尤以手袋与皮制腰带最受注目。

直不相信。”

“你相信也好，不相信也好，我得换衣服上课去了。”

“小宝，陪我一天。”

“不行，聪恕，我读书跟你们读书不一样。我是很紧张的，失陪。你休息也好，看看书也好，我三点放学。你有什么事，尽管吩咐这里的下人。”

我上楼去换衣服。

“小宝。”他在楼下懊恼地叫道，“我赶了一万里路来看你的——”

“一万里路对你们来说算是什么？”我叫回去，“你们家的人搭飞机如同搭电车。”换好衣服开车到学校。第一件事便是设法找宋家明。宋家明并不在李琴公园的家中，聪慧也不在，几经辗转，总算与家明联络上。

我说：“宋先生，你马上跟勖先生联络，说聪恕在我家中。我不能担这个风险。”

家明吸进一口气：“你，你在哪里？”

“我在学校，你最好请勖先生马上赶来。勖先生此刻可在英国？”

“在，我马上通知他。”

“好的，我三点钟才放学，希望我回家的时候你们已经离开。”我说，“那个地方是我住的，我不希望勖氏家族诸人把我的住宅当花园，有空来逛进逛出。”

“姜小姐，这番话对我说有什么用？”他语气中带恨意，“我只不过是勖家一个职员。”

我一怔，随即笑起来：“不错，宋先生，我一时忘了，对不起。”我挂了电话。

上课的时候天一直下雨。

我想我这次是做对了。勖存姿心中是有这个儿子的。儿子不比女婿，我不能碰勖聪恕。

下课后我并没有离开课室。小小的课堂里有很多的人气烟味，我把窗子开一条缝，外边清新的空气如幻景般偷进来，我贪婪地吸起一口气，想到昨日的梦，我死去的母亲来探我。

教授问我：“你这一阵子仿佛心情不大好，有什么事情没有？”他的声音温和。

“没有。”我抬起头，“除非你指我母亲去世的那件事。”

“你心中是否为这件事不愉快？”他问。

“不，并不。”

“那么是什么？一个年轻貌美的女孩子，成绩又这么好，看样子家境极佳，到底是为了什么？请你告诉我。”

“先生，看事情不能看表面，每个人都有困难与烦恼，中国人有句成语，叫‘家家有本难念的经’。”

“家家有本难念的经。”他微笑，“但你是这么年轻的一个女孩子。”

“不，先生，我不再年轻。”我坐下来。

“看你的头发，那种颜色……你是一个美丽的女孩子……”教授说，“你不应该有任何烦恼。”

“我真的没有烦恼。”我低下头，“我只是在想，在什么地方可以找到很多的爱。”

“我们难道都不爱你吗？”教授问。

“但不是这种爱，是男女之间的爱……”

“你终于会遇见他的，你理想的爱人，你终于会遇见他的。”教授说。

“你很乐观，先生，我倒不敢这么自信。”我低下头。

远处的教堂敲起钟声，连绵不绝地，听在心中恻然。红白两事都响起钟声。喜与悲原本只有一线之隔。

我抬起头。“谢谢你，我得走了。”

“年轻的女孩，但愿我知道你在想些什么。”他陪我离开课室。

没有人知道另外一个人的心中想什么。谢谢老天我们不知道，幸亏不知道。

我开车回家，天上忽然辗出阳光，金光万道，射在车子的前窗上，结着的冰花变成钻石一般闪亮。我冷静地驶车回家。

家里谁都在。勖存姿、勖聪恕、宋家明。

我以为我已经说清楚，希望我回来的时候他们已经全部撤退，可是四个小时了，他们还是坐在那里。

“辛普森太太。”我提高声音。

没有人应。

女佣匆匆出来替我脱大衣。我问：“辛普森太太到什么地方去了？”

“她走掉了。”女佣低声说。

“为什么？”我诧异地问。

“勖少爷打她。”女佣低声答。

“噢！老天。”我说，“他凭什么打我的管家？她走掉永不回来了吗？”

“明天再来，她刚才是哭着走的。”女佣低声报告。

“他们在里面做什么？”我问，“吵架？”

“我不知道，姜小姐，他们坐在里面四五个小时，也不说话，我听不到什么声音。”

“我的上帝。这像《呼啸山庄》。”我说。

勖存姿提高声音：“是小宝吗？为什么不进来？我们都在等你。”

“等我？”我反问，“为什么要等我？”我走进去，“我有大把功课要做。这件事又与我无关。”

“与你无关？”勖存姿抬抬浓眉。

“当然！勖先生，说话请公平点。我从来不是一个糊涂人，这件事千怪万怪也怪不到我头上。”我说，“聪恕的信都在你手中，你在明里，我们所有的人都在暗里。他人一到我就通知你，我做错什么？”

聪恕跳起来：“我——的信……”

“你们好好地谈，我要上楼去休息。”我说。

“问题是，聪恕不肯离开这里。”勖存姿说。

我看宋家明一眼，他一声不出。

我冷笑一声：“反正他把我管家打跑了，他爱住这里。我让他好了。”

勖存姿听到我这话，眼神中透过一阵喜悦。

聪恕颤抖的声音问我道：“你没收到我那些信？”

“从没有。”我摇头。

“我收到的那些复信——”

“不是我的作品。”我坚决地说，“聪恕，你为什么不好好地站起来，是，用你的两条尊腿站起来，走到户外，是，打开大门，走出去，看看外面的阳光与雨露。你是个男人了，你应该明白你不能得到一切！我不爱你，你可不可以离开这里，使大家生活都安适一点儿？”

聪恕忽然饮泣起来。

我充满同情地看着勖存姿。这样有气魄的男人，却生下一个这样懦弱的儿子。

我转身跟女佣说：“叫辛普森太太回来，告诉她我在这里，谁也不能碰她。”我又说：“谁再跟我无端惹麻烦，我先揍谁，去把我的马鞭取出来。”我火爆地掠衣袖。“我得上去做功课了，限诸位半小时内全部离开。”

“小宝……”聪恕在后面叫我，“我一定要跟你说话。”

“聪恕，”我几乎是恳求了，“我实在看不出有什么是我可以帮你的，我不爱你，我也不想见你。你这种不负责的行为，使你父母至为痛心，你难道看不出？”

“如果你认识我的话，如果你给我一点时间……”他湿濡的手又摸上我的脸。

我倒不是害怕，当着宋家明，当着他父亲，我只觉得无限地尴尬，我拨开他的手。

他说：“小宝，你不能这样遣走我……你不能够——”

勖存姿把手搭在聪恕的肩膀，聪恕厌恶地摆脱他父亲的手。

“聪恕，我陪你回香港。”

“我不要回香港。”

“你一定要回去。”

“不要。”

我不想再听下去。我出门开车到附近的马厩去看马。

天气益发冷了。

马夫过来："小姐，午安。"

"我的'蓝宝石'如何了？"我问，"老添，你有没有用心照料它？"

"很好。我拉出来给你看。"老添答。

"我跟你去。"我说。

我跟在他身后到马厩，蓝宝石嘶叫一声。

"你今天不骑它？"老添问。

我摇摇头："今天有功课。"

"好马，小姐，这是一匹好马。"

"阿柏露莎[1]。"我点点头。

一个声音说："在英国极少见到阿柏露莎。"语气很诧异。

我转头，一个年轻男人骑着匹栗色马，照《水浒传》中的形容应是"火炭般颜色，浑身不见一条杂毛"。好马。赤免应该就是这般形状。

他有金色头发，金色眉毛，口音不很准。如果不是德国人，便是北欧人。

他下马，伸出手："冯·艾森贝克。"

我笑："汉斯？若翰？胡夫谨？"

"汉斯。"他也笑，"真不幸。德国男人像永远只有三个名字似的。"

我拉出蓝宝石，拍打它的背，喂它方糖。

"你是中国人？"他问，"朝鲜？日本？"

"我是清朝的公主，我父亲是位亲王。"我笑道。

---

[1] 阿柏露莎：阿帕卢萨马，Appaloosa，美国俄勒冈州的印第安人培育的优秀马种，中长距离马种，以他们领地阿帕卢萨河谷命名。

他耸耸肩："我不怀疑，养得起一匹阿柏露莎——"

"两匹。另一匹在伦敦。"我说。

他低声吹一声口哨。"你骑花式？"

"不，"我摇摇头，"我只把阿柏露莎养肥壮了，杀来吃。"

德国人微微变色。

"对不起。"他很有风度，"我的问题很不上路？"

"没关系。"我说，"不，我并不骑花式，我只是上马骑几个圈子，一个很坏的骑士，浪费了好马，有时候觉得惭愧。"

"你为什么不学好骑术？"汉斯问。

"为什么要学好骑术？"我愕然，"所有的德国人都是完美主义者，冲一杯奶粉都得做得十全十美，我觉得每个人一生内只要做一件事，就已经足够。"

"公主殿下，这可是中国人的哲学？"他笑问道。

"不，是公主殿下私人的哲学。"我答。

"那么你一生之中做好过什么？"他问。

"我？"我说，"我是一个好学生。"我坦然说。

"真的？"他问。

"真的。"我说，"最好的学校，最好的学生。你也是剑桥的学生？"

"不，"他摇头，"我是剑桥的教授。"

我扬扬眉毛："不是真的。"

"当然是真的。"他说，"物理系。"

"剑桥的物理？"我笑，"剑桥的理科不灵光。"

他笑笑："妇人之见。"

他骄傲，他年轻，他漂亮，我也笑一笑，决定不跟他斗嘴。

他不是丹尼斯·阮，我没有把握斗赢薄嘴唇的德国物理学家。

我坐在地下，看着蓝宝石吃草。

美丽的地方，美丽的天空。

“你头发上夹一朵白花，是什么意思？”他坐在我身边。

“家母去世了，我戴孝。”

“啊，对不起。”

“没关系。”我说，“我们迟迟早早总得走向那条路。”

“但是你不像是个消极的人。”他说。

我笑笑：“你住在宿舍？”

“不，我在乡下租了一间草屋。”

“不请我去喝杯茶？”我问。

“你很受欢迎。”他礼貌地说，“只可惜我尚未得知芳名。”

“你会念中文？我没有英文名字。我姓姜，叫我姜。”我说。

“你是公主？”汉斯问。

“我当然是说笑，公主一生人中很难见到一个。”

“见到了还得用三十张床垫与一粒豆来试一试。”他用了那著名的童话。

“我们骑马去。”我说，“原谅我的美国作风？穿牛仔裤骑马。”

马夫替我置好鞍子，我上马。

“哪一边？”我问。

“跟着我。”他说。

他不是“说”，他是在下命令。听说德国男人都是这样。

我们骑得很慢，一路上风景如画，春意盎然．这样子的享受，也不枉一生。

汉斯看看我的马说道：“好马。”

我微笑，仿佛他请我喝茶，完全是为了这匹阿柏露莎。我不出声，我们轻骑到他的家。

那是间农舍，很精致的茅草顶，我下马，取过毯子盖好马背。

他请我进屋子，炉火融融，充满烟丝香。我马上知道他是吸烟斗的。书架上满满是书。一边置着若翰萨贝斯天恩巴哈[1]的唱片，是《F 大调意大利协奏曲》。

他是个文静的家伙。窗框上放着一小盘一小盘的植物，都长得蓬勃茂盛。可见他把它们照顾得极好。我转头，他已捧出啤酒与热茶，嘴里含着烟斗。

“请坐，”他说，“别客气。”

“你是贵族吗？”我问道，“冯·艾森贝克。”

他摇摇头：“贵族麾下如果没有武士堡垒，怎么叫贵族？”

我很想告诉他我拥有一座堡垒，但在我自己没见到它之前，最好不提。

“你脖子上那串项链——”

“我爸爸送的项链。”我说。

“很美。”汉斯说着在书架上抽出一本画册，打开翻到某一页，是一位美妇人肖像，他指指，“看到这串项链没有？多么相像，一定是仿制品。”

我看仔细了，我说：“我不认为我这条是仿制品，这妇人是谁？”

“杜白丽[2]。”他微笑。

---

[1] 若翰萨贝斯天恩巴哈：约翰·塞巴斯蒂安·巴赫，德语 Johann Sebastian Bach。巴洛克时期的德国作曲家。

[2] 杜白丽：杜巴丽夫人，Jeanne Bécu，Comtesse du Barry。法国国王路易十五最后一个情妇。

我把项链除下来，把坠子翻过来给他看。“你瞧，我注意到这里一直有两个字母的——duB。”

他不由自主地放下烟斗，取出放大镜，看了看那几个小字，又对着图片研究半晌。

他瞪着我，睫毛金色闪闪。“你爸爸是什么人？”

“商人。”我说。

“他必然比一个国王更富有。这条项链的表面价值已非同小可，这十来颗未经琢磨的红宝石与绿钻石——”他吸进一口气，“我的业余嗜好是珠宝鉴定。”

现在我才懂得勖存姿的美意。杜白丽与我一样，是最受宠的情妇。

我发一阵呆。

然后我说：“我也很喜欢这条项链，小巧细致，也很可爱，你看，石头都是小颗小颗，而且红绿白三色衬得很美观。”

“小颗？”汉斯看我一眼，“坠链最低这一颗红宝石，也怕有两卡多。历史价值是无可估计的。”

我笑笑。也不会太贵。我想勖存姿不会过分。

“我替你戴上。”他帮我系好项链。“神秘的东方人。说不定你父亲在什么地方还拥有一座堡垒。”

是的。麦都考堡，但不是他的，是我的，现在是我的。

我喝完了茶。

我站起来，“谢谢你的茶，”我说，“我要走了。”

“我送你回马厩。”汉斯放下烟斗。

“好的。”我说。

在回程中我说：“你那一间房子很舒服。”

“每星期三下午我都在老添那里骑马，你有空的话，下星期三可以再见。”

“一言为定。”我跟他握手。

我开车回家，只见勖存姿在喝白兰地，辛普森已回来了。

“啊辛普森太太。”居移体，养移气，我变得她一般的虚伪。“真高兴再见到你，没有你，我简直不知道怎么办才好。”

“姜小姐，你回来了真好。”她昂然进厨房去替我取茶。

她这句话可以听得出是由衷的。她脸上有某处还粘着一小块纱布，至少我从没有殴打她。

我坐下来。“他们都走了？”

“走了。”勖存姿叹口气。

如何走的，也不消细说，有勖聪恕这样的儿子，也够受的，我可以了解。

我说：“你也别为他担心，你也已经尽了力。”

他说：“你才应该是我的孩子，喜宝，你的——”

“巴辣。”我摊摊手，“我就是够巴辣。”

“不不，你的坚决，你的判断、冷静、定力、取舍——你才是我的孩子。”

我微笑：“你待我也够好的，并不会比父亲待女儿差，你对我很好很好。”

“是，物质。”勖存姿说。

“也不只是物质，”我说，“情感上我还是倚靠你的。你为什么不能爱我？”我问。

他目光炯炯地看着我：“我在等你先爱我。”

“不，”我回视他，固执地，“你先爱我。”

他叠着手看牢我，说："你先！你一定要先爱我。"

我冷笑："为什么？有什么道理我要那么做？你为什么不能先爱我？"

他转过身去。

"哦。"我转变话题，"谢谢你的项链，我不知道是杜白丽夫人的东西。"

"现在是怎么知道的？"他平静地问。

"有人告诉我。"

"一个德国人？叫汉斯·冯·艾森贝克？"他问。

我的血凝住，真快。他知道得太快。

忽然之间我的心中灵光一现。老添，那个马夫。

勖存姿冷冷地说："如果你再去见他，别怪我无情，我会用枪打出他的脑浆！你会很快明白那并不是恐吓。"他转过头来，"我还会亲手做。"

"我不相信。"我用同样的语气说，"你会为我杀人？你能逃得谋杀罪名？我不相信？"

"姜小姐，"他低声说，"你到现在，应该相信勖存姿还没有碰到办不成的事。"

"你不能使我先爱你。"我断然说，"你得先爱我！你可以半夜进来扼死我，但不能使我先爱你，我尊重你，诚服你，但是我不会先爱你。"我转身走。

"站住。"

我转过头来。

他震怒，额上青筋毕现。"我警告你，姜小姐，你在我面前如此放肆，你会后悔。"

我轻声说："勖先生，你不像令公子的——强迫别人对你奉献爱情，我不怕，勖先生，我一点儿也不害怕。"

他看着我很久很久。

真可惜，在我们没见面的时候，反而这么接近和平，见到他却针锋相对，这到底是怎么一回事？我多么想与他和平相处，但是他不给我机会，他要我学习其他婢妾，我无法忍受。

他终于叹了一口气说："我从来没见过比你更强硬的女人。"

"你把我逼成这样子的。我想现在你又打算离开了。"

"并不，我打算在此休息一下。"

"我还是得上课的。"我说。

"我不会叫你为我请假。"他说，"我明白你这个人，你誓死要拿到这张文凭。"

"不错。"我说。

"自卑感作祟。"他说。

"是的，"我说，"一定是，但是一般人都希望得到有这类自卑感的儿女。"我在讽刺聪恕与聪慧，"恐怕只除了你？"

这一下打击得他很厉害，他生气了，他说："你不得对我无礼。"

"对不起。"我说。我真的抱歉，他还是我的老板，无论如何，他还是我的老板。

"你上楼去吧，我们的对白继续下去一点儿好处也没有。"

"我明白。"我上楼。

我并不知道他在客厅坐到几时，我一直佯装不在乎，其实是非常在乎的，一直睡不好，辗转反侧，我希望他可以上楼来，又希望他可以离开，那么至少我可以完全心死，不必牵挂。

但是他没有，他在客厅坐了一夜，然后离去。

他在考虑什么我都知道，他在考虑是不是应该离开我。我尚不知道他的答案。

星期三我到老添马厩去，我跟老添说："添，你的嘴巴太大了。"

老添极不好意思，他喃喃说："勖先生给我的代价很高。"

我摇摇头，人为财死，鸟为食亡。

老添又缓缓地说："我警告过冯·艾森贝克先生了。"

"他说什么？"我问。

冯·艾森贝克的声音自我身后扬起，"我不怕。"他笑。

我惊喜地转身说："汉斯。"

"你好吗，姜。"他取下烟斗。

"好，谢谢你。"我与他握手。

烟丝喷香地传入我的鼻孔。我深深呼吸一下，不知道为什么，我极之乐意见到他，因为他是明朗的、纯清的。正常的一个人，把我自那污浊的环境内带离一会儿，我喜欢他。

"你的'父亲'叫勖存姿？"他问。

我笑："是。"

"我都知道了。但是我与他的'女儿'骑骑马，喝杯茶，总是可以吧？"汉斯似笑非笑。

"当然可以，"我笑，"你不是那种人。"

我们一起策骑两个圈子，然后到他家，照样的喝茶，这次他请我吃自制牛角面包，还有蜜糖，我吃了很多，然后用耳机听巴哈的音乐。

我觉得非常松弛，加上一星期没有睡好，半躺在安乐椅上，竟然憩着了。什么梦也没有，只闻到木条在壁炉里燃烧的香味，耐久有一声“哗卜”。

汉斯把一条毯子盖住我。我听到蓝宝石在窗外轻轻嘶叫踏蹄。

醒来已是掌灯时分，汉斯在灯下翻阅笔记，放下烟斗，给我一大杯热可可，他不大说话，动作证明一切。

忽然之间我想，假使他是中国人，能够嫁给他未尝不是美事。就这样过一辈子，骑马、种花、看书。

宋家明呢？嫁给宋家明这样的人逃到老远的地方去，两个人慢慢培养感情，养育儿女，日子久了，总能白头偕老。想到这里，捧着热可可杯子，失神很久，但愿这次勖存姿立定了心思抛弃我，或者我尚有从头开始的希望。

“你在想什么？”汉斯问我。

“你会娶我这样的女子？”我冒失地问。

“很难说。”他微笑，“我们两人的文化背景相距太大，并不易克服，并且我也没有想到婚姻问题。”

我微笑：“那么，你会不会留我吃晚饭？”

“当然，我有比萨饼与苹果派，还有冰激凌。”汉斯说。

“我决定留下来。”我掀开毯子站起来伸个懒腰。

“你确是一个美丽的女孩子。”他说着上下打量我。

“美丽？即使是美丽，也没有灵魂。”我说，“我是浮士德。”

“你‘父亲’富甲一方，你应该有灵魂。”他咬着烟斗沉思，“这年头，连灵魂也可以买得到。”

“少废话，把苹果派取出来。”我笑道。

吃完晚饭汉斯送我回家。

辛普森说：“勖先生说他要过一阵才回来。”

“是吗？”我漠不关心地问一句。

喜宝

柒·

反正现在的生活不能满足我。什么也不必追求的生活根本不是生活。

整两个月，我只与汉斯一人见面，与他谈论功课，与他骑马。春天快到了，树枝抽出新芽。多久了，我做勖存姿的人到底有多久了，这种不见天日的日子，唯有我的功课在支持我。现在还有汉斯，我们的感情是基于一种明朗投机的朋友默契。

两个月见不到勖家的人，真是耳根清净。

我也问汉斯："你们在研究些什么？"

"我们怀疑原子内除了质子与分子，尚有第三个成分。"

我笑："我听不懂，我念的是法律，我只知道无端端不可以在毫无证据的情况下怀疑任何一件事。"

他吸一口烟斗："没有法子可以看见，就算是原子本身，也得靠撞击才能证明它的存在。"

"撞击？越说越玄了，留意听：还是提出你那宝贵的证据吧。"

他碰碰我的下巴逗我："譬如说有间酒吧。"

"是。我在听，一间酒吧。"

他横我一眼，我忍不住笑。

"只有一个入口出口。"他说下去。

“是，一个入口出口。”

“你不留心听着，我揍你。”

“但是不停有人向另外一个方向走去，你说，我们是否要怀疑酒吧某处尚有一个出口，至少有个厕所。”

我瞪着眼睛，张大嘴，半晌我说：“我不相信！政府出这么多钱，为了使你们找一间不存在的厕所？”

“不是厕所，是原子中第三个分子。”

“是你说厕所的。”我笑。

他着急：“你到底明白不明白？”

“坦白地说，并不。”我摇头。

“上帝。”汉斯说。

“OK，你们在设法发现原子内第三个成分，一切物理学皆不属‘发明’类，似是‘发现’类，像富兰克林，他发现了电，因为电是恒久存在的。人们一直用煤油灯，是因为人们没‘发现’电，是不是？电灯泡是一项发明，但不是电，对不对？”

“老天，你终于明白了。”他以手覆额。

“我念小学三年级时已明白了。”我说，“老天。”

“你不觉得兴奋？”他问。

“这有什么好兴奋的？”我瞠目问。

“呵，难道还是法律科值得兴奋？”

“当然。”

“放屁。”他说，“把前人判决过的案子一次一次地背诵，然后上堂，装模作样地吹一番牛……这好算兴奋？”

“你又不懂法律！别批评你不懂的事情。”我生气。

“嘿。”他又咬起烟斗。

“愚蠢的物理学家。”我说。

他笑了：“你还是个美丽的女孩子。”

“但欠缺脑袋，是不是？”我指指头。

“不，而且有脑袋。”他摇摇头。

“你如何得知？难道你还是脑科专家？”我反问。

他笑：“吃你的苹果派。”

“很好吃，美味之极。”我问道，“哪里买的？”

“买？我做的。”他指指自己的鼻子。

“‘冯·艾森贝克’牌？”我诧异，“真瞧不出来。”

“我有很多秘密的天才要待你假以时日来发现呢。”他说。

“哼。”我笑，“我要回去了，在你这里吃得快变胖子。”

“我或者会向你求婚。”汉斯笑道，“如果你——”

“大买卖。”我笑，“谁稀罕。”

汉斯拉住我的手臂，金色眉毛下是碧蓝冷峻的眼睛：“你稀罕的，你在那一刻是稀罕的。”

忽然之间我从他的表情联想到电影中看过的盖世太保。我很不悦，摔开他的手，“不谈这个了，我又不是犹太人，不必如此对我。”

他松开手，惊异地说：“你是我所遇见的人之中，情绪最不平稳的一个，或者你应该去看精神科医生。”

我用国语骂：“你才神经病。”

“那是什么？”他问。

我已经上了马。

远处传来号角声，猎狐季节又开始了，这是凯旋的奏乐。

“下星期三？”他问，“再来吵架？”

我自马上俯首吻他的额角。马儿兜一个圈子，我又骑回去，再吻他的脸。他长长的金睫毛闪烁地接触到我的脸颊，像蝴蝶的翅膀。

“下星期三。”我骑马走了。

星期三我失约，因为勖存姿又来了。

他这个人如鬼魅一般，随时出现，随时消失，凡事都会习惯，但对住一个这样的男人，实在很困难。他令我神经无限地紧张，浑身绷紧。

（这口饭不好吃，不过他给的条件令人无法拒绝。）

我陪他吃完晚饭，始终没有机会与汉斯联络，无端失约不是我的习惯，而且我的心里很烦躁，有种被监禁的感觉，笼里的鸟，我想：金丝雀。

勖存姿说：“明天聪慧与家明也来。我打算在春季替他们成婚。”

“好极了。”

“你心不在焉，为了什么？”

我坦白地说：“勖先生，我约了个人，已经迟到几小时，你能否让我出去一下，半小时就回来？”

他显得很惊讶。“奇怪，我几时不让你出去过？你太误会我，我什么时候干涉过你的自由？”

我也不跟他辩这个违心论，我说道：“半小时。”

但是到门口找不到我的赞臣希里。

我倒不会怀疑勖存姿会收起我的车子。但是这么一部车子，到什么地方去了？正在惊疑不定的时候，辛普森太太含笑走出来，她说：“勖先生说你的新车子在车房里，这是车匙。”

“新车？”我走到车房。

一部摩根跑车，而且是白色的。我一生中没见过比它更漂亮的汽车。我的心软下来。

我再回到屋子，我对他说：“谢谢你。”

“坐下来。”他和蔼地说。

我犹疑着。

“你还是要走？”他问。

“只是半小时。”我自觉理亏。

“好的，随便你，我管不着你。”他的声音很平和。

“回来我们吃夜宵。”我说着吻一吻他的手。

“速去速回。”他说。

我回到车房去开动那部摩根——这么美丽的车子！我想了一生一世的车子。我想足一生一世的一切，如今都唾手可得。勖存姿是一个皇帝，我是他的宠妃……我冷静下来。或者我应该告诉汉斯·冯·艾森贝克，我不能再与他见面。我的“爸爸”回来了。

车子到达汉斯门口，他靠在门口，他靠在门前吸烟斗，静静地看着我。我停下车。

“美丽的车子。”他说。

“对不起，汉斯，我——”

他敲敲烟斗，打断我的话：“我明白，你的糖心爹地回来了，所以失约。”

“对不起。”我叹口气，“我以后再也不方便见你了。”

“为什么？因为如老添所说，他的势力很大？”汉斯很镇静，他的眼睛如蓝宝石般的闪烁。

“老添说得对。”

“你害怕吗？”他问。

我点点头。

“那么你为什么还要来见我？”他问。

我不响。为什么？

“是不是勖先生除了物质什么也不能给你？”

“那倒也不是。”

“那么是为什么？不见得单为了失约而来致歉吧？你并没有进我屋子来的意思，由此可知他在等你。要不留下来，要不马上回去，别犹疑不决。”

但是我想与他相处。我下车，关上车门。

他把烟斗放进口袋，他轻轻地抱着我。“你还是个年轻的女人。这个老头一只脚已进了棺材，他要把你也带着去。你或许可以得到整个世界，但是赔上自己的生命，又有什么益处呢？”

我走进他的屋子内，忽然觉得舒畅自由，这里是我唯一不吃安眠药也睡得着的地方。

我转头说：“我做一个苏芙喱给你吃。”

“你会得做苏芙喱？”他惊异。

我微笑地点点头：“最好的。瞧我的手势。”

但是勖存姿的阴影无时不笼罩在我心头。汉斯给我的笑脸敌得过勖存姿？

“你有没有想过要离开他？”汉斯问。

“如何离开他？他什么都给我，”我绝望地说，“待我如公主。”

“但他是一条魔龙。”汉斯说道。

“你会不会客串一次白色武士？”我问。

“苏芙喱做得好极了。”他顾左右而言他。

“谢谢。”

“问题是公主是否愿意脱离那条龙。”他凝视我。

“我也不知道。”我双手掩住脸。

“你很害怕。”他说。

“是的，我不否认我害怕。”我叹口气。

“你拥有最美丽的马，最美丽的车，最美丽的房子，最美丽的项链，但你不快乐。为什么？”

“他恐吓我，他威逼我，他在心理上给我至大的恐惧。”

“是否你太倚赖他？”

“不。我不能够爱一个老头。他不过是一个老头。他也不能爱我，我只不过是他用钱买回来的婊子。”

“那么离开他。”汉斯说，“你的生命还很长。”

“让我考虑。”我说。

“我给你一个星期。”

他送我出门口，我开动摩根回家。

辛普森告诉我，勖存姿已经先睡了，明天一早，他希望我们可以出发去猎狐。宋家明也会一起参加。

我问辛普森：“我一定得去吗？”我很疲倦。

辛普森轻声说：“姜小姐，有些女孩一天坐在办公室里打八小时的字，而你只不过偶然陪他去猎狐。喜欢或不喜欢，你就去一次吧。”

我不由自主地拥抱住辛普森，把头枕在她的肩膀上，仿佛自她那里得到至大的安慰。人是感情的动物，毕竟我与她相处到如今，从春到秋，从秋到夏，已经一个多年头了。

我很快入睡。答应汉斯我会考虑，倒并不是虚言。我的确要好好地想一想。我的一辈子……

清晨我是最迟下楼的一个。辛普森把我的头发套入发网，我手拿着帽子与马鞭。

宋家明已准备好了。

他说："勖先生在马厩等我们。"

我没有言语。随着他出发。

持枪的只有勖存姿与宋家明。天才蒙亮，我架上黄色的雷朋雾镜，天气很冷。我有种穿不足衣服的感觉，虽然披风一半搭在马背上，并没有把它拉紧一点。我心中慌乱，身体疲乏。

我尽在泥水地踏去，靴子上溅满泥浆。宋家明喃喃咒骂："这种鬼天气，出来打猎。"我不出声。

老添身后跟着十多二十只猎犬，我不明白为什么咱们不可以在春光明媚的下午猎犬，让那只狐狸死得舒服点。

不过，如果皇帝说要在早上六点半出发，我们得听他的。

蓝宝石的鼻子呼噜呼噜响。

老添问："老爷，我们什么时候放出狐狸？"

勖存姿冷冷地说："等我的命令，老添，耐心一点儿。"

就在这时候，在对面迎我们而来，是一匹栗色马，我呆半晌，还没有想到是怎么一回事，勖存姿已经转过头来说："喜宝，你应该跟我们正式介绍一下。"

是汉斯·冯·艾森贝克。

我的血凝住。我说："快回头，汉斯，快。"

"为什么？"汉斯把他的马趋前一步，薄嘴唇牵动一下，"因为今晨我不该向国王陛下挑战吗？"

宋家明低低地骂："死到临头还不知道。"

“汉斯，”我勒住蓝宝石对他说道，“你回去好不好？”

他在马上伸出手：“汉斯·冯·艾森贝克。”

勖存姿说：“我姓勖。”他没有跟汉斯握手。

汉斯耸耸肩，把手缩回去。

我说：“汉斯，快点儿走。”我恳求他。

但没有人理睬我。宋家明坐在马上，面色变成死灰。

勖存姿说：“冯·艾森贝克先生，请参加我们。”他转身，“老添，放狐。”

老添把拉着的笼子打开，狐狸像箭一样地冲出去，猎犬狂吠，追在后面，勖存姿举起猎枪，汉斯已骑出在他前面数十码了。

我狂叫：“汉斯！跑！汉斯！跑！”

汉斯转过头来，他一脸不置信的神色，然后他看见勖存姿的面色及他手中的枪，他明白了，一夹马便往前冲，一切都太迟了。

勖存姿扳动了枪，呼啸一声，我们只看见汉斯的那匹栗色马失了前蹄，迅速跪下，汉斯滚在泥泞里。

我很静很静，骑着蓝宝石到汉斯摔倒的地方，我下马。

“汉斯。”我叫他。

他没有回答。

他的脸朝天，眼睛瞪得老大，不置信地看着天空，眼珠的蓝色褪掉一大半，现在只像玻璃球。

我扶起他。“汉斯。”我托着他的头。

他死了。我的手套上都是血与脑浆。

我跪在泥泞里，天蒙蒙地亮起来。

宋家明叫道："别看。"

我抬起头瞪着勖存姿。我放下汉斯站起来。我说："他连碰都没有碰过我。勖先生，而你杀了他。"

勖存姿对老添说："添，老好人，快去报警，这种事实真是太不幸了，告诉警察我误杀了一位朋友。"

宋家明说："不，勖先生，是我误杀了他，猎枪不幸失火。"

我说："这是一项计划周详的谋杀。"

老添说："我早告诉冯·艾森贝克先生，不要跑在前头，我马上去警局。"他骑马转身，飞快地受令去报警。

汉斯的马在挣扎，它摔断了前腿。

"把枪交给我。"我说。

勖存姿一点儿也不怕，把枪交在我手中，我向马的脑袋开了一枪，然后把枪摔在地下。

我蹲下看汉斯的脸，那脸就像一尊瓷像，他死了。

我想转身走开，但是脚不管使用，我昏了过去。

醒来的时候是个罕见的晴天，鸟语花香，我躺在自己的床上。辛普森太太坐在我跟前，她看见我睁开眼睛，吁出一口气。

"好了，"她说，"真把我们吓坏了呢，宋先生与勖小姐明天结婚，若你不能去参加他们的婚礼，那可失望呢。"

"他们结婚了？"我问着撑起床来。

"姜小姐，我早劝你别服食过量的镇静剂与安眠药，现在可不是造成药物反应了？你昏迷了一日一夜，把我们吓得——我去叫护士进来。"

我怔怔地躺在床上。

一个人被谋杀了，这家人若无其事地办起喜事来。

勖存姿与护士同时进来，护士替我打针，量血压，拆除我手腕上的盐水针。

勖存姿用平静的声音说："我们很担心你的健康——"

"汉斯呢？"

"下葬了。"勖存姿还是那种声调，很平静，"真是不幸，打猎最弊处便是有这种危险。警方很同情我们，案子已经差不多要结束了。我发誓以后再不会碰猎枪。"

我问："你会不会做噩梦？"声音也同样的淡漠。

"不一定会。"他答。

护士喂我服药。

我问护士："我是否瘦很多？"

护士微笑："一下子就养回来了，别担心，只有好，该瘦的地方全不见掉肉。以后别服安眠药了。"

我问："真的是药物反应？"

"自然，"她诧异，"医生的诊断。"她拍拍我的手背，离开房间。

我说："你收买了每一个人。"

"我可没买下犹大伊斯加略[1]。"他改用苍凉的声音。

我完结了，这一生人再也逃不出他的掌握。

我想起问："你为什么不杀掉丹尼斯・阮？为什么不杀掉宋家明？还有令郎勖聪恕？"

他背着我说："他们不碍事。你不曾爱上他们。"

"我也没有爱上冯・艾森贝克。"

---

[1] 犹大伊斯加略：犹大，Judas，《圣经》人物，耶稣十二门徒之一，又称加略人犹大。

“是的，你有，你已经爱上了他，你只是不自觉而已。我认识你远比你认识自己为多。我必须要除掉他，不是他就是我。”

“你错了。”

“我没有错。你亲手烤苏芙喱给他吃的时候，我知道我没有错。”他说。

我不置信地问：“你竟为我杀人？”我颤抖。

“我会为你做任何事。”他说。

“为什么？”

“你已是我的女人，喜宝，你必须记住这一点，你可以永久地离开我，但是只要你仍是我名下的人，你最好不要妄动。”他的声音像铁一般。

我想到汉斯的头颅，他的血与脑浆，我呕吐起来。

勖存姿把护士叫进来。

第二天勖聪慧嫁宋家明，我还是去了。坐在圣保罗大教堂，像个木偶，脸上妆着粉，身上穿着白色缎子小礼服，帽子上有面网、有羽毛。辛普森一直站在我身边。她待我倒由假心变得真心。

聪慧美得不能置信，纯白缎子的长裙，低胸，细腰，头发高高束起，上面一顶小钻石冠，像童话中的小公主。我沉默地看着她。

一个人被谋杀了，倒在泥泞里，他们却若无其事地办喜事。甚至一家都来了，只除却聪恕。勖存姿完全公开了我与他的关系，把我介绍给他的妻。

欧阳秀丽女士还是那么富泰雍容，一张脸油光水滑，她一切的动作都比这世界慢半拍，她把我从头看到脚，从脚看上头，缓缓地点点头，不知是什么意思。

我叫一声“勖太太”。

她说：“大冷天，穿得这么单薄，不怕冷？”

我惨淡地笑一笑，根本不知如何回答。辛普森倒抢先替我说了：“姜小姐有长明克披风在这里，我替她备下的。”

勖聪憩眼皮都没抬一下，与她两个小女孩子在说话，佯装没看见我。方家凯不好意思，尴尬而局促地向我点点头，眼睛却瞄着聪憩，怕她怪罪。

欧阳秀丽似笑非笑地坐在我旁边，两只手搭在胖胖的膝上，她说：“聪憩有孕了，希望她生个儿子，好偿心愿。”也不晓得是否说给我听的。

（有人被谋杀，血与脑浆，而凶手的一家却坐着闲话家常。）

我低声向辛普森说：“给我一粒镇静剂。”

她从手袋的小瓶子里取出来给我手中。我取来含在嘴里，觉得好过一点儿。

没有人再提到冯·艾森贝克这个名字。凭我的法律知识，不足以了解他们上过几次堂，疏通过几个人。反正勖存姿已经达到目的：没有什么事他要做尚做不到的，杀个人又何妨，他罩得住。宋家明，他的女婿为他奔走出入法庭，他还是逍遥自在地做他的商人，赚他的钱。他不会亏待宋家明，勖存姿不会亏待任何人。

但是汉斯……

我呕吐起来，辛普森把我扶出教堂。

当时勖存姿正把聪慧的手放到宋家明的手上。我没有看到他们交换戒指。

我吸进一口新鲜空气。“辛普森太太，我想回去休息。”

“姜小姐，你得支撑一下，礼快成了。”她替我披上斗篷。

我抓紧斗篷，颤抖着说：“让我回去，让我回去，我妈妈在等我，我妈妈在等我。”

“姜小姐，姜小姐——”

“你的母亲早已跳楼身亡。”勖存姿在我身后出现，抓紧我双肩，“你无处可去。”

我直叫：“你杀死她，你令我无家可归，你——”

他一个巴掌扫在我脸上。我并不觉得疼，可是住了嘴，眼泪簌簌地落下来，却不伤心。

我进了疗养院。

功课逼得停下来。

功课是我唯一的寄托，我不能停学。

与勖存姿商量，他同意我回家住，但是要我看心理医生。我只好低头。

然后他回苏黎世，留我一个人在剑桥。我往往在图书馆工作到八点，直到学校关门才回家。辛普森为我准备好各式各样完美的菜式等我放学，我胃口很坏。

他已经买通了每一个人，医生、管家、用人。现在我知道我处在什么位置。

奇怪，曾经一度，我们试过很接近，因为那个时候，我还不太认识勖存姿，他不过是个普通有几个钱的小商人，可以替我交学费的，就是那样。到后来发觉他的财雄势大，已到这种地步，后悔也来不及，同时又不似真正的后悔，像他所说，如果我可以鼓起勇气，还是可以离开他的。

我要求与他见面。

我简单直接地说："我要离开你。因为你不再是那个在园子里与我谈天的人，也不再是那个与我通信的人。"

"你能够离开我吗？"勖存姿反问。

"我会得尝试。"我答。

"不，"他摇摇头，"现在我又不想放开你了。"

我早料到他有这么一招，他花在我身上的时间、心血、投资，都非同小可，哪里有这么轻易放我走的道理。

我的脸色变得惨白。

"难道你没有爱过我？"他问。

"曾经有一个短时期。"我说。

"有吗？抑或因为我是你的老板？"他也黯淡地问。

"我不知道。"我说，"你呢？你可有爱过我？"

"你将你的灵魂卖给魔鬼，换取你所要的东西，你已经达到了愿望，你还想怎么样？"

"我不知道你是魔鬼。"我凄然说。

"你以为我是瘟生？"

我点点头。

"我不是唐人街小子。"他笑笑。

"为什么选中我？"我问。

"因为你的倔强，我喜欢生命力强的人。"

"我是你，我不会这么想，我已近崩溃。"

"主要是为了汉斯·冯·艾森贝克。"他若无其事地吐出这个名字，"你念念不忘于他。"

"你谋杀他。"

“他咎由自取。”

“他罪不至死。”我说。

“一场战争，成千上万的人死掉。地震、饥荒、瘟疫，谁又罪至于死？”

“但是他死在你的枪下。”

“如果你的正义感这样浓厚，你是目击证人，为什么不去检控我？我认为肯定我起码会得一个无期徒刑。”

我看着窗外。“你已经说过，我已经把灵魂出卖于你。”

“那么忘记整件事，你仍是我麾下的人。”勖存姿说。

“曾经一度，我关心过你，你的心脏病……在医院中……”我说。

“我打算放一个长假，陪你到苏格兰去。”

我怔怔地看着窗外。

“振作起来。”他说，“我认识的姜喜宝到什么地方去了？”

我牵动嘴角。

“快放复活节假了，是不是？”他说，“自苏格兰回来，我替你搬一间屋子。”

“我不想再读书了。我要休一个长假。一年、两年、三年，直到永远，参加聪慧的行列。”

“别赌气。”

“不，我很累。”

“我不怪你，但是你的功课一直好……这不是你唯一的志愿吗？”他露出惋惜的神情。

真奇怪，我与他尚能娓娓而谈。

我答：“是的，曾经一度，我发誓要毕业，现在不一样了。

对不起。”

“对不起？你只对不起你自己，跟你自己道歉吧。你已经完成了一半的学业，借我的能力，我能使你成为最年轻的大律师，我甚至可以设法使你进入国会。”

“我不怀疑你的力量。”我说，“但是现在我不想上学。”

“反正假期近了，过完这个假期再说。”他说，“我们一起去看看麦都考堡，你会开心的。”

“你已为我尽了力，”我说道，“是我不知足。”

“你常常说，喜宝，你需要很多的爱，如果没有爱，有很多的钱也是好的……我很喜欢听到你把爱放在第一位。”

我惨淡地笑：“是，我现在很有钱。”

“钱可以做很多事的，譬如说，帮助你的父亲。”

我抬起头来：“我的父亲？”

“是的，你父亲到处找你。”勖存姿说。

“为什么？为钱？”我茫然问。

“是的，为钱。”

“我可什么也不欠他的，自幼我姓着母亲的姓。”

“但他还是你父亲。”

“他是生我的人，没有养过我。”

“法律上这个人还是你的父亲。”

“他想怎么样？要钱？”我愤慨地问。

“他想见你。话是这样说，最终目的在哪里，我想你是个聪明人，不消细说。”

“钱。”我答。

勖存姿微笑。

“他是怎么来到英国的？”

“混一张飞机票，那还总可以办得到。”

“我应该怎么做？”我问。

“给他钱，你又不是给不起。”

“他再回来呢？”

“再给，又再回来，还是给。”他说。

“他永远恬不知耻，我怎么办？”我绝望地问。

“给，给他，”勖存姿简单地答，“你并不是要他良心发现，你只是要打发他，反正你付得起个价钱，何乐而不为？”

我沉默良久，燃一支烟，缓缓地吸。

勖存姿问我：“你是什么时候学会吸烟的？”

我问：“他老了很多吗？”

“谁？”

“我‘父亲’。”

“我不知道，我根本没见过他，你得问家明，”勖存姿答，“看，你还是很关心他的。”

“据说他当年是个美男子。”我按熄了烟。

“令堂也是个美女。”

“两个如此漂亮的人，如此伧俗，一点儿灵魂都没有。”我忽然笑起来，直到眼泪淌满一脸，接着我掩上脸，“什么都没留下，只留下我这个人，生命的浪费。”

“不，”勖存姿说，“你不是生命上的浪费，你活得很好。”

“是，一直活下去，简直是可厌的，无论发生什么事，我总还得把功课做完。”

“我会帮你。”勖存姿说。

“你收买，你杀人，你运用你的权势——我永远不会原谅你。”我喃喃地说，“唯一对付你的办法是比你更冷血，我不能崩溃。”

“我明白。”他说，“我也并不希望你垮下来，我爱你。”

“勖先生，我深知你爱我，像你爱石涛的画，爱年年赚钱的股票，爱——你一切的财产，我只是其中之一。”

他沉默一会儿：“我不懂得其他的爱。”

“你可以学。”

“我？勖存姿？”他仰面哈哈地笑起来，然后看着我说，“我勖存姿不需要再学。”

“好的。”我点点头说，“你是勖存姿，我应该知道。”

没多久之后，我那不争气的父亲终于出现了。

我在书房招呼他。

“请坐。”我说。我对他并没有称呼。

他点点头，打量与估价着我的家私——我的财产，女佣问他喝什么，他说威士忌。

我把用人叫回来，我说：“黑啤可以了。”

女佣看他一眼，遵命而去。

他似乎并不介意。

“你的母亲去世了。”他开口第一句话。

“我知道。”我说着拉开抽屉，“你要多少？”

他装模作样地跳起来：“我是你的父亲！你以为我是来讨饭的？”

“要不要？”我冷冷抬起头，“不要拉倒。”我合上抽屉。声音弄得很大。

他坐下来。

“看！我的时间不是很多。”我说。

“我们是父女——”他的声音低下去，连他自己都不置信起来，这么虚弱的理由。

我打量着他，他老了。漂亮的男人跟漂亮的女人一样，老起来更加不堪，油腻而过长的头发，过时的西装，脏兮兮的领带。

父亲微弱地抗议道：“我飞了一万里路来看你——”

“所以别浪费时间，坐失良机，你到底要多少？”

他犹疑一会儿，伸出五只手指。

“五百港元？”我嘲弄地问。

他又抗议：“我搭飞机来回都四千港元。”

“你到底要多少？”我拉开抽屉，拿出直版的二十镑一整叠钞票，在另一只手中拍打着。“说呀。”

“五万。”

“狮子大开口。”

“五万是港币。”

“来一次五万，太划算了。”我摇摇头。

“你手中抓着就有五万。”他贪婪地说。

“我手中抓着的是我的钱。”

“我是你父亲。”

“我还以为你是我债主呢，对不起，我今天才知道父亲可以随时登门向女儿索取现金，多谢指教，我今日才知道。”我微笑。

他的面色如霓虹灯一般地变幻着。我看看手中三四吋厚的钞票。一扬手扔出去，撒得一书房都是，钞票滴溜溜在房中打转，最后全部落到地板上。

他瞪着我。

“当我才十六岁的时候，我母亲便教导我：‘女儿，如果有人用钞票扔你，跪下来，一张张拾起，不要紧，与你温饱有关的时候，一点点自尊不算什么。’”

我走出书房，大叫一声：“送客。”

十分钟后我再回到书房去，他人走了，地上一张钞票都不剩。我看过椅子后面，地毯角落，一张钞票都不剩，他都捡了走了。

我躺在沙发上，忽然悲从中来，大叫一声，都是这个男人，他的不负责任，不思上进，毫无骨气，疲懒衰倦，害了母亲，害了我。都为这个男人。

勖存姿过数日跟我说：“原来我想说：‘横竖要付出，索性做得漂亮一点。’后来想想，谈何容易，我自己也做不到，何必劝你。”

“不过他始终是你父亲，别叫他恨你，令他羞愧是不对的，但也别叫他恨你。”勖存姿说。

“我有假期，希望你可以陪我到麦都考堡去。”他说。

我默不作声。

“我这间堡垒连公主也住得。”他说。

我仍不搭腔。

“好的，如果你不高兴，我不勉强你，”他叹口气，“你确实还需要休息。”

我到学校去，一间间课室走过，到湖边、到河畔。退学，谈何容易，我当初跑到这里来的目的是什么？我怎么可以退学！

支撑下去吧。退学做什么？专心坐在家中当勖存姿的小老婆？

小老婆一向可以兼职，我不拿钱去贴小白脸已经很对得他起。

我的心理医生一直跟我说：“姜小姐，一切是你的幻觉，没有人会无端枪杀另一个人，你受了很大的刺激……我们都明白……”

这种医生再看下去，我可真的要发疯了，我茫然站在河畔，著名的康河，有谁愿意在河底做一条柔软的水草呢？我的头发已经好久没剪，如果落在河里，头发也应该像水草般飘荡。

整个月来我穿着同一条牛仔裤，整个月来都不肯自动洗澡，在精神崩溃的边缘我都问自己：怎么可能旁人都那么镇静？难道一切真是我的幻觉？猎狐那天所发生的事，难道一切属于虚设？

我糊涂起来。

夜晚辛普森陪我睡，她坐在床边，让我喝一点儿酒，看我眼睁睁地躺到天亮，我把时间用在思虑我的一生，小时候发生过的一切细节，我都小心翼翼地写下来。

我跟辛普森说：“如果我死了，你将会是唯一想念我的人。”

辛普森的鼻子发酸，声音苦涩：“姜小姐，勖先生是很疼你的。”

我点点头：“这点我也明白，但是我只怕他……”

我并没有死，因为要努力戒掉药物，我尽量在白天劳动，无端端绕住屋子跑十个圈子。

勖存姿替我搬了家，后园子有私人网球场，我可以邀请任何同学来玩，运动后有芬兰浴[1]，友人们往往来了不肯走，我也乐得身边有一班吃吃喝喝的人，有什么不好？我请得起，屋子里因此

---

[1] 芬兰浴：又称桑拿。

又热闹，我忽然明白为什么某种人身边喜欢跟着一大帮朋友。也许不是为了寂寞，也许只是为了希望听见一些人声。

像我，我根本连话也不想与他们多说，自己坐在一个角落，由得他们听音乐、下棋子、喝酒，甚至是打情骂俏，一日又一日，我麻木地度过，这是我治疗自己的方式，麻木不仁的日复一日，看不到昨天与明天。

我很久没有写功课，勖存姿替我找了一个见习律师做枪手，暂时对付着。法科并不多笔记，记堂只应个卯儿，我不再认真，因为一切来得太容易。

从这个时候开始我喝得很厉害，我不是酗酒那种人，却也常常手中捏着酒杯，喝得醉醺醺，尤其是周末，高朋满座，通宵达旦地喝与吃，音乐直到天亮，全部供应免费，远近驰名，很多人慕名而来，我几乎没成为沙龙的女主人，但是我并没有那样的雅兴，我只是坐在一个角落独个儿喝，并没有去剪头发，也不换衣服。

一次一个金发女郎，穿着合时的衣饰，指着我怪叫："这是谁？"脸上露出不屑的神色。

我只沉默地看她一眼。

辛普森太太冷冷地说："小姐，如果你不喜欢她，我劝你迅速离去，因为她是这里的女主人。"

金发女郎讪讪地退开。不，她并不舍得离开，因为她在喝唐柏利侬[1]的香槟，而那边的自助餐正在上鱼子酱与三文鱼。

我闷闷不乐，替我设了酒池肉林，我还是闷闷不乐。有时我

[1] 唐柏利侬：法国唐培里侬，Dom Perignon，顶级香槟。

挥挥手，他们就得立时三刻地全部离去，可是去了还会再来，每个周末，这里都有狂欢节日。

贪婪的人，吃完还带走，还顺手牵羊，浴间内的各式香水频频失踪。

辛普森肉刺得要死，她说：“姜小姐，不如到外面去请客，新家具都弄脏了，这群都是猪，而且对你也不安全。”

我说：“弄脏了自然有人买新的，你愁什么？”

可是我也腻了，派对终于停止。家具果然自上到下被全部换过，我与辛普森在装修期间搬到旅馆去。

踏进旅馆，我才感慨万千，从勖存姿接我来到如今，已经两个多年头，现在又近秋天。我早已归化英籍，那宗案子到今天，也有一年，早已不了了之。

照说应该忘记吧？应该的，从头到尾，勖存姿并没有碰过我第二次。而我呢，连他为我买下的堡垒都不肯去看一下。

但是我们之间的关系并没有破裂。

家明到旅馆来看过我一次，问候我。

“你好吗？”

“很好。”我淡然答。

每个人都巴不得我死，我死也不能死在这干人面前，我怎么能满足他们的欲望。

“你要振作起来——”

“谁说我不振作？”我打断他。

他没有再说下去。

我问：“聪慧好吗？她在什么地方？”

“回内地去了。”他低下头。

“什么？”我一怔，“回哪里了？”我听错了吧。

“回内地，”家明说，“她现在在北京。”

“在北京？”我几乎没跳起来。

“是的。”家明背转身，“我们婚后没停过一日吵嘴，终于她又出发旅行，到了北京，不肯再回来，如今已经半年。”

半年。我不敢相信耳朵。

家明说：“北京现在的温度是零下三摄氏度，她愉快地写信来，说她手足都长了冻疮，可是她班上的孩子们都很乖——”

“班上？”我瞠目结舌。

“她替初中生义务补习英文，很吃香，校方甚至会考虑聘她做正式教师。”

“北京？”我喃喃地说。

“勖先生受的打击很大，聪慧的信用简笔字。”家明自西装外套里掏出信，问我：“你可有兴趣看？”

我不由自主地接过信来。

我没有见过聪慧的字，却是小粒小粒，非常漂亮，一律简体，抬头写“父亲大人”。

父亲大人：

女在祖国，已找到人生真正的意义，以前认为金钱可以买得一切，可是母亲与聪恕何尝缺少金钱，却长远沉沦在痛苦中。来到祖国，寻到我们勖家祖先的出生地，走到珠子胡同，徘徊良久，寻到根与快乐的泉源，把脸与手紧贴在墙上，呼吸真正的生命，决定留下来。

父亲请原谅我。不需要寄钱来。中国人唯有住在祖国才能获得真正的幸福，水唯有归源大海才有归属，我寻到我要的一切，随着太阳起床，跟着太阳回家，把我所懂得的教给孩子们，心中没有其他念头，衣服自己洗，头发也自己洗，已学会煮饭烧菜。带来的两条牛仔裤非常有用，只是手脚都长了冻疮，经过治疗，不日将痊愈。

日前往琉璃厂，翻到一套《红楼梦》，惜贵甚，蹲在那里每日看一个回目，以前还没有需要，一切东西已排山倒海地倾至，一点儿真谛都没有。

我正努力学好国文，祝你们好。苦海无边，及早回头。

女　聪慧拜上

我一边读信，脸上一定苍白如纸。聪慧！开黑豹跑车的聪慧！信封上的日子是五个多月前的。

我震惊地抬起头，我问："聪慧住在什么地方？"

宋家明摇摇头。

"你是说你不知道？"我失声问。

"没有人知道。勖先生托人去找，内地大得无边无涯，他的势力又到不了那里，一直没有音讯。"

"但是——"我喘气，"你们就由得她去。"

"很明显地她快乐。"宋家明低声说，"她是个单纯的女孩子，或许她真的找到她要的一切了。"

"你相信？"

他抬起头来，"为什么不？各人的兴趣是完全不同，"他说，"看你！你付出了多少！你怎么知道别人不当你是傻子！"

我呆住。

“勖存姿失去了聪慧，他已是个老年人，受不住勖夫人日夜啼哭，精神很差，听说他身体也不好，现在由聪憩伴着勖夫人……”

我感慨至深，忽然之间想起《红楼梦》里的曲子：一帆风雨路三千，把骨肉家园齐来抛闪，恐哭损残年，告爹娘休把儿悬念，自古穷通皆有定，离合岂无缘，从今分两地，各自保平安，奴去也，莫牵连。

我跑到书房，一顿乱翻，把这首曲子递给宋家明看，自己的眼泪已经流出来。

家明看着书那一面，整个人销魂落魄似的，良久才凄然说：“原来都是早已有的。”

半年不通音讯，由此可知她真是下了决心脱离勖家。

多么可笑，原是勖家的人，倒眼睁睁地把万事全抛。不是勖家的人，像我与宋家明，却千方百计地谋钻进勖家，不惜陪上灵魂兼肉体。

“聪慧失了踪，”宋家明说下去，“勖太太夜夜做梦，一忽儿看见聪慧向她讨鞋子，一忽儿看见聪慧蓬头垢面，她眼睛哭得红肿……”

可爱的聪慧，永远硬不起心肠的聪慧，一直咕咕笑的聪慧，纯真的聪慧。

我靠在沙发上，哭了一日。

再见到勖存姿，我自动要求陪他去苏格兰。

他只是点点头，笑应了。家明说他最近很多事都撒手不管，精神大不如前。我开始觉得他有老态；勖存姿也终于疲倦了。

麦都考堡在北海岸边的圣安得鲁，终年受劲风吹袭，高原绿草如茵，我们到的那一日，太阳尚和煦得很。

勖存姿有点儿高兴，他说："你小时候读过'艾文豪'吧，华脱史葛爵士住过麦都考堡。"

我点点头，不由自主地搀扶着他。他把手按在我的手上。

绵羊成群成百地在我们身边经过，咩咩不绝。

麦都考堡远远在望。

我问："绵羊也是我们的吗？"

"是你的。"他说。

"什么时候盖的？"我问。

"一六二三到一七一六年，一九三〇改建，部分房间由我装置了中央暖气，家具全经过翻新，我相信你会喜欢。"

喜欢？不不，并非我不懂得感恩，我要一座堡垒来做什么？我黯然。把母亲还给我，让我们重新为生活挣扎，也许我一辈子不能自剑桥毕业，但有什么关系呢？反正现在的生活不能满足我。什么也不必追求的生活根本不是生活。

我开始接触到聪慧的空虚，她的人生观。从一个大城市到另一个，处处锦衣，处处玉食，有什么意义？

进了堡垒，我并没有公主的感觉，反而觉得"身外物"这三字异常清晰。男佣生起壁炉，厨子做好七道菜的晚餐。可是我不快乐，勖存姿也不快乐。

他说："……失去聪慧，如果没有聪恕，我只剩你了……但是你不会跟我一辈子吧？"

我觉得他这话异常的不吉利。我说："还有聪憩呢。"

"聪憩……她又生了女儿，还打算生下去呢，我也没见过这般老派的年轻人，服帖了。聪憩自幼跟她亲生母亲，与我不接近。”

“聪慧很幸福。”我说。

“幸福？”勖存姿感慨地说，“世上诸人，难道不以为我是最幸福的人？”

“喝点酒？”我问。我手中拿着白兰地。

“你现在还吃药吗？”

“不吃，只喝酒。”我说。

“多久没上课了？”

我失笑：“好久没去，我早已放弃。我还要做律师干吗，有多少律师可以赚得麦都考堡？”

融融炉火中，墙壁上挂着不少油画。我用半醉的眼睛眯着看一看，光与阴都像是伦勃朗。

我问：“真的还是假的？这里有七八幅呢，若是真的，湿度与气温都不对，画容易损坏。”

“你若当它是真的，它便是真的。”勖存姿伸个懒腰。

然而这一切还是不能加给我快乐。

勖存姿说：“叫人来把火熄掉，我倦了。”

我拉拉唤人铃。

“明天我与你到别的房间去看看。”他仿佛很累，目光呆滞，还勉强地笑，“我替你买了一套首饰——”

我婉转地说：“我已经够多首饰了。”

他自口袋里取出黑丝绒的盒子，我礼貌地取过：“谢谢。”

“取出来看看。”他命令。

是一串四方的红宝石，在炉火中闪着暗红的光。宝石不外总是红红绿绿，习惯以后，不过是一串串冰冷的石头。我顺手挂在脖子上。

“好看吗？”我问他。

“好看，你皮肤白。”他合上眼睛。

这个不幸的老年人，因为聪慧的失踪，他仿佛足老了十年，再也支撑不住。

他回房去睡，我坐在偏厅中把玩宝石项链。

后来我回房睡上一张铜床，豪华一如伊丽莎白女皇。半夜听见重物堕地声，直接的感觉便是勖存姿出了毛病，奔到他房间去，看见他倒在地上，脸上已变青白。

我连忙把他带着的随身药物喂他，召来用人，用人以电话报警。

我们并没有再回麦都考堡。我在医院陪他直到他再次度过危险期。这次我镇静得多。

我问医生：“他还能挨上几次？”

“几次？”医生反问，“这次都是自鬼门关里把他抢回来的，小姐，心脏病人永远没有第二次。”

宋家明还是赶来了，勖家实在少不掉这个人。

他问：“当时你们在一间房里？”

“并不如你想象中那么香艳秘诡。”我说，“我听到他摔在地上。”

“你害怕吗？”

“并不。”我说，“我已见过太多可怕的事，麻木了。勖夫人呢？请她来接勖先生回去，真的出了事，我担当不起。”

“现在他并没有事，勖先生的生命力是特别强的。”

“聪慧可有任何消息？”

“没有。”

我低下头，说道：“为了可以再见聪慧一面，我愿意放弃她的父亲。”

“你错了，你仍把自己看得太重要，”家明看我一眼，“聪慧现在或许比你想象中的快乐得多，你永远不会知道。”

“我要看见才会相信。”我说道。

家明说：“我实实在在地告诉你，没有看见就相信的人有福了。”

“你相信吗？”

“我最近看《圣经》看得很熟，”他苍白地说，“自从聪慧走后，我一次又一次地问自己，我是否对得起她——”

“她不会计较，聪慧的记性一向不好，她不是记仇的人，她品性谦和。”

“你呢？”家明抬头问。

“我？我很懂得劝解自己，天大的事，我只当被疯狗咬了一口，既然不是人，跟谁理论去？”

“我可不是狗，我是喜爱你的。”他低下头。

“但是你能够为我做什么？”

他抬起头：“我爱你不够吗？”

“不够。”我说，“各人的需求不一样，你告诉聪慧说你爱她，已经足够，她不需要你再提供任何证明。但是我，我在骗子群中长大，我父亲便是全世界最大的骗子，我必须要记得保护自己，光是口头上的爱，那是不行的。”

“没有爱，你能生活？”

“我已经如此活了二十四年。”我惨笑，“我有过幻觉，我曾以为勖存姿爱我，然而我现在还是活得好好的。”

“我告诉你是不可能的，你不相信，你老是以身试法，运气又不好。”

“我运气不好？”我反问，“我现在什么都有，我的钱足够买任何东西，包括爱人与丈夫在内。”

“可惜不是真的。真与假始终还有分别，你不能否认这一点，尤其是你这么感性这么聪敏的人，真与假对你还是有分别的。你并不太快乐，我也不快乐，勖存姿也不快乐。”

“我要离开苏格兰了。”我说道。

“你到什么地方去？巴哈马斯[1]？百慕达？太阳能满足你？如果那些地方不能满足聪慧，更不能满足你。巴黎？罗马？日内瓦？你还能到什么地方去？”

我吞下一口唾沫。

我知道我想去哪里。到那间茅屋房子去，睡一觉，鼻子里嗅真烟斗香，巴哈的协奏曲，一个人的蓝眼珠内充满信心……我想回那里睡一觉，只是睡一觉，然后起床做苏芙喱。

“曾经一度，我请你与我一起离开勖家，你没答应，现在我自己决定离开了。”

我讽刺地笑：“你离开勖家？不可能。”

他并不再分辩：“你走吧，我留下来照顾勖先生最后一次。”

“我当然会走的。”我冷笑。笑得自己背脊骨冷了起来。走？走到哪里去。我并没家。剑桥不再与我有任何关系。

我走到哪里去？世上只剩下我一个人。提着华丽的行李箱，

[1] 巴哈马斯：巴哈马，正式名称巴哈马国，Commonwealth of the Bahamas，是一个位于大西洋西岸的联邦制岛国。

箱子里载满皮裘，捏着一大把珠宝，然而我走到什么地方去？

我认得的只剩下勖存姿以及勖家的人，我早已成为他们家的寄生草，为他们活，为他们恨，离开他们，我再也找不到自己，这两年多我已完全失去自己，我只是勖存姿买下来的一个女人。

走。

我踏出医院，口袋里只有几外便士铜板，勖存姿的司机见到我，早已把丹姆拉驶过来。自从我在伦敦第一次踏上这部车子，我已经注定要被驯养熟，像人家养了八哥，先把翅膀上的羽毛剪过，以后再也飞不掉。

走到什么地方去？

"回剑桥。"我说。

司机很为难："姜小姐，从这里回剑桥要七八小时的车程呢。"

"我该怎么办？"我问。

"旁人多数是搭火车或飞机——姜小姐，不如我叫辛普森太太来接你，你略等一些时间。"

"不，借些钱给我，我搭火车下去。"

"但姜小姐，我恐怕勖先生会怪我。"

"他不会的，他还在医院里。给我五十镑，我搭火车回剑桥。"我伸出手。

"姜小姐——"

"我恳求你。"

他自口袋里拿出一沓镑纸，我抢过来——"加倍还你。把我驶到火车站去。"

司机驶我到车站。

我下车，买车票。"到剑桥。"我说。

“没有火车到剑桥，只到伦敦。”

“好的，就到伦敦。”我付车资。

火车刚缓缓驶进车站，我买的是头等票，三十六磅。我发觉五十镑根本不够到剑桥。

我拉拉大衣，上车，只觉得肚饿，走到车头去买三文治与咖啡，我贪婪地吃着，把食物塞进嘴里，脑海里一片空白，我吃了很多，那种简陋粗糙的食物，是原始的要求。

吃完我回到车厢去睡，一歪头就困着了。

看见母亲的手拍打着玻璃窗：“喜宝、喜宝，你让我进来，你让我进来。”

我大叫，挣扎。

母亲看上去又美丽又恐怖又年轻，我开了窗，风呜呜地吹，忽然我看到的不是母亲，而是我自己。

她在说：“让我进来。”抓住我的手，一边喘息，“喜宝，让我进来。”

我挣脱她，冷冷地说：“我不认得你。”

“不，喜宝，我就是你，你就是我，喜宝，让我进来。”

“小姐。”

我睁开眼睛。

“查票，小姐。”

我抹掉额上的汗，自口袋里掏出票子递过去，稽查员剪完票还我。

坐在我对面的是一个老太太与一个小女孩子。女孩子十六七岁，正是洋妞最美丽的时候，一头苏格兰红发，嘴角一颗蓝痣，碧绿眼珠，脸上都是雀斑，一双眼睛似开似闭，像是盹着了，又不似，嘴角带着笑，胸脯随火车的节奏微微震荡，看得人一阵一阵酥麻。我知道这是什么，这是青春。若是我是个已经老去的男人，我也会把她这样的青春买下来。

我惊惶地想：这是我。三年前初见勖存姿，我就是这个样子，如今我已是残花败柳。

残花。

败柳。

我低下了头。

那位老太太一路微笑一路说："……美丽的项链……"

我一身是汗，火车中的暖气著名过分。火车隆隆开出，开到永恒，而我没有一处地方可去。

如果我去香港，用勖存姿的钱买座房子，安顿下来，或者可以有个家。可是我到什么地方去找工作？我并没有文凭，我只懂得寄生在男人身上。反正是干这一行，还没哪个老板比勖存姿更胜一筹？

算来算去，我并没有第二条路可以走。

捌·

我并不想走，我恨他的时候有，爱他的时候也有，但我不想走。

火车到站了。是伦敦。

我落车，走向匹克狄利，走很久，肚子又饿了。终于走到苏豪。

站在路中央，是清晨，一地的废纸，天蒙蒙亮。我一直踱过去，踯躅着。一个水兵走过我身边，犹疑一下，又转头问我：“多少？”

我一惊，随即笑。“五十镑。”我说。

“十镑。”他说。

“十镑？”我撑起腰，“十镑去你老母。”

他退后一步，大笑，倒是没动粗，走开了。

根本上有什么分别？价钱不同而已。

那一夜勖存姿的手放到我身上，再放松，肉体还是起了鸡皮疙瘩。我并不是这块材料，勖存姿走眼，可怜的老人，他不知道我与流莺没有分别。

一辆计程车驶过来，我截停，“去剑桥。”

“小姐。你开玩笑。”他把车驶走。

“喂。”我叫他。

但是司机已经把车子开走。

我索性坐在路边。想抽烟又没烟，想睡觉又不能躺路边，没奈何，只好用手支着头，什么也不说，什么也不想，懒洋洋地打个呵欠，就差没们虱子。

我悲苦地笑起来。

一个警察远远看见我，好奇地站停在那里注视我。

皮裘与珠宝，何尝能够增加我的快乐，脖子上红宝石鲜艳如血，照不亮我的面色。

警察走过来向我说："小姐，你有什么事？"

"没有什么事。"我说。

"小姐，这种时间最好别在路上游荡。"

"到处游荡？我并没有游荡，我正想回家。"我说。

"家？家在什么地方？"

"剑桥，牛津路三号。"我说。

"跟我来，小姐，你永远走不到牛津路去。"他不肯放我，"到警署来坐一下。"

"好好，"我说，"我跟你去。"

"你家里的电话号码，小姐。"

我报上去。"我姓姜。"我再补上姓名。

"我们很快就知道你是否在说谎了。"他向我眨眨眼。

"请。"我说。

电话拨通，来听电话的显然是辛普森太太，问清楚首尾之后，她在那边大嚷，我用手掩住脸，我很疲倦，想喝酒，想洗澡。

那警察放下电话说："小姐，你家里人说马上来接你，"他声音里透着惊异，“叫你坐着别动。”

我说：“我有别的事要做，从剑桥到这里，要很长的一段时间，我不习惯坐在这里等，你不能拘留我。”

“可是你家人——”

“我家人与我会有交代。”我站起来。

他只好眼巴巴地看我走出去。

我一直走到火车站，摸口袋里的钱买车票，上车。在火车的洗手间看到镜子，自己都吓一跳。十镑，我的确只值十镑，多一个便士也没有：半褪的脂粉，苍白的面孔，蓬松的头发……我不忍再看下去，眼泪簌簌地流下来，没有人能伤我的心，可是我自己能够。三年短短的一千日，我竟能老成这个样子，我是完了。

我用手掩住脸，在火车上一直再没有把手放下来。

到站的时候肚子饿得发疯，跑进火车的饭堂就吃：黑啤酒，猪肉饼。把我们都放在孤岛上，王侯与用人没有什么分别。

吃完之后我叫一部计程车回家。

口袋已经没有钱付车费，我大声按门铃，对司机说：“等一会儿。”

女佣来开门，我说：“给他车费。”我径自往屋里走，一边打着饱嗝。

女佣追上来：“小姐，辛普森太太与司机赶到伦敦去了。”

“我知道。”

“我去与你放水——”

“你先去付了车费再说。”

“我转头马上来。”

我到房间脱去衣裳，一面大镜子对牢我。我端详自己。再这样子自暴自弃，无限度地吃下去，很快变成一个胖女人，一脸油腻，动作迟钝。

我长叹一声。

女佣奔上来："小姐——"

"请你到医生那里，说我要安眠药，拿一瓶回来。"

"你——"

"我洗澡与休息。"我说。

"小姐，我马上回来，你自己当心。"女佣犹疑着，不敢离开我。

"得了，我又不是三岁小孩子。"

她咚咚地跑下楼去。

我放一大缸水洗澡洗头，倒下半瓶浴盐，泡上良久，女佣很快就回来。

我问："药取来了没有？"

"护士听说是你要，不敢不给，"她一副得意扬扬，"他那诊所根本就是勖先生出钱开的。"

"小姐，"女佣趁辛普森不在，话顿时多起来，"你这条红宝石项链——"她眼睛闪得迷惑。

"是假的。"我说，"你出去吧。我想睡一觉。"

"是。"她一路上替我收拾衣服。

我掀开缎被，钻进被窝，长叹一声，同样是失眠，躺在床上总比躺在街上好。

我把头埋进柔软的枕头。

我睡着了。

是辛普森太太的声音把我吵醒的，她操兵似的冲进房来。"呵老天，谢谢上帝，终于看见你了，姜小姐，你怎么可以叫我这样担心。”

她坐在我床沿。

“辛普森太太。”我抱住她。

“你没有再喝酒吧？”她温和地说。

“没有。”

“起床吃点东西。”她说，“来。”拿着睡袍等我。

在饭桌上我看到大学里寄来的信，他们询问我何以不到学校，我把信都扔在一旁。

“勖先生明天回来。”辛普森说。

“他可以出院？”我放下报纸问。

“他说要出院，谁敢拦阻他？”辛普森笑。

她与我可真成了朋友，我唯一的可以相信的人，也仿佛只剩下她。

我说：“明天是复活节，这只戒指送给你。”我把小盒子推给她。

她早已收惯礼物，但一贯客气着：“我已经收了你这么多东西，真是——”很腼腆。

“你为我做了那么多。”我说，“应该的。”

她把戒指戴在手上，伸长了看看，“太美了。”钻石在阳光下闪烁着。

我拎着茶杯走到长窗，阳光和煦。

“学校打电话来问你，为什么缺课。”辛普森说。

“不上课就缺课，有什么好问的，把人当小学生似的。”我转头笑。

辛普森隔很久，小心翼翼地说：“姜小姐，你不觉得可惜吗？”

“不。”我简单地说。

夜里我坐着喝酒，看电视，电视节目差得可以，怕得买电影回来看，买套《飘》的拷贝准能消磨时间。

我们看到一半有人按门铃。

辛普森吩咐下去：“这么夜了，你看看是谁，别乱放闲人进来。”

女佣去开门，半晌来回话：“是一个女人，找勖先生。”

我问：“找勖先生，是中国还是英国人？”

“是欧陆人，金发，年轻的。”女佣答，“但很脏。”

我看看辛普森。

“让我去跟她说话。”她站起来走向门口。

我忍不住拿起酒杯跟过去。

辛普森打开门，门外站着一个金发女郎，灰绿而大的眼睛，脸色很坏，嚅嚅地说不出话来。

辛普森问：“你找谁？”

“勖存姿先生。”

“他不在。他明天才来，你明天来吧。”

“我可否进来跟他家人说一句话？”

“你是勖先生的什么人？”

“我是他——以前的朋友。”

我明白了一半。

“他家人不在此。”辛普森说。

“他的秘书呢？管家呢？”那女孩子尚不肯放弃。

“我就是管家。”

“我可否进来坐一会儿？我想喝杯水。”

辛普森说：“我们都不认识你。”

我说：“让她进来。”

辛普森犹疑一下，终于打开门让她进来。

我看着她，她也看着我。我知道她是什么人，她也知道我是什么人。

“请坐。”我说，“我可以为你做什么？”

“我肚子饿，没有钱。”她说，“给我钱，我马上走。”

“你先吃一顿再说。”我说，“钱一会儿给你。”

“谢谢。”她低声说。

女佣端上食物，她狼吞虎咽地吃下去，喝红酒像喝水一般。等她饱了，脸色也比较好看。她年纪并不大，顶多比我长三两年。

我问：“他给你的钱花到哪里去了？”

“赌。”她答。

“赌掉那么多？”我问。

“一半。输起来是很容易的。”她说，“不信试试看。”

“还有一半呢？”

“被男人骗了。”她说。

“可是勖存姿对女人一向阔绰。”我不置信。

“我知道，”她苦笑，“以前，在英国，我有邦街的地契。”

“你都输光了？”

“是。”她若无其事地说。

“为什么？”

“我很寂寞，没有可以做的事，唯一的工作便是等他回来。”她说，“闲了便开始赌。”

“你是什么地方人？”

“奥国[1]。我母亲还有点贵族血统，后来家道中落，可是也还过得不错。”

“你认识勖存姿的时候，你在做什么？”我问道。

“我是巴黎大学美术系学生。”

我的脸色转为苍白。她是我的前身，我在照时间的镜子。

“你见过他的家人？”我问。

“没有。”她摇摇头，“一个也没有。”

“后来……你辍了学？”

“是。我有那么多钱，当时想，念书有什么用？”她并不见得悔恨，声调平静，像在说别人的事，“勖先生对我很好。”

“你为什么离开他？”我说。

“他离开我。有一日他说：‘你去吧，我不能再来见你，可是你如果有困难，不妨来找我。’我在苏莲士拍卖行[2]里知道他住在这里。”

“你需要多少钱？”我问。

“五十镑？”她试探地问。

我真是为她落泪。我进书房，打开抽屉，取了一沓钞票出来，塞在她手里。

“谢谢，谢谢。”

她喜不自禁。

我温和地说：“去洗个头，买件新衣裳。”

“是是，我现在就去，”她说，“谢谢你。”

---

[1] 奥国：奥地利共和国。不是官方称谓。

[2] 苏莲士拍卖行：苏黎世拍卖中心，位于瑞士。

“如果我还在此地，你尽管来找我。”

“谢谢。”

我送她出去。她那灰绿色的眼睛里闪着媚态，她是一个美女，虽然憔悴了，看得出以前的盛姿，骨架子小，身上多肉的洋妞是很少的。

我关上门。

辛普森太太看着我，我摊摊手。

“真是堕落。”她批评。

我问：“如果我不赌不嫖，乖乖地过日子，你想咱们两人能否过一辈子？”

辛普森笑说：“我与你？十辈子也花不完这些钱，免得你担心，勖先生不知道有多少股票写了给你，你还不知道，而且只准你收利息，不准你卖出手去脱手，你想他替你想得多周到。”

是的，这么多女人当中，他最喜欢我，我是“同类型”中最得宠的。

勖存姿回来，我的工作也就是等勖存姿回来。

他回来的时候坐在轮椅上。

我问：“为什么坐轮椅？”声音里带着恐惧。

“因为我不想走路。”他说。

我松下一口气。

“家明呢？”我问。

“他走了。”勖存姿没有转过脸。

“走了？”我反问，“走到什么地方去？”

“他离开了勖家。”

“什么？”我追问，“离开勖家，到什么地方去发展？”家明向我提过这件事，我以为他早忘却了。

勖存姿抬起头，他很困惑地说：“家明，他进了神学院，他要当神父。”

我手中正捧着一只花瓶，闻言一惊，花瓶摔在地上碎了，我说：“什么？做和尚？”

勖存姿问：“为什么？我跟他说：‘家明，聪慧走失不是你的错，上天入地，我总得把她找回来。’但是他说：‘不，勖先生，你永远也找不到她，她寻到快乐，她不会回来。’我以为他悲伤过度，少年夫妻一旦失散，心中难过，也是有的，谁知他下足决心要去，可不肯再回来了。”

我失措，就这样去了？

“可是我说家明，你这样撒手走了，我的事业交给谁呢？你猜他说什么？”

“什么？”我呆呆地问。

他说：“勖先生，你如果不放弃地下的财宝，我实实在在地告诉你，你进天国比骆驼穿过针眼还难。”

我一阵昏厥，连忙扶住椅子背。

勖存姿喃喃地说：“我的家支离破碎，喜宝，我要你回剑桥，把所有的功课都赶出来，你来承继我的事业。”

我退后一步：“可是勖先生，你有聪恕，还有聪憩，至少聪憩可以出面，她有丈夫，一定可以帮你忙，而且你手下能干的人才多着，不必一定要亲人出来主持大事。”

“你不会明白，只有至亲才可靠。”

我失笑：“可是我也是外人，勖先生。”

“我明白。”勖存姿抬起头，“你并不姓勖，但是我信任你。”

“我？”我抬起头，“你相信我？”

“你还算是我亲人。”他的声音低下去。

“别担心，勖先生，你身体还是很好，”我说，“支持下去。谁家没有一点不如意的事？你放心。”

他沉默一会儿。“有你在我身边，我是安慰得多了。”

“我并不能做什么。”我说，“只会使你生气。”

“你应该生气，”他说，“一个老头子不解温柔的爱。”

我凝视他，以前他口口声声说他是老头了，我只觉得他在说笑话，现在他说他老，确有那种感觉。

他咳嗽一声：“至今我不知道有没有毁了你。”

“毁了我？”我说，“没可能，如果那一年暑假没遇见你，我连学费都交不出来，事情不可能更坏了。”

“但是你现在并没有毕业。”

“毕业？我有这么多钱，还要文凭做什么？”我问。

“钱与文凭不是一回事，多少有钱的人读不到文凭。”

“何必做无谓的事？”我笑笑。

他把手放在我手上：“我是希望你可以毕业的。”

我不肯再搭这个话题。

他说：“聪憩想见你，你说怎么样？”

“我？我无所谓，她为什么要见我？”为什么是聪憩？

“她要与你讲讲话。”他说，“现在聪慧与家明都离开了，她对你的敌意减轻，也许如此。”

我点点头。“我不会介意。”

“那么我叫她来。”勖存姿有点儿高兴。

我坐在他对面看画报，翻过来翻过去，精神不集中。

勖存姿说："如果你没遇见我，也许现在已经结了婚，小两口子恩恩爱爱，说不定你已经怀了孩子。"

"是，"我接口，"说不定天天下班还得买菜回家煮，孩子大哭小号，两口子大跳大吵，说不定丈夫是个拆白，还是靠我吃软饭，说不定早离了婚。"

勖存姿笑笑说："喜宝，在这个时候，也只有你可以引我一笑。"

"我并不觉得是什么遗憾，"我想起那个金发的奥国女郎，"至少将来我可以跟人说：我曾经拥有一整座堡垒。何必悔恨，当初我自己的选择。"

他看着我。

我嘲弄地说："我没觉得怎么样，你倒替我不值，多稀罕。"

"可是你现在没有幸福。"

"幸福？你认为养儿育女，为牛为马，到最后白头偕老是幸福？各人的标准不一样。到我老的时候，我会坐在家中熨钞票数珠宝，我可不后悔。"

"真的不后悔？"勖问我，"还是嘴硬？"

"像我这种人？不，我不懂得后悔。即使今夜我巴不得死掉，明天一早我又起来了，勖先生，我的生命力坚强。"

我的手摸着红宝石项链。这么拇指大的红宝石，一块戒面要多少钱。世上有几个女人可以挂这种项链。天下岂有十全十美的事，我当然要有点儿牺牲。

况且最主要的是，后悔已经太迟了。

我长长地叹一口气。

勖存姿陪我住了一段时间，直到聪憩来到。

我不得不以女主人的姿态出现，因为根本没人主持大局。

我招呼她，把她安顿好，也没多话，聪憩的城府很深，我不能不防着她一点，可以不说话就少说几句。她住足一个星期，仿佛只是为了陪她父亲而来，毫无其他目的。

一夜我在床上看杂志，聪憩敲门进来。

我连忙请她坐。

“别客气。”她说，“别客气。”

“应该的。”我说，“你坐。”

她坐下来，缓缓地说：“喜宝，这些日子，真亏得你了。”

她没缘没故地说这么一句话，我不由自主地呆一呆。

她说：“也只有你可以使勖先生笑一笑。”

连她都叫父亲“勖先生”。勖存姿做人的乐趣由此可知。

我低下头：“这是我的职责。”

“开头我并不喜欢你，但是我现在看清楚了，只有你可以帮到勖先生。”她也低着头。

我惊骇地看着她，我不明白她想说些什么。

“勖小姐——”我说。

她的手按在我的手上。“你先听我说。我弟弟是个怎么样的人，你是知道的——”

“聪恕并没有怎么样，聪恕只是被宠坏了，有很多富家子是这样的。”

“他在精神病院已经住了不少日子。”

“可是那并不代表什么。”我说，“他是去疗养？”

“疗养？”聪憩又低下头，“为什么别人没有去疗养？”

“因为别人的父亲不是勖存姿。”我简单地说。

“你很直截了当，喜宝，也许勖先生喜欢的便是你这一点。”

我黯然，唯一的希望便是有个人好好地爱我。爱，许多许多，溺毙我。勖存姿不能满足我，我们之间始终是一种买卖。他再喜欢我也不过是如此。

“家明在修道院出了家。他现在叫约瑟兄弟，我去看过他，你知道香港的神学院，在长洲。”

“令堂呢？她身体好吗？”我支开话题。

“我看她拖不了许久，血压高，日夜啼哭，还能理些什么，她根本只是勖先生的生育机器而已。”

“我……我更不算什么。”我说。

“你可以帮我。现在只有你。”她紧握我的手。

我始终不明白。“但是我可以为你做什么？”我问，“如果可能的话，我一定尽力而为。”

“替我照顾我的孩子。”

我抬起头，心中一阵不祥。

“我长了乳癌，这次是开刀来的。”

“不。”我跳起来，“不能这样。”

“是真的，医生全部诊断过了，我不能告诉父母，只能对你说。”

“可是乳癌治愈的机会是很高的，你——”我一个安慰的字也想不出来，只觉得唇燥舌焦。勖存姿的伤天害理事是一定有的，但是报应在他子女身上，上天也未免太不公平，我呆呆地看着聪憩，只觉得双手冰冷。

“方先生是知道的？”我问。

“嗯。”

“方先生应当陪你来。”

聪憩笑，笑里无限辛酸。“应该，什么叫应该？我一直想生个儿子，以为可以挽回他的心，可是肚皮不争气，生来生去都是女儿。”

我错愕之至，这么理想的一对模范夫妻，真看不出来。

聪憩说：“你叫我跟谁说去？我连个说话的人都没有，母亲又不是我的生母，父亲忙得喘气的机会都没有。”

我想想她的处境，确然如此，我叹口气，踱到窗口前坐下，这房间里的两个女人，到底谁比谁更不幸，没人知道。

“谢谢你。”

“我陪你去医院。”我说，“我不会告诉勖先生。”

“谢谢你。”

我忽然问道：“请你告诉我，钱到底有什么用？”

“钱有什么用？”她哑然失笑，“钱对于穷人来说很有用。至于我，我宁愿拥有健康，跟方家凯离婚，带着孩子远走高飞。”

“如果没有钱，又如何远走高飞？”我反问。

“我还有两只手。”聪憩说。

“两只手赚回来的钱是苦涩的，永生永世不能翻身，成年累月地看别人的面色，你没穷过，你不知道，”我悲愤地说，“我何尝不是想过又想，但是我情愿跟着勖先生，反正我已经习惯侍候他，何苦出去侍候一整个社会上不相干的人。我一生人当中，还是现在的日子最好过。”

聪憩怔怔地看着我，她不能明白，事情不临到自己头上的时候，永远不明白。

陪聪憩去看医生，勖存姿并没有怀疑，他以为我们约好了上街购物喝茶。

聪憩的每一个动作都透着温柔，连脱一件大衣都是文雅的。然而听她的语气，她的丈夫并不欣赏她，岂止不欣赏，如今她病在这里，丈夫也没有在她身边。

她说道："右乳需要全部割除。"

"我陪你。"

"不必了，明早你来看我，告诉父亲，我上巴黎去了。"

"勖先生是一个很精明的人。"我说。

"但是你从来不对他撒谎，你的坦白常使他震惊，他再也想不到你会在这种小事上瞒他。"

聪憩其实是最精明的一个。

"我陪你进手术室。"我握着她的手。

她的手很冷，但是没有颤抖，脸色很镇静。

"你怕吗？"我问。

"死亡？"她反问。

"是。"

"怕。"她答，"活得再不愉快，我还是情愿活着，即使丈夫不爱我，我还可以带着孩子过日子，寂寞管寂寞，我也并不是十六七岁的小女孩子，我忍得下来。"

"你不会死的。"我说。

她向我微笑，我从来没见过更凄惨的笑。

护士替她作静脉麻醉注射，她紧紧抓住我的手。

我轻轻地说："明天来看你。"

她点点头，没过多久便失去了知觉。

我把她的手放在胸上，然后离开医院。

勖存姿对着火炉在沉思，已自轮椅上起来了。

他问："你到医院去做什么？不是送聪憩到机场吗？"他又查到了。

"去看一个医生，我爱上住院医生。"我笑说。

他看我一眼："我明知问了也是白问。"

我蹲在他身边："你怎么老待在伦敦？"

"我才住了三个礼拜。"

"以前三小时你就走了。"

"以前我要做生意。"他说。

我听得出其中弦外之音，很害怕。"现在呢？你难道想说现在已经结束了生意？"

"大部分。"

"这是不可能的，不可能！"我说，"勖存姿不做生意？商界其他的人会怎么想？"

"我老了，要好好休息一下。"他说，"我要检讨，是为了什么，我的孩子都离我而去，我什么都给他们，我也爱他们，就是时间少一点儿，可是时间……"

"勖先生，我早先跟你说过，你把所有活生生的人当作一具家具，一份财产，我们不能呼吸，我们没有自由，我们不快乐。"

"我不明白。"

"勖先生，你是最最聪明的聪明人，你怎么会不明白。"

他正颜地说："但是我并不像那种有钱父亲，一天到晚不准子女离家，逼他们读书……我不是，钱财方面我又放得开手。"

"我本人就觉得呼吸困难。"我苦笑，"勖先生，你晓得我有多坚强，但是我尚且要惨淡经营，勉强支撑，你想想别人。"

他说："我还是不明白。"他倔强而痛苦。

我叹一声气，他不明白他的致命伤。

"喜宝，我想你跟我回香港去。我想见见他们。"

"我与你回香港？"我瞠目，"住在哪里？"

"替你买一层房子，还有住哪里？酒店？"他反问。

我镇静下来，反而有一丝高兴。也好，在英国我有些什么？现在书也不读了。任何城市都没有归属感，倒不如香港，我喜欢听广东话。

"好的。"我说，"我跟你回去。"

"谢谢你。"他说。

我抬一抬眉，十分惊异。他说谢谢。

"事实上，"他说下去，"事实上如果你现在要走，我会让你走。"他眼睛看着远处。

自由？他给我自由？我可以走？但是我并不想走，我恨他的时候有，爱他的时候也有，但我不想走。

我说："我并不想走，我无处可去。"

他忽然感动了，"喜宝——"他顿一顿，"你跟我到老？"

"那也并不是很坏的生涯，"我强笑，"能够跟你一辈子也算福气。"

"你怎么知道没处可去？你不趁年轻的时候出去看看，总要后悔的。"

我斩钉截铁地说："外面没有什么好看的！外面都是牛鬼蛇神！"

"好，喜宝。好。"他握住我的手。

聪憩动完手术，我去看她。

她呜咽地——“我的身形……”她右半胸脯被切割掉……

她伏在我胸膛上哭。我把她的头紧紧按在胸前，我欠勖家，勖家欠我，这是前世的一笔债。

她的哭声像一只受重伤的小狗，哽呛、急促、断人心肠。我不能帮她，连她父亲的财势也帮不了她，她失去丈夫的欢心，又失去健康，啊，金钱诚然有买不到的东西。

我一整天都陪着她，我们沉默着。

第二天我替她买了毛线与织针，她不在病床，在物理治疗室。大群大群的断手断脚男男女女在为他们的残生挣扎，有些努力做运动，绷带下未愈的伤口渗出血来。

聪憩面青唇白地靠在一角观看，我一把拉住她。

她见到我如见到至亲一般，紧紧抱住我。

“我们回房间去。”我说，“我替你买了毛线，为我织一件背心。”

聪憩惨白地说：“我不要学他们……我不要……”

“没有人要你学他们，没有人，”我安慰她，“我们找私家医生，我们慢慢来。”

“我的一半胸……”她泣不成声。

“别担心——”但是我再也哄不下去，声音空洞可怕，我住了嘴。

护士给她注射镇静剂入睡，我离开她回家。

三日之后，聪憩死于服毒自杀。

勖存姿与我回香港时带着聪憩的棺木。辛普森也同行。她愿意，她是个寡妇，她说希望看看香港著名的沙滩与阳光。

方家凯与三个孩子在飞机场接我们。孩子们都穿着黑色丧服，稚气的脸上不明所以，那最小的根本只几个月大，连走路都不大懂得。

方家凯迎上来，勖存姿头也没抬，眼角都未曾看他，他停下来抱了抱孩子。孩子们“公公，公公”地唤他。

然后我们登车离去。

香港的房子自然已经有人替他办好了。小小花园洋房。维多利亚港海景一览无遗。可是谁有兴致欣赏。勖存姿把自己关在房中三日三夜，不眠不食，锁着门不停地踱步，只看到门缝底透出一道光。

如果家明在的话，我绝望地想，如果家明在的话，一切还有人做主。

方家凯的三个女孩儿来我们这里，想见外公。我想到聪憩对我说：“……照顾我的孩子。”他们勖家的人，永远活在玫瑰园中，不能受任何刺激。

然而聪憩还是他们当中最冷静最理智的。勖家的人。

我常常抱着聪憩最小的女儿，逗她说话。

“你知道吗？”我会说，“生活不过是幻象，一切都并不值得。”

婴儿胖胖的小手抓着我的项链不放，玩得起劲。

我把脸贴着她的小脸。

我说：“很久很久之前，我与你一样小，一样无邪，一样无知，现在你看看我，看看我。”

她瞪着我，眼白是碧蓝的，直看到我的脑子里去。

我悲哀地问：“为什么我们要来这一场？为什么？”

她什么也不说。

我喂她吃巧克力糖。辛普森说：“给婴孩吃糖是不对的。”

我茫然地问：“什么是对？什么是错？”

勖存姿还是不肯自书房出来，一日三餐由辛普森送进书房，他吃得很少。

我有时也开车与聪憩的女儿去兜风。她们是有教养的乖孩子，穿一式的小裙子，很讨好我，因为我是唯一带她们上街散心的人。她们在看电影的时候也不动，上洗手间老是低声地央求我。两个女佣跟着她们进进出出。在旁人眼中她们何尝不是天之骄子。但我可怜她们，是谁说的，富人不过是有钱的穷人，多么正确。

方家凯来跟我谈话。

“谢谢你，姜小姐。”他很有愧意，“替我照顾孩子们。”

“别客气。”我倒并不恨他。我什么人也不恨。

他缓缓地说：“其实……其实聪憩不明白，我是爱她的，这么长久的夫妻了，我对她总有责任的……”

我抬头看着他。

“……是我的错，我觉得闷。人只能活一次，不见得下世我可以从头来过，我又不相信人死后灵魂会自宇宙另一边冒出来……我很闷，所以在外边有个女朋友……”

方家凯一定得有个申诉的对象，不然他会发疯。

“但是聪憩不原谅我，十多年的婚姻生活……每一件事都是习惯，做爱像刷牙……姜小姐，我已是个中年人，我只能活一次——”方家凯掩上脸。

我明白，我真的明白。他年纪大了，他害怕，他要寻找真正的生活与失去的信心。还有生命本身的压迫力……我明白。

“我明白。”我说。

“真的？”他抬起头来，“她是个比较年轻的女孩子，非常好动，十分有生气。我不爱她，但与她在一起，一切变得较有意义，时光像忽然倒流，回到大学时代，简单明快，就算戴面具，也是只比较干净的面谱：就我们两个人，没有生意、孩子、亲戚、应酬，只有我们两个人，因此我很留恋于她。我永远不会与聪憩离婚，也不可能找得比聪憩更好的妻子，但聪憩不明白，她一定要我的全部，我的肉体我的灵魂我的心，她就是不肯糊涂一点儿。我不是狡辩，你明白吗？姜小姐。”

我明白。

“我怕老。像勖先生，即使赚得全世界，还有什么益处呢？我只不过想……解解闷，跟看书钓鱼一样的，但没有人原谅我。我真不明白，聪憩竟为这个结束她的生命，”他喃喃地，“我们只能活一次。”

我把脸贴着他的小女儿的脸：“你知道吗？生活只是一个幻象。”

“我会照样地爱她，她失去身体任何一部分，我仍然爱她，为什么她不懂得？”方家凯痛苦地自语。

我说：“方先生，女人都是很愚蠢的动物。”

“我现在眼闭眼开都看到她的面孔。”

“她不会的，她不会原谅你的。”我说。

“我倒不会怪她不原谅我。”方家凯说，“我要跟她说，我如果知道她这么激烈，我就不会跟她争。”

“对着倒翻的牛奶哭也没用。方先生，好好照顾孩子。”

“谢谢你，姜小姐。”

我说：“至少你有苦可诉，因为你摆着人们会得同情的现成例子，我呢，我还得笑。”

“姜小姐。”方家凯非常不安。

“回去吧。”我把他小女儿交在他的手中。

他离开了。

喜宝

玖·

生命是这么可笑，我们大可以叠起双手，静观命运的安排与转变，何必苦苦挣扎。

二十五岁的生日，我自己一个人度过，没有人记得。如果当年我嫁了个小职员，纵使他只赚那么三五千，四年下来，或者也有点真感情。带孩子辛苦，生命再缺乏意义，在喧闹繁忙中，也就过了。说不定今日孩子亲着我的脸说“妈妈生辰快乐”，丈夫给我买件廉价的时装当礼物……我是不是后悔了？

我照常吃了饭，站在露台上看风景，维多利亚港永远这么美丽。几乎拥有每一样东西的勖存姿却不肯走出一间三百呎的房间。

“但是我不能控制生命。”勖存姿在我身后说道。

“勖先生。”我诧异，他出来了。

他说：“你寂寞吗？”他把手搁在我肩膀上。

我把手按在他手上。“不。”

“谢谢你！”勖存姿说。

“为什么每个人都谢我？”我笑问，“我做了什么好事？”

“家明会来看我们。”他说。

我一呆。“真的？”我惊喜，“他回来了？”

“不，他只是来探访我们。”他说。

“呵。”我低下头。

我又抬起头打量勖存姿。他还是很壮健，但是一双眼睛里有说不出的疲倦，脸上一丝生气也看不到，我暗暗叹口气。

“今天是我生日。”我说。

“你要什么？”勖存姿问我，“我竟忘了，对不起。”

我苦笑。我要什么？股票？房子？珠宝？

“我知道，”他抚摸我的头发，“你要很多很多的爱。如果没有爱，那么就很多很多的钱，如果两件都没有，有健康也是好的。”

“我不仍是有健康吗？”我勉强地笑。

“喜欢什么去买什么。”他说。

“我知道。”我握着他的手。

“休息吧。”勖存姿说，“我都倦了。”

但我不是他，我一天睡五六个钟头怎么说都足够，平日要想尽办法来打发时间。

我上街逛，带着辛普森。逛遍各店，没有一件想买的东西，空着手回家。我请了师傅在家教我裱画，我知道勖存姿不想我离开他的屋子。裱画是非常有趣味的工作，师傅是一个老年人，并不见得比勖存姿更老，但因为他缺乏金钱名誉地位，所以格外显老。

师傅问我还想学什么。

我想一想：“弹棉花。”我说。

他笑。

我想学刻图章，但是我不懂书法。弹棉花在从前是非常美丽的一项工作，那种单调而韵味的音响，工人身上迷茫的汗，太阳照进铺面，一店一屋的灰尘，无可奈何的凄艳，多像做人，毫无意义，可有可无，早受淘汰，不被怀念，可是目前还得干下去，干下去。

勖存姿看着我说：“呵，你这奇怪的孩子，把一张张白纸裱起来，为什么？”

我笑笑。“菩提本无树，明镜亦非台。我们岂一定要裱乾隆御览之宝。”

他笑得很茫然。勖存姿独独看不透这一关，他确信钱可通神，倒是我，我已经把钱银看得水晶般透明，它能买什么，它不能买什么，我都知道。

我陪着他度过这段困难的时间，镇静得像一座山。但是当家明来到的时候，我也至为震惊。我看着他良久说不出话来，一颗心像悬在半空。

“家明——”我哽咽地。

“我是约瑟兄弟，”他和蔼地说，“愿主与你同在，以马内利[1]。”

他剃了平顶头，穿黑色长袍，一双粗糙的鞋子，精神很好，胖了许多许多，我简直不认得他，以往的清秀聪敏全部埋葬在今日的纯朴中。

“家明，勖先生需要你。”我说。

“请勖先生向上帝恳求他所需要的，诗篇第二十二篇：耶和华是我的牧者，我必不致缺乏——”他说。

“家明——”我黯然。

“我的名字是约瑟。”家明说。

---

[1] 以马内利：意思是上帝与我们同在。

“信上帝的人能这么残忍？”我忽然发怒，“耶稣本人难道不与麻风病人同行？你为什么置我们不理？”

“你们有全能的上帝，”他的声音仍然那么温柔，“何必靠我呢？‘在天上我还有谁呢？在地上也没有值得仰慕的。’‘人都是说谎的。’姜小姐，你是个聪明人，你想想清楚。”

“上帝？”我抓住他的袍角，“我怎么能相信我看不见的人？”

“‘没有看见就相信的人有福了。’姜小姐，我们的眼睛能看多深，看多远？你真的如此相信一双眼睛，瞎子岂不相信光与电，日和月？”

“家明——”我战栗，眼泪纷纷落下。

“只有主怀中才能找到平安。”他说，“姜姐妹，让我为你按首祷告。”

“家明——”

“姜姐妹，我现在叫约瑟。”他再三温和地提醒我。

他轻轻按着我的头，低头闭上眼睛，低声开始祷告：“我们在天上的父，愿人都尊你的名为圣，愿你的国降临……”

我叫：“不，家明，我不要祷告，家明！”

他睁开眼睛：“姜姐妹——”

我泪流满面：“家明，我是喜宝，我不是什么姜姐妹，在这世界上，我们需要你，我们不需要一本活《圣经》，你可以帮助我们，你为什么不明白？”

“我不明白，”他平静地说，“你不明白——”

“我不明白什么？我不明白上帝？”我站起来问他，“他可以为我做什么？你要我怎么求上帝？”

“安静，安静。”他把手按在我肩膀上。

我瞪着他，苦恼地哭。

勖存姿的声音从我身后传来："喜宝，让他回去吧。"

我转过头去，看见勖存姿站我身后。我走到露台，低下头。

"你回去吧，家明。"勖存姿说。

"谢谢你，勖先生。"宋家明毕恭毕敬地站起来，"我先走一步，日后再来。"

女佣替他开门，他离开我们的家。

"勖先生！"我欲哭无泪。

"随他去，各人的选择不一样。"他说。

可是宋家明，那时候的宋家明。

勖存姿重新把自己锁在书房里。

辛普森跟我说："你出去散散心吧，去打马球。"

"我情愿打回力球。"我伸个懒腰。

"那么去澳门。"辛普森说。

"赌？"我想到那个金发女郎，她可以输净邦街的地产。我不能朝她那条路子走。

"不。"我说，"我要管住我自己。我一定要。"

"你每日总要做点事，不能老是喝酒。"

我微笑，抬起头："你知道吗，辛普森太太，我想我已经完了。"

"你还那么年轻。"她按住我的手。

我拨起自己的头发，用手撑住额角。"是吗，但我已经不想再飞。"

"姜小姐，你不能放弃。"

我叹口气。"为什么？因为我心肠特别硬，皮特别厚，人特别泼辣？别人可以激情地自杀，我得起劲地活到八十岁？真的？”

辛普森无言。

“谢谢你陪我这些年。”我拍拍她的手。

“是我的荣誉。”她衷心地说。再由衷也还是一副英国口吻，夸张虚伪。

我摇摇头。

“你可觉得寂寞？”

“不。勖先生不是日日夜夜地陪伴着我？”我说。

辛普森叹口气。

一个深夜，勖存姿跟我谈话。他说：“喜宝，如果你要走，你可以走。”

“走？我走到什么地方去？”我反问。

“随便什么地方，你还年轻……”

“离开你？你的意思是叫我离开你？”我问。

“是的，我的生命已将近终结，我不能看着叫你殉葬，你走吧。”他眼睛没看着我。

我很震惊，勉强地笑：“勖先生，请不要把我休掉。”

他仰起头笑两声：“你这话叫我想起一段故事。”

我看着他。

“林冲发配沧州，林冲娘子赶进去说：‘你如何把我休了？’你又不是我的人，如何用这‘休’字？”

“你又叫我到什么地方去？”我摊手，“世界虽大，何处有我容身之地？谁来照顾我？谁担心我的冷暖，叫我与谁说话？”

“我总比你早去，到时你还不是一个人，不如现在早出去训练一下独立精神，你会习惯的。”

“我当然会习惯，像我这种贱命，”我还在笑，嘴角发酸，“可是我的精力要等到最后一步棋子才发挥出来，无谓时不想浪费，现在时间还没到。”

“你为什么不肯离开？”

我不出声。

“带着我的钱，你出去活动活动，一年半载就成为名女人，我会帮你，你甚至可以用我的姓：勖姜喜宝。你别说，我这个姓还顶值尊敬。届时追求你的人不知多少，你总能挑到个好的嫁出去，即使嫁不掉，也能夜夜笙歌，玩个痛快，好好地出风头——何必跟着个行将就木的老头子挨闷气？”

我燃起一支烟，深深抽一口，我说：“勖先生，这种女人香港也很多，你认为她们快乐吗？”

“你认为你现在快乐吗？”他说。

“我喜欢现在这样。”我说。

“那么多皮裘晚服与珠宝都心焦。嫦娥应悔偷灵药。”

“我喜欢穿大衬衫与牛仔裤。”我说。

“为什么？”他问。

“开头的时候，为了钱，为了安全，为了野心；到后来，为了耻辱，为了恨，为了报复；到现在，勖先生，请不要笑我，现在是为了爱。我爱你。”我说。

他一震，没有看我。

“自幼到大，我不爱任何人，也没有人爱我。我不对任何人负责，也没有人对我负过责任。我不属任何人，也没有人属于我。可是现在我知道我应该留在什么地方。”

“你是可怜我这老人？”

“你？”我苦笑，“瘦死的骆驼比马大，你勖先生再过十年跑出去，要多少二十来岁的女孩子争着扶你？”

“为什么你不走出去让许多二十来岁的男孩子来扶你？”

“我看穿了他们，每一个。”我乏味地说，“我怎么知道他们要我的心还是要我的钱？做一个女人要做得像一幅画，不要做一件衣裳，被男人试完又试，却没人买，待残了旧了，五折抛售还有困难。我情愿做一幅画，你勖先生看中我，买下来，我不想再易主。”

“主人死了呢？”

我站起来：“死了再说，我活一天算一天，哪里担心得这么多！你死了再说！”我急躁起来。

“你的脾气一点儿也不改。”他微笑。

“很难改。”我又坐下来，“连勖存姿都容忍我，别人，管他呢。”

他喃喃地说：“我也看不到有什么好的男孩子……以前家明是好的……像家明这样的男孩子也不多了。”

家明。

我温和地说：“别替我担心。天下没有十全十美的事，这种事可遇而不可求，多想无益。”

“可是你老关在家中……”他担心得犹如慈母一样。

“他会来敲门，你放心。”我说，“该我的就是我的，逃不了。”

“你真是不幸。”他拍拍我的肩膀，说道，“喜宝——”

“我倒不觉，你再提醒我，我倒真的要患自怜症了。”我说，“凡事不可强求。”

“你真看得开？”他犹自担心。

“我看得有千里开外。”我点点头，“因为我不得不看得这么远。”

“以后的日子怎么过？”他问。

“一日一日地过，像世界上每一个人那样过。”我说。

“不后悔？”他问。

我坦白地说：“后悔管后悔，过管过。”

他不出声，过一会儿说：“好，随得你。”

我试探地问：“我要不要去看看勖太太？”

“如果她要见我，她会上门来。”

这样子便结束了我们的谈话。我始终不知道欧阳女士是如何嫁的勖存姿。她的出身暧昧，她的容貌不见空前绝后——总有个原因。我没有问，我已学会永不问任何问题，是以我是个最好的情妇。他有空，我陪他，他没空，我等他。

有没有意义是各人价值观点问题，养孩子有什么意义？生命有什么意义？一只渡海轮沉没海底，社会有什么损失？活着的人照样饮宴嫁娶。地球爆炸消失，宇宙有什么损失？我干吗要打扮得花枝招展到扶轮会、狮子会去跳舞？

我想到聪恕。我叫辛普森去打听聪恕。

辛普森拨电话到石澳的勖府去。啊，石澳的勖府，聪慧开着她的黑豹小跑车来接我到她家去玩，像是七个世纪前的事。

辛普森摇头说：“他们那边用人不懂英语。”

我反问：“你为什么不学广州话？这里是中国人的地方。”

我自己找到勖夫人。她有点儿糊涂，一时弄不清楚我是什么人。我很意外。

我说：“我是姜喜宝。”

“啊，姜小姐，”她声音倒是很平静，并不十分伤心，“什么事？”

“勖先生想问一声，你近些日子可好。”

她一阵沉默。

“我想来拜访你，”我说，“我可以来吗？”

“可以。”她说，“我也正静着，有个人说说话不妨。”

“那么我现在来。”

“你喜欢吃些什么？现在我们这儿日日下午做下点心。”

“中的还是西的？”我问。怎么问得出。

“春卷，糕点这些而已，还炖点参，可合口味吗？”

“可以。”我说，“我下午就来。”

我告诉勖存姿：我要上石澳他家。

他不以为然。“你去干什么？闲着慌？不如找些有意义的事做。”

我没有吭声，但下午还是去了石澳，自己开的车。

勖太太穿着旗袍与绣花拖鞋迎出来，静静地打量我，然后说：“这回子瞧你，比聪慧还小着几岁似的。”

提起聪慧的时候，声音也没有什么异样。

我坐在她对面。她把点心拿到我面前，看着我吃，因此我吃得很多。她又把茶盅递给我。问我：“勖先生可好？”

我想了一想，咽下食物才答道：“精神倒还好，但是心情欠佳。”

我发觉我做勖存姿的“人”久了，渐渐也就成为习惯，他们都开始承认我。

“也难怪他哩，我也病了好久，聪慧没影子，聪憩又没了。”她眼睛红红，“我不过是挨日子，一点意思都没有。聪慧也是的，总不想想她爹娘，真忍心，如今的年轻人都这么任性，说去就去，一点留恋都没有，母女一场，没点情意。”但是语气中抱怨多过伤感，“我去问过佛爷，都说还活着。求过签，也一样讲法，可是我还是想见到她，真死在我面前，我倒死了条心。”呜呜咽咽哭起来，仍然是受委屈、生了气的眼泪，而不是伤心。

我呆呆地坐着。

我能做些什么呢？

“我想到聪慧房间坐坐。”我说。

“日日等她回来，天天抹灰尘，什么都没动过，你上去吧。”勖太太说。

我走到聪慧房间，轻轻推开门。向南的大睡房连一个小客厅。梳妆台上放着一整套的银梳子，水晶香水瓶子，我捏捏橡皮球，喷出一股“蒂婀小姐[1]”香味。我茫然想，这正是聪慧的作风，拣香水也拣单纯的味道，换了是我，就用“哉[2]”“夜间飞行”。

一本画册被翻开在高更的《大溪地女郎》[3]那面：红色的草地，金棕的人面。银瓶里的一枝玫瑰花——真是小女孩气。想必女佣还日日来换上新鲜的花。

白色瑞士麻纱的床罩，绿色长青植物。聪慧永远这么年轻可爱。我坐在她的摇椅里，头搁在一边。上帝没有眷顾她一生，多么可惜。

我深深叹口气。像我这种人，早已遭遗弃，上帝看不看我都是一辈子，但聪慧……粉墙上挂着原装米罗版画，还有张小小张大千的工笔仕女图，一切都合她身份。

我拉开她书桌抽屉，她并不写日记，厚厚的一本通讯簿，里

---

[1] 蒂婀小姐：迪奥，Miss Dior。

[2] 哉：让·巴杜（Jean Patou）的JOY，是“世界上成本之最贵”的香水。

[3] 《大溪地女郎》：《两个大溪地女子》，是保罗·高更在1899年绘制的一幅布面油画。

面尽是些著名的金童玉女电话地址。现在的舞会欠了勖聪慧，他们有没有想念她，过一阵子也忘了吧？

我站在小露台上一会儿。回来拨一拨水晶灯上坠子。她现在在哪儿？过惯这般风调雨顺的生活，她真能适应？能过多久？几时回来？

勖夫人在门口出现，她说道："我待她很好哇——我事事如她意，要什么有什么，她父亲也疼她……"

我明白勖存姿不回来这里的原委。

我问："聪恕呢？"

"聪恕在医院里。"

"你们让他住医院这么久，有一年多了吗？"我震惊。

"没法子，回来实在闹得不像话。"她叹口气坐下来。

"怎么个闹法？"我很害怕。

我说："不能让他在医院里自生自灭，那种地方——你知道他们是怎么对付病人的。"

"那是私家医院，不同的。"

"你有没有去看他？"

"自然有，连我都不认得了，拖鞋连热水壶往我头上摔……"

"勖先生知道吗？"我往后退一步。

"怎敢让他知道啊！"勖太太坐下痛哭，"我都没个说话的人，眼看小的全不活了，我这个老不死的还摆在这里干什么呢？"

我如五雷轰顶似的，过了很久，定定神，站起来说："我要去看聪恕，你把地址给我。"

"我叫司机送你去。"勖太太站起来说，"可是他不会认得你。"

"不！如果他还记得人，他就该记得我。"

我坐勖家的车子到达疗养院。很美丽很静的地方，草地比任何网球场还漂亮。

我抹一抹汗，跟门口的护士说："我来看勖聪恕。"

那护士看我一眼。"勖聪恕？他住二楼，二〇三房。"

"他如何了？他危险吗？"我有点害怕。

"他，不是危险病人，我们这里没有危险病人。"护士有一张年轻的小圆脸，她说，"可是我们预防他随时恶化。"

"他恶化了没有？"我问。

"他没有进步，时好时坏。"她带我上楼，"勖家很有钱，不是吗？"她笑笑，"他们不愿意接他回家，说是怕影响他父亲的心情。"

"他不再认得亲友？"我问。

"看他心情如何，大多数时候他很文静。住我们这里的病人，大多数希望得到亲友更多的关注。"她笑，"你明白吗？其实没有什么大事。"

我有点儿放心。我明白聪恕的为人，他永远不愿长大，一直要受宠爱，一直要人呵护，也许这只是他获得更多宠爱的手段。

护士敲敲二〇三的房门，跟我说："唤人的时候请按铃。"

我推门进去。

聪恕衣着整齐，躺在露台的藤椅上看书。

我已经在微笑了。"聪恕。"我叫他。

他没有放下画报。

我走到他身边，端张椅子坐在他身边。"聪恕，是我，是来看你。"

他仍然没有放下画报。他在看《生活》杂志。

他放下画册，看着我，眸子里一股死气。

我心中抱歉。“聪恕，让我们讲和，我们再做朋友，我现在回香港住，我天天可以来看你，好不好？”

他不答。

“聪恕，你知道你两个姐妹都不在了，你父亲只剩下你，你得好好地振作起来。”

他把画册又拿起来。我按下他的手。但是他的手不再潮热。他的面孔还是那么秀美，可是不再有生气。我忽然发觉护士把他的病情估计得太轻。

我握住他的手，心中发凉，我轻轻地问道：“你听得我说话吗？”

聪恕呆呆地瞪着我。

“我是小宝。”我说，“记得吗？”

他又拿起画报。

我抢过那本《生活》杂志，发觉里面是一页页的厚纸板，空白的厚纸板，一个字也没有，只得两张封面封底，我像看见一条毒蛇似的。把那本杂志摔到地下。

我按铃。

护士进来。不是先头那一个。

我指着地板上的“书”，忍不住惊恐。

护士耸耸肩，手插在口袋里，闲闲地说：“他们都说要看书，我们只好给他们看。”

“他不认得我！”我说。

“小姐！这里是精神病疗养院，这里不是游乐场，他凭什么要认得你？你要不要他起身迎接你？”护士讽刺地说完，转身走开。

完了。我想，完了。若果勖存姿知道这个消息……我不敢想下去。

聪恕呆呆地坐在藤椅里。我再走过去，蹲在他身边，摇撼他的手臂。

“聪恕，你仔细地看看我，你不是一直想见我吗？我现在在这里。”聪恕一点儿知觉也没有，我浑身战栗起来，于是把他的手按在我脸上，“聪恕！我是喜宝！”我大声叫喊，“聪恕！”

我的心掉入无底深渊。

“说一句话，随便什么话。”我求他，“聪恕。”

他看着我，脸上的表情仿佛在可怜我同情我，一种惋惜，带点自嘲，他脸上有这个表情。

我说：“聪恕，我知道你不原谅我，至少你骂我几句。你开开口，聪恕，我每天来看你。”

他什么也不说，只坐在那里，到后来索性闭上眼睛。

我坐了近一小时。忽然大笑起来。生命是这么可笑，我们大可以叠起双手，静观命运的安排与转变，何必苦苦挣扎。我笑得直到护士走来瞪着我，才站起来走。

勖家的司机我是认得的，他趋向前来问我：“姜小姐，少爷如何了？”

我说：“他不认得我。”

司机默默把我驶回勖家。勖太太又迎出来，拉住我：“你去了这么久。”

聪恕不再认得我。我这个人现在对他来说，一点儿意义也没有，他清醒了，他终于清醒了。

她问：“聪恕有没有说什么？”

“没有。”我说，“他很安静。”

“有时候他很吵。”勖太太说。

我忽然发觉她老了，很啰唆，而且不管我是什么，她仿佛不愿意放我走，只要有人听她说话，陪她说话，她已经满足。

我说：“我要回去了，明天再去看聪恕。”

勖夫人的眼泪又挂下来：“你说他……他还管用吗？”

“我不知道。”我说，“我不知道。”

没多久之前，一块冰冷的钻石便能令我脉搏加速，兴奋快乐，我那时是如此无知，如此开心，真不能想象。那只是没多久之前的事。

回到山顶的家，我喝了很多酒，陪勖存姿吃晚饭。

勖存姿说：“小酒鬼。”

我笑一笑。他仿佛有点儿高兴。

“勖先生，你的生意都交给些什么人？”我问。

“你不是真的有兴趣知道吧？”他问。

“不。”我叹口气，他什么都看得穿，我最最怕他知道聪恕现在的情况。

“你下午在什么地方？”他问，“真去见了我妻子？”

他又开始担心我在哪里，这证明他真的振作了。我小心翼翼地说：“是，我去见过她，又去看聪恕。”

“你跟她有什么好说的？”勖存姿问。

“她跟以前不同了……老很多，对我并不反感。她很……想念聪慧，又担心聪恕。”

“聪慧一点消息也没有。”他说，“我派了好些人上去找她。这孩子，白养她一场。”

“或者她已不在北京，或者在苏北，或是内蒙古，教完一间小学又一间——”

“为什么不写信？”勖存姿心痛地说。

“孩子们很少记得父母，”我说，“‘痴心父母古来多，孝顺儿孙谁见了。’”

“一封信，我只不过想看到她亲笔写的字。”

“我觉得她活得很好，家明说过，她求仁得仁，便是她最大的快乐。”我分辩。

“但是我只想看她一封信！”

我维持沉默。勖存姿比不得一般老人，他不接受安慰开导。

过一会儿他问：“聪恕好吗？”

“他的话很多。”我尽量镇静。

“我说过不想你再见他。”勖存姿皱上眉头。

“他需要人陪他说话，他寂寞。你知道他。”

“他？”勖存姿冷笑，“我自然知道他！他活得不太耐烦，巴不得生场病挟以自重，没想生出瘾来了，家里一时多事，也任得他闹。”

我不敢出声。

“我不赞成你去看他。”他说。

“只有我去看他。”我说，“你想还有谁呢？我要爱上他，早就嫁了他，你未必阻止得了。”

“你还是用这种口气跟我说话！”勖存姿忽然发怒，“你知道聪恕，他抓到这种机会，还能放开你？”

“我保证他不会！”我说，“他有病，他需要心理治疗。”

勖冷笑：“我劝你别把自己看得太重要，你以为你是他的心药？连他自己都不知道他要什么！”

“我已决定明天去看他，我会日日去看他。”我耐心地说，“我希望他会痊愈，不因为其他的原因！因为他是你的儿子。”

“他根本没有病！”

“你上次去见他是什么时候？”我反问。

他不响了。

“让我去见他。”我请求。

“你老是跟我作对！”他说，“连我叫你走都不肯走，你是跟我耗上了。”他的声音转为温柔，“你这个孩子。”

我走到他面前，他把我拥在怀内，我把脸靠在他胸膛上。

“你瞧，”他说道，“终于等到我有空陪你，又可惜快要死了。”

“只要你现在还没有死。”我倔强地说。

“小宝，我爱你就是为你的生命力。像你这样的女孩子……迟暮的老人忍不住要征服你，即使不能够，借一下光也是好的。”

我紧紧地抱住他。

“你放心，我不会亏待你。”他喃喃地说。

“我什么也不要，你把一切都收回去好了，我只要你。”

“我只是一个糟老头子，把一切都收回来，我跟一切糟老头子并没有两样。”

“但你爱我。”我说，“其他的糟老头子不爱我。”

“哪个男人不爱你？说。”

“直到你出现，没人爱过我。”

他感动，我也感动。我们都除下面具，第一次老实地面对赤裸裸相见。

我到长洲神学院去找宋家明。

在传达室里见到我，我与他握手，称他“约瑟兄弟”。

“姜姐妹，你也好。”他温柔地说，“你可是有事？”

“是的。我想说说以前的事，约瑟兄弟，你不介意吧？”

“当然不介意。上帝是真神，我们不逃避过去。”

“约瑟兄弟。”我开始，“你可记得一个叫冯·艾森贝克的人？”

他一震，随即平静下来。他答：“他已不在人世了。”

“可是这件案子，当事人可还有危险？”我问道。

“有一个马夫在猎狐的时候不当心猎枪走火，射杀冯·艾森贝克。他现时在服刑中。”

我安下心。

“他出狱时会得到一大笔报酬，这是一项买卖。”他说。

我点点头：“谢谢你，约瑟兄弟。”

“当事人在法律上毫无问题。他良心如何，我不得而知。”他低下头。

“你呢，约瑟兄弟？”

“我日夜为此祷告，求上帝救我的灵魂。”

“这是你入教的原因？”我问，“你们都是为了逃难？”

“不。我认识了又真又活的上帝。”

“好的，我相信你。”我叹一口气。

“每个人都好吗？”他殷勤地问。

“不好，都不好。尤其是聪恕，我昨天去看过他，他连我都不认得了。”我说，“我想与你商量一下，该怎么处置这事。”

他又是一震，脸色略变。

“勖先生不知这件事，我不主张他知道，瞒他多久是多久。可是聪恕，我想替他找个好医生，不知道你是否可以帮我。”

“我可以为你祷告。”

“你不是和尚，不理任何世事，我需要你的帮忙，今天下午与我一齐去看聪恕。你们难道不做探访的工作？抑或是你信心不够，怕受引诱？”我说。

约瑟兄弟仍然心平气和，低头思想一会儿，然后说：“我陪你去。”

“谢谢你。”我说。

“谢谢主。”

我与他一起离开长洲。船上风很劲，可是我们一句话也没有。这人是约瑟兄弟，不是宋家明，宋家明是戴薄身白金表，穿灰色西装，戴丝领带的那个风度翩翩的脑科医生。宋家明的聪敏智慧，宋家明的风姿仪态……然而宋家明也死了。

我看看身边的约瑟兄弟——我认识他吗？并不。我们对宗教总是向往的，向往死后可以往一个更好的世界，西方极乐，我们渴望快乐。爱是带来快乐最重要的因素，我们因此又拼命追求爱，一点点影子都是好的。

我跟家明说：“生命真是空虚。”

他微笑：“所罗门王说生命是空虚中的空虚。”

“所罗门王？那个拥有示巴女皇的所罗门？”

“是的，聪明的所罗门王。”他点点头，“可是你看田里的百合花，它不种也不收，但是所罗门王最繁荣的时间，还不如它呢。”

我侧转头，我不要听。

不是我凡心炽热，但我不是听天由命的人，即使兜了一个大圈子回来原处，但花过力气，我死得眼闭。

“你最近好吗？”他问我。

我点点头。“不坏，还活着，我不再像以前那么自私，现在比较懂得施与受的哲学。脾气也好了，心中没有那么多埋怨，现在……水来土掩，兵来将挡。”我长长叹口气。

“你还是抱怨。”他笑笑。

“或许是。”我说，“没有不抱怨的人，”我也笑，“做人没有意义。也许神父修女也有烦恼，只是不好意思说出来。”

他微笑，不出声。

我说：“念一次主祷文只要十五秒钟。我也常常念。”

他不出声。

我闭目养神。他肯陪我看聪恕，我已经心满意足。以前他随传随到，勖家谁也不把他当一回事，只当他是个特级管理秘书长。现在……人就是这点贱。

船到岸，司机在码头等我们。我让他先上车，他也不退让。宋家明真把他自己完全忘记了。以前他非等所有的女士上了车不可的。

他真勇敢。我能学他吗？我能忘记自己？

我们到达疗养院。

聪恕在午睡。

我觉得又渴又饿。宋家明跪在聪恕床边祷告。

我去找医生商量：

“我们需要一个好医生，专门看他。”

“这里的医生原是最好的。”

“他需要更多的关注。”

“他可以出院回家，情况不会更好。”

“外国呢？瑞士可会好点？”

“一般人都迷信外国的医生，其实在这里我们已有最完善的设备。”

“我们想病人尽快复原。”

“小姐，有很多事是人力有所不逮的，你难道不明白？”

“你的意思是，我们在上帝的手中？”

“你可以这样说。”

我回到病房，宋家明仍然跪在那里祷告，聪恕已经醒来，莫名其妙地看着他，又看着我。

我还是决定替聪恕转医院。宋家明其实什么忙也帮不了。我取到勖夫人的签名，把聪恕转到另一间疗养院。护士们仍然一样的刻薄，医生们一样的冷淡，但是至少有点转变。

我每日规定下午两点去看他，每天一小时。

我大声对他读书。我与他说话。但是得不到回音。

他在扮演一个聋哑的角色。

我天天求他：“聪恕，与我说话，求求你。”

我甚至学着宋家明，在他床边祷告。日子一天天过去，多日之后，他没有一点起色，家中带来营养丰富的食物使他肥胖，他连上浴间都得特别护士照顾，每天的住院费用是七百多元港币。

两个月之后，勖存姿说：“聪恕最近如何？”

“老样子。”我不敢多说。

“我想出一次门。”他说。

“我陪你去。”我不加考虑地说。

“不，你留在香港。”

“为什么？有哪里我是去不得的？我在寓所等你就是了。”

“我去看看老添。”他说，“顺便结束点业务。”

“一定不准我去？”

“我去几天就回来。”他温和地说道，“你怕？”

“打电话给我。”我说。

“我会的。”

“看到漂亮的女孩子，少搭讪。”我说。

他没有笑。他只是说：“我难道不正拥有全世界最漂亮的女孩子？”

就在他走的第二天，聪恕开口讲话。

我在读《呼啸山庄》。

他把头抬起来说：“今天天气好极了。”

我一惊，低着头，不敢表示惊异，但是心跳得发狂。

我翻过一页书，轻轻地读下去。

他站起来，踱到露台去，我又怕他发怒，又怕惊动他，一额头的汗。忽然记起诗篇第二十三篇，喃喃读：“我虽然经过死阴的幽谷，也不必害怕……”

聪恕说道：“今天的天气的确很好。”他的结论。

那日我赶到勖夫人那里，来不及把“好”消息告诉她。她听了，不说话，可是拥抱着我痛哭起来。

“为什么哭，他不是说话了？”我问。

“没有用的，然后他就开始发疯，把他隔离关一个月，锁住他，他又静一阵子，没有用的。”

我如顶头浇了一桶冷水。

“我不放弃。”我坚决地说。

过一天我读书的时候，聪恕把我的书抢过，一把撕得粉碎。我默默地看着他。他对我露齿狞笑。对。谁叫我对他疏忽了这么多年，我活该受他折磨。他扑过来打我，我推开他。他的力气大得出奇。

他用手出力地扼住我脖子，我用手扳开他无效，唤人铃就在身边，但是我没有按铃，这样子也好，让他扼死了我，我一按铃他就会被关进隔离室。忽然之间我自暴自弃起来——注定我会这样死吗？不见得。

渐渐地我身体轻起来，像飘在空中，视线模糊，失去听觉，但心头清醒得很。

终于聪恕绊跌了茶几，发出巨响，护士进来拉开他，扶起我。我什么也不说，看着聪恕在地上打滚，孔武有力的男护士把他按住，替他穿上白色的外套，把他双手反剪绑在背后，聪恕挣扎，开口尖叫恶骂，他开始说话，一分钟说好几十句。

我静静地听他叫着："……给我……这些都是我的，你们偷我的东西！偷我的东西！"

护士们把他扯将出去，我蹲下来问他："聪恕，我是喜宝，你认得我吗？我是喜宝。"

他瞪大眼睛看牢我，忽然张口吐得我一头一脸的唾沫。

护士跟我说："小姐，你回去吧。"

我心力交瘁地回到家中，不知道明天该不该再去看聪恕，我只觉万念俱灰。

辛普森说："姜小姐，明天又是另外一天。"

我点点头，连说话的力气都没有。

"姜小姐，我看你还是把这件事告诉勖先生吧，这又不是你的错。"

"这是几时开始的？"我问，"我只知道他在精神病院偷跑出来到英国看过我，情况很好，正像勖先生所说，他是故意生病挟以自重，怎么匆匆一年，就病成这样神志不清了？”

辛普森说：“姜小姐，连勖先生自那次之后，都没再见过他，你何必内疚？”

我掠掠头发。“我没有内疚。”我说，“我只觉得这是我的责任，病人应该有亲友陪伴，我明天会再去。”

“有什么分别呢，姜小姐，他甚至认不出是你。”

“对我来说，是有分别的。”

“姜小姐——”

我按住她的手，辛普森不出声了。

我闭上眼睛问她：“可喜欢香港？”

“美丽的城市，我很喜欢。”

“我们也许就此安顿在这里，你有心理准备吗？”我问。

“我不介意，姜小姐，我为你工作这许多年了。”

“辛普森太太，没有你，我还真不知怎么办。”

她微笑：“我们成习惯了。”

“谁说不是呢。”我说，“既然如此，你就陪我到底也罢。”

“勖先生最近精神仿佛好点儿，”她问，“他到底多大年纪？”

“我真的不知道。”我说，“我知道他的事很少很少，他做的是什么生意我也管不着。”

“有没有六十？”辛普森好奇地问。

“不止了。”我笑笑。

“你从来没有查过他？”辛普森问。

“查？怎么查？跑到他书房去翻箱倒箧？我不是那样的人。他怎么说，我怎么听，我怎么信。不然怎么办？我既没做过妻子，又不知道一个情妇有什么权利。”

辛普森隔一会儿说：“可是勖先生真的对你很好。”

我说：“他不错是对我好。他的方式不对。”

“可是总结还是一样，他爱你。”

“是。”我说，“世界上我只有他了。”

“你可以依靠他。”辛普森说，“虽然他年纪大，但是他会照顾你一生一世。”

“一生一世。”我复述，忽然大笑起来。

“我说了什么好笑的事吗？”辛普森愕然问。

“对不起。”我说，“我的一生一世，我真不明白，我的一生一世原来是这样的。”

“有什么不好呢？”辛普森不明白。

“什么不好？”我反问。

“女人的最终目的难道不都如此？你现在要什么有什么。”

我马上问：“幸福呢？”

“你还年轻，姜小姐，你才二十六岁，再隔十年，你爱嫁谁就嫁谁，幸福在你的双手中，一个女人手头上有钱，就什么都不必怕。”

“有了钱什么都不必怕？”我笑问。

“自然。”

“我们中国有个伟大的作家叫鲁迅，当时有大学生写信问鲁迅：‘作为大学生，我们应当争取什么？’鲁迅答大学生：‘我们应当先争取言论自由，然后我才告诉你，我们应当争取什么。’假如有人来问姜喜宝：女人应该争取什么？我会答：让我们争取金钱，然后我才告诉你们，女人应当争取什么。”我大笑，“这唤作‘姜喜宝答女人’。”

辛普森不知道是否真听懂了，她也跟着笑。

我叹口气。

第二天，我去看聪恕，他用痰杯摔我。

我与勖夫人详谈："通常他静一两个月，然后大闹一场，然后再静、再闹，是不是？"

"是。"她又瘦又憔悴，像是换了一个人，只有说话的语气，仍是那么慢吞吞的，急也急不来，最心焦的时候只会流眼泪。

"多久了？"我问，"聪恕由假病变真病，有多久了？"

"不记得。"

"你想一想。"我说，"有一次他自疗养院走出来到英国，那时还是好好的。"

"是，他去过英国，这我知道，约一年前的事，那次家明陪他回来香港，回来之后没多久，就恶化起来。"

我点点头："才一年，是不是？"

"是。姜小姐，你看他还有救没救？"

"我不知道。"我说，"我正在设法。"

"勖先生知道没有？"勖夫人问。

"他不知道。"我说，"他目前不在香港。"

勖夫人低下头，悲哀地说："他现在什么都不跟我说了。"

女人。在最困难的环境中还是忘不了争取男人的恩宠。

她瘦了这么多。本来肥胖的女人一旦瘦下来，脸上身上都剩一大把多余的皮肤，无去无从，看上去滑稽相。我相信欧阳秀丽以前必然是个美女，她有她那时候的风姿。美女，我们在年轻的时候都是美女。一朝春尽红颜老。这就是我的春天吗？忽然之间我只觉得肃杀。现在的勖存姿已非十年前的勖存姿，欧阳秀丽并不知足，她不晓得她拥有勖存姿最好的全部。

“他年纪已经大了，在外边做些什么，我不去理他，他也不让我理。”她眼睁睁地看着我，“但是你为什么这样为聪恕吃苦头？你原本可以置之不理。”

“因为——”因为勖存姿爱我，因为勖聪恕从前也爱过我。

我每天去探望聪恕，我不再朗诵。我端张椅子，坐在他对面申诉。

我跟他说我幼年的事。我的恋爱，我的失意，我的悲哀，特别是我的悲哀。

我说：“我很寂寞，每次听到有人死了，我就害怕，你看人，说去就去了，从此消失在地面上，再也见不到他。像聪憩，她人死灯灭，什么也不知道，而我们却天天怀念她，我还年轻，是否应该做我想做的事？我虽然还年轻，但也不知道下午是否还能活着。真是矛盾。我们都应该快快乐乐过完这一辈子，哪儿来的这么多不如意的事。”

他静静地听。

我滔滔不绝地倾诉，有时不自禁地流下泪来，每次回家，都舒服得多。

两星期之后，勖存姿回来。我在飞机场接他。

他一见到我便说：“带我去见聪恕。”

我陪他上车。不出声。

“只有你知道聪恕在哪里，他在哪里？”勖存姿问。

“你不适宜见他。”我说。

“他是我的儿子！”

“他逃不了，他会回来。”

“让我见他。”

“我不会带你去！”

“没有人违反我的命令。”

我厌倦地说：“杀掉我吧，我违反了皇上的命令，对不起，我这次不能遵命。如果你相信我，那么把聪恕交给我，在适当的时候，他会来见你。”

“他到底怎么了？”

“他没有怎么样。谁给你提供错误的消息？”

“错误的消息？为什么不让我见他？”

“因为你在这一年内见过太多的死人病人，我不相信你的心脏可以负荷。”

“他是我的儿子。”

“是你老子你也帮不了他。”

“你帮得了？”他暴怒。

“比你总好一点。”

“喜宝，你以为我会永远找不到聪恕？”

“你可不可以停止炫耀你的权势？如果你能找到每一个人，为什么你找不到勖聪慧？”

勖存姿一个耳光打过来。他用尽了他的力气，我一阵头晕，嘴角发咸。

他别转头。我自手袋掏出手帕，抹干净嘴角的血，我的嘴唇肿了起来。

我平静地跟司机说：“停车。”

司机已经惊呆了，闻言马上把车子停下来。

我推开车门下车。

拾·

勖存姿的故事是完了，
但姜喜宝的故事可长着呢。

到什么地方去，我茫然地想。先喝点酒罢。我走进一间咖啡店，叫一杯水果酒。

回去吧，我告诉自己，终归要回去的，我不能离开他。在这种时候我不能离开他。我付酒账。出去叫计程车。回香港还没有坐过计程车，只觉得脏与臭，我离开现实的世界已经长久长久，我的老板只是勖存姿。

车子到家门口停下来，辛普森追出来："姜小姐！"

"勖先生怎么了？"我温和地问。

"急得快要疯了，幸亏你回来，不然我们真被他逼死，逼着我们去找你，我们上哪儿去找？你平时什么地方都不去的。"

我奔上楼去，听见勖存姿在那里吼叫："去找她！去找她！"声音里的恐惧很熟悉，哪里听过似的，猛然想起，原来是像聪恕的声音。

"勖先生，我在这里。"我走前一步。

他疾然转身，看到我整张脸涨红。

"喜宝！"

我迎上去。

他抱住我，把我的头往他的怀里按。

“喜宝——”

“对不起。”我抢先说。

“无论你怎样，不要离开我。”

这话从勖存姿嘴里说出来，仿佛有千斤力量。我仅余的一点儿委屈都粉碎无遗。

“勖先生，我很抱歉，我又发脾气了。”我说，“你见过这样坏脾气的女人没有？”

“没有。”他说，“但是你的脾气发得有道理。”

“任何事都应该好好讲，勖先生，我真不该暴躁，我觉得你不适宜见聪恕。”

“他到底怎么样了？”

“怎么样？病了。病来如山倒，病去如抽丝，现在的情况并不怎么妥当。”

“什么叫‘不妥当’？”

“你真的要知道？”

“我还怕什么？”他仰起头笑，“你告诉我好了。”

“他不认得我。”我说，“他神智不清楚。”

勖存姿一震：“不认得你？”他脸上变色。

“他谁也不认得，他不再是他自己。”

“哦。”他低下头，“多久了？”

“一年左右。”

“为什么不早告诉我？我可以去找好的医生。”勖存姿说。

“医生？精神病看医生——”

“喜宝，我们必须把他救回来，我们要尽力，你答应帮我。”

“我当然是帮你的。”我说。

勖存姿在欧美请了最好的医生回来，但是一切都没有变化。聪恕只有在听我说话的时候最安静，仿佛我的声音起了催眠作用。

勖存姿整个人衰老下来。他自己也有两个医生成日跟着。最重要的是，他缺乏振作的动机。

他开始真正地依靠我，开始展露他的喜怒哀乐，他老了。

“喜宝，上帝已开始报复我。”他说。

我握着他的手说：“我也认为如此。”我笑一笑，“可是我们要勇敢。”

他非常矛盾。

“喜宝，你何必陪我受苦？”

“我吃了你的穿了你的，不然怎么办？”

“你还是走吧。”他说，“走得越远越好。回去英国。”

“回去干什么？”我问，“剑桥又不算学分，要读还得从第一年读起。”

在夜深的时候他叫唤我的名字，我把床搬到他房里去睡，多年来我们第一次同房，有名无实。

我到这个时候的耐心好得出奇，对着他毫无怨言，常常累得坐在椅子上都睡得熟。

聪恕安静了很久，天天坐在椅子上听我说话。

勖存姿渐渐虚弱，体重大量减退，不愿进食。

一日他问我：“喜宝，你信不信鬼神之说？”

“这个……仿佛得问家明。”我说，“我不知道。”

“自然。你还年轻，我知道是非到头总有报，但是为什么要报在我子女头上？”他苦笑。

“因为那样你会更伤心。”我说。

“我是一个伤天害理的人吗？”

我说：“当然是，你在做生意的时候压倒过多少人，又有多少人因你寝食难安。每个人都做过伤天害理的事，或多或少。我害人失恋，也欺骗过男人，为着某种目的不惜施手段哄着他们，给他们虚假的希望，这些都是伤天害理。”我说，“有能力的人影响别人，没能力的一群受人影响，一间公司倒闭，群众生计困难，更是伤天害理。”

我说：“发动战争，成千上万的人死去，捏权的看新闻片，只觉战争场面比电影更真实，这些刽子手身上又不溅半点血。我虽不杀伯仁，伯仁因我而死，我希望看着聪恕好起来。”

勖存姿沉默良久。

医生跟我说，他失去了意志力。

“以前勖先生有病，他总比我们之中任何一个人都镇静，他会笑着告诉我们，他很快就复原。心脏病发这么多次，他都强壮地搏斗，但现在他不一样，现在他放弃了，他似乎不想活下去。”

我听着心如刀割。照顾完勖存姿又奔到聪恕那边去。

医生说：“别担心，他似有进步，脑电波示图证明他最近有梦。”

我咽下一口唾沫：“他有没有机会痊愈？”

“很难说，”医生说，“精神病是隔夜发作，隔夜痊愈的病，爱克斯光[1]又照不出毛病来。”

---

[1] 爱克斯光：X-ray，X 射线，最初用于医学成像诊断和 X 射线结晶学。

但是勖存姿似等不到聪恕痊愈。他病了倒在床上，我整日整夜就是忙着周旋在医生与医生之间操劳。

“我就快要去了。”他跟我说道。

“哦，你昨晚与上帝谈妥了吗？”我笑问。

“我与魔鬼谈妥了。”

“他说什么？让你与加略人犹大同房？”我又笑问。

“我在说真的，喜宝，你别再逗我发笑。”他握住我的手。

“你还很健壮，勖先生，请你不要放弃。”

“我竟不能一世照顾你，对不起。”他说。

“我与你到花园去走走。”我说。

“不必，红颜白发，邻居看到不知要说些什么。”

“我替你请个理发师回来好不好？你的头发确是太长一点儿。”我笑。

“嗯。”他说，“喜宝，你实在可以离开，这里再也没有你的事。”

“你的生意——”

“我都安排好了，你的生活与那边的生活，我都有数。”

“喜宝，我死后你将会是香港数一数二的富女。”勖存姿说。

“我不想你死。”我说，“你得活下去，我们再好好吵几年架，我不会放过你。”我努力挤出一个笑容。

他乏力地笑，倒在床上。

电话铃响了，我取起电话。

“姜小姐？这是疗养院。”那边说。

我的心扑通扑通地跳：“什么事？”

“你认不认得有人叫喜宝？”他们可问得很奇怪。

“我就是喜宝。”

“那么姜小姐，请你马上来一趟，病人在叫嚷你的名字。”

“我马上来。”我说。

勖存姿问：“谁？什么事？”

我怕让他受刺激：“一个老同学，电话打到这里来，我去看一看她。”

“也好，你出去散散心。”他摆摆手。

“我去叫辛普森上来。”我说道。

“我不要见那个老太婆。”他厌憎地说。

“反正我去一去就回来。”我勉强地笑，捏紧拳头，紧张得不得了。

勖存姿起疑，他说：“你不像去见女朋友，你像去会情人。”他笑一笑。

我大声唤：“辛普森太太！”

“过来。”勖存姿叫我，“让我握握你的手吧。”

“我很快就回来，一个小时。”我说。

“让我握你的手。”他说。

我只好过去让他握住我的手，心头焦急。

“又有什么人在等你？世界上真有那么多比我重要的人？”他缓缓地问。

我蹲下来：“不，没有人比你更重要。”我把头枕在他膝上。

“好，我相信你，你去吧。”他说。

辛普森上来站在我身边。

“我离开一会儿，你好好照顾勖先生。”我说道。

“是。”辛普森照例是那么服从。

我奔到车房，开动车子，飞快地赶到疗养院去。医生看到我迎出来，很责怪我：“你来迟了，姜小姐，既然喜宝是你，你该尽快赶来。”

“勖聪恕呢？”我问。

“跟我来。”

我跟着医生上楼去看聪恕，他坐在藤椅上，看见我他叫：“喜宝！”他站起来。

“聪恕！”我一阵昏眩，“聪恕！”

他笑：“喜宝！”他迎过来。

我奔过去，两手紧紧抓住他的双臂，我不肯放开，“聪恕！”我看他的眼睛，他眸子里恢复了神采，有点恍惚，但是，很明显地，他的神智回来了。

“聪恕！”我用尽所有的力气大声叫他的名字。

“喜宝，发生过什么事？”他焦急地问我。

“发生过什么事？”我笑，然后哭，然后觉得事情实在太美妙了，于是又大笑，眼泪不住地滴下来。

“喜宝，究竟是怎么一回事？”他不住地问我，“我是不是病了？”

我抱住他：“一切都好了，没事，没事。”

我转头看牢医生，医生得意扬扬。“是的，他已完全恢复正常，我们得多谢——”

我连忙说：“我看护他是应该的。”

医生扬扬眉，略为意外，然后说：“我指的是周小姐。”他把身后的一个白衣女护士拉出来。

“周小姐？”我愕然。

到这个时候，我才发觉有这么个人存在，小小个子，圆圆面孔，五官都挤在一堆，但又不失甜蜜的女孩子，她正谦虚地微笑呢。

我怔住了。

医生说："多亏周小姐日日夜夜照顾勖先生，又建议电疗，她帮他……"

我没有听进去，这医生懂什么？照顾病人根本是护士的天职。

我日日对着聪恕说话……这多半是我的功劳。我跟聪恕说："来，先打电话给妈妈，安慰她一下，你还记得家中的号码吗？"我拉着他向走廊走去。

"当然。"他马上把号码背出来，"我怎么会忘记？"

真奇妙，我真不敢相信，一天之前他还糊涂不醒，现在跟正常人一样了。

我看着他拨电话。我跟医生说："真是的，怎么忽然之间恢复正常了。"

医生耐心地说："不是'忽然间'，是周小姐——"

"电话通了。"聪恕转过头来说，"是用人来听的电话。"

"叫你母亲来听没有？"我问。

"等一等，喂？"他嚷，"妈妈？我是聪恕，谁？聪恕。什么聪恕，不是只一个聪恕吗？妈妈——"他又转过头来说，"她好像要昏过去了。妈妈！你来医院？好的，我等你。"他挂上电话。"我到底病了多久？"他疑惑地问。

医生说："周小姐会陪你回房间，慢慢跟你解释。姜小姐，你跟我到一到办公室。"

我兴奋地说："待勖太太一来，勖聪恕就可以出院。"

“我建议他暂时再留在这里一个时期。”医生说。

“为什么？”我问。

“他尚要慢慢适应。”医生说。

“是的，我要马上回去把这好消息告诉他父亲。”我站起来，“我把他父亲接来看看他。”

“也好，勖太太一到，难免又有抱头痛哭的场面。”医生也笑，“在这种病例中，十宗也没有一宗痊愈得这么顺利，姜小姐，或者你想知道我们怎么医疗的过程——”

“最重要的是他已经痊愈了，”我笑，“其他的还有什么重要？”我推开医务室的玻璃门，“我去接他的父亲。”

“姜小姐——”

“等他父亲来你再说吧。”我笑，“那么你一番话不必重复数次。”

医生无可奈何地看着我奔出去。

我把车子开得飞快，途上一直响着喇叭，看到迎面有车子来并不避开，吓得其他的司机魂飞魄散。我从来没有这样轻松过，我想着该如何开口告诉勖存姿，这么大喜的信息，他一听身子就好。不错，聪恕是他的命根，他一晓得聪恕没事，他的精神便会恢复过来，只要他好起来，我们拉扯着总可以过的，我充满希望，把车子的速度加到顶点，像一粒子弹似的飞回去，飞回去。

到了家，我与车子居然都没有撞毁，我在草地上转了一个圈，大声叫：“勖先生！勖先生！辛普森太太——”拖长着声音，掩不住喜悦。

我大力推开前门，奔进屋子：“辛普森太太——”

辛普森自楼上下来，我迎上去拉住她的手，“好了。”我来不及地说，“这下子可好了。”

她的脸色灰白。

我住口。

我们僵立在楼梯间一会儿。我问：“有事，什么事？”

远远传来救护车的响号，尖锐凄厉。

辛普森说：“勖老爷，”她停一停，然后仰仰头说下去，“勖老爷去世了。”

我用手拨开她的身体，发狂似的奔上楼。

我推开勖存姿的房门。我才离开一个小时。才一个小时。

他四平八稳地躺在床上，眼睛与嘴巴微微地张开。

一个老人，死在家中床上。这种事香港一天不知道发生多少宗，这叫作寿终正寝。但这不是一个普通的老人。他是勖存姿。

“勖先生。”我跪在他床前，“勖先生，你是吓我的，勖先生，你醒一醒，你醒一醒。”

辛普森说：“我打电话到石澳那边，可是勖太太不在家。”

救护车呜呜地临近，在楼下的草地停住。

辛普森说：“我又没法子联络到你，于是只好打九九九。”

我问：“他就是这样躺在床上死的？”

“是。”辛普森说。

“临终有没有说话？”

“没有。”

“你没有在他身边？”我问。

救护人员蹬蹬蹬喧闹地上楼，一边问着：“在哪里，哪里？”

“他不要我在身边，他说要休息一会儿，我看着他上床才走开的，有长途电话找他，一定要叫他听，我上得楼来叫他不应，他已经是这样子，鼻子没气息，身体发凉。”

救护人员已经推开门进来。

我拿起勖存姿的手。

“让开让开。”这些穿制服的人吆喝着。

我服从地让开，放下勖存姿的手。

辛普森问：“姜小姐，我们快通知勖太太，她在什么地方？”

我说：“你应该找医生，不应该拨九九九。”

“我……慌了。”辛普森哆嗦着。

他们把勖存姿拉扯着移上担架，扛着出去。我应该找谁？我想，把宋家明找来，他一定要来这一次。但是我知道他不会来，世上已没有宋家明这个人了。

电话铃长长地响起来。我去接听，是勖夫人。

“喜宝，聪恕痊愈了！他跟好人一模一样，你快叫勖先生来听电话。”她是那么快乐，像我适才一样。

我呆着。

“喜宝？喜主？”勖夫人不耐烦，“你怎么了？”

“勖太太，勖先生刚刚去世，我回来的时候他刚刚去。”我木然地说。

轮到那边一片静寂。

然后有人接过电话来听：“喂？喂？”

“勖先生去世了。”我重复着。

“我姓周，姜小姐，你别慌乱，我马上过来帮你。”

“聪恕呢？”我问，“聪恕能够抵挡这个坏消息吗？”

“你放心，这边我有医生帮忙，能够料理。勖先生遗体在什么地方？”周小姐问。

“已到殓房去了。”我说，“他们把他扛走的。”

“你有没有人陪？”她问。

“有，我管家在。”我答。

“好的，你留在家中别动，”她的声音在这一刻是这么温柔中听，镇静肯定，“我与医生尽快赶到。”

“叫勖太太也来，我想我们在一起比较好。”我说。

“好。”她说，“请唤你管家来听电话。”

我把话筒递给辛普森，自己走到床边坐下。

我才离开一小时。一小时，他就去了，没个送终的人。他的能力，他的思想，一切都逝去。他也逃不过这一关。没有人逃得过这一关。

辛普森听完电话走过我这边，我站起来，她扶住我，我狂叫一声“勖先生”，眼前发黑，双腿失去力气，整个人一软，昏了过去。

醒来的时候只有辛普森在身边，她用冷毛巾抹着我的脸。我再闭上眼睛，但却又不想哭出声来，眼泪默默流出来。

我想说话，被她止住。

“勖太太她们都在外面，勖少爷也来了，还有一位周小姐，律师等你读遗嘱。”她告诉我。

“谁把律师叫来的？”我虚弱地问。

“是勖先生自己的意思，他吩咐一去世便要叫律师的。”

我挣扎起来：“我要出去。”

勖夫人闻言进来：“喜宝。”

“勖太太。”我与她抱头痛哭。

“你看开点，喜宝，他待你是不差的，遗产分了五份，我一份你一份，聪恕聪慧，还有聪憩的子女也有一份。喜宝，他年纪已大了……”

生老病死原是最普通的事。数亿数万年来，人们的感觉早已麻木，胡乱哭一场，草草了事，过后也忘得一干二净，做人不过那么一回事，既然如此，为什么我心如刀割？

“你跟勖先生一场，”勖夫人说下去，“他早去倒好，不然误了你一生。来，听听律师说些什么。”

我坐在椅子上，聪恕在我右边。他竟没有看到聪恕痊愈，我悲从中来，做人到底有什么意思，说去便去。

律师念着归我名下的财产，一连串读下去，各式各样的股份、基金、房产……勖存姿说得对，他一死我便是最有钱的女人。毫无疑问。但我此刻只希望他活着爱我陪我。

自小到大我只知道钱的好处。我忘记计算一样。我忘了我也是一个人，我也有感情。

我怎么可以忘记算这一样。

此刻我只希望勖存姿会活转来看一看聪恕。像勖存姿这样的人，为什么死亡也不过一声呜咽。我万念俱灰，我不要这一大堆金银珠宝现钞股票，我什么也不要。

勖夫人的声音在我耳边响起来：“喜宝，你还打算在香港吗？”她问我。

“什么？”我转过头去，“对不起，我没听见。”

“你还打算住香港？”她问。

我茫然。不住香港又跑到什么地方去？五年前我什么都有，就欠东风，如今有足够的金钱来唤风使雨，却一点儿兴致也无。我点点头：“是，我仍住香港。”

勖夫人也点点头。“也好，”她说，“大家有个照顾。”

我有什么选择？我毕竟在这个城市长大，这里的千奇百怪我都接受习惯，我不愿搬到外国去居住。

“你搬一层房子吧。”勖太太说，“这里对你心理有影响，而且也太简陋。我与聪恕也想搬家。”

“搬家？”我又反问。

“叫装修公司来设计不就行了？”她说，“很简单的。”

是，我一定要搬，因为从今天开始，我是姜喜宝，我又得从头开始，做回我自己，我不想一直活在勖存姿的影子里，我要坚强地活下去。我搬了家，仍住在山上，离勖夫人与聪恕不远。辛普森跟着我，另外又用两个司机，两个女佣。

我常常听见勖存姿的咳嗽声，仿佛他已经跟着我来了。我心底黯然知道，我一辈子离不了他，他这个人在我心中生根落地，我整个人是他塑造的，我的生命中再也没有人比他重要，他的出现改变我的一辈子。

我请了律师来商量，把我的财产总数算一算，律师说了个数字。

我一惊：“那是什么意思？是多少？”

“是九个数目字，八个零。”

“八个零？”我问，“那是多少？”

律师苦笑：“那意思是，姜小姐，钱已经多得你永远花不完，除非是第三次大战爆发，或是你拿着座堡垒去押大小，否则很难花得了，你甚至花不完每天发出来的利息。”

“啊。”我说。

“这里是最详细的表格，你名下的财产列得一清二楚。每年升值数次。”

“呵。”我翻阅那叠文件，“什么？连伦敦这间最著名的珠宝店都是我的？”

“是，你是大股东，坐着收钱，年息自动转入瑞士银行户口，银行永远照吩咐自动替你把现款转为黄金。”

“呵。”我说，“我有多少黄金？”

“截至上月十五号，是这个数字。”他把文件翻过数页，又指着一个数字。

“这么多！”

“是，姜小姐，这是你的现款。”他抹抹额角的汗。

我问：“我该怎么用？我一个月的开销实在有限，一个最普通的男人都可以照顾我。”

“我也不知道，姜小姐，似乎你在以后的日子里，应该致力于花钱。”他神经质地说。

“怎么花？”我问，“每天到银行去换十万个硬币，一个个扔到海里去？那也扔不光呀。”

“这真是头疼的事，姜小姐。”他尴尬地说。

“嗯。”我点点头。

站在我身边的辛普森直骇笑，合不拢嘴。

“我那座堡垒，我想卖出，价钱压低些不妨。”我说。

“其实不必，勖先生在生时已有人想买，但勖先生没答应，我有买主，可以卖得好价钱。但卖掉未免可惜，单是大堂中那六张伦勃朗[1]，已几近无价，养数个用人又花不了多少，姜小姐，你

[1] 伦勃朗：伦勃朗·哈尔曼松·凡·莱因，Rembrandt Harmenszoon van Rijn，欧洲十七世纪最伟大的画家之一，也是荷兰历史上最伟大的画家。

需不需要考虑？”

我缓缓地摇头：“我要它来干什么？我再也不会上苏格兰去。”我一个人永生永世留在此地，再也不想动。

“是，姜小姐。”律师说，“我替你办，剑桥的房子呢？”

“卖掉。”我说，“我也不要，把所有房产卖掉变为黄金，我不惯打理这种琐事。”

“但是姜小姐，纽约曼哈顿一连三十多个号码，那是不能卖的，可以收租。”律师指出。

“那么把单幢的房子卖掉，一整条街那种留着收租。”我叹口气。

“姜小姐，除了敝律师行，替你服务的人员一共有八十三名。”他说，“我们还是全权代你执行？”

“是。”我说道，“一切与从前一样，我若需要大量现款，就打电话到瑞士去。”

“对了。”律师笑，“就像以前一样。”

我送走他。一个人坐在客厅中央发呆。以前那种兴致呢？以前每走到一个客厅，心中老暗暗地想：真俗！真不会花钱！如果那地方给了我，我不好好地装修一下才怪……现在自己的客厅墙壁全空着，连买幅画都没有劲，整个人瘫痪，像全身骨头已被抽走。

我自银行里换了一百万元直版钞票，全是大面额的，一沓沓放在书柜里，闲时取出来在手中拍打，像人家玩扑克牌似的，兴致异常好，一玩可以玩两个小时。

这算是什么嗜好？我想我已经心理变态。

我去看过聪恕数次。如今他真有钱了，一切捏在他自己手中，倒是返璞归真。

聪恕健康得很，只开一部小小的日本车，日常最重要的事是陪他母亲。

他跟我说：“——芷君劝我再读书。

“——芷君说：男人总得有一份正当工作。

“——芷君觉得我适合教书。”

我忍不住反问：“这个芷君到底是什么人？”

“你不知道芷君？”聪恕惊异，“你当然见过她。”

“谁？”我一点儿概念都没有。

“她是那个姓周的护士，你忘了？是她看顾我，我才能够痊愈的。”他说。

“呵，是她。”我说。他把荣耀都归于这个护士。

“你觉得她怎么样？”聪恕兴奋地问，“好不好？”

我鉴貌辨色，觉得异样。“很——”我想不出什么形容词，“很斯文。”我对这个周小姐没有印象，她是个极普通的女孩子。但聪恕似乎对她另眼相看。

他说：“我觉得她很了不起，很有见解，我与她相处得非常融洽。母亲也不反对我们来往。”他的语气很高兴。

聪恕的性格一向弱，所以在最普通的女子身上，他得到了满足——至少他还是个富家子，这是他唯一的特色。如果我是这个叫周芷君的女孩子，我也不会放弃这种机会，总不见在医院里做一辈子的看护士。日子过去，总有人有运气当上仙德瑞拉。分别是我这个仙德瑞拉碰正勖家的霉运。

聪恕很快地与周小姐结婚。婚礼并不铺张，静悄悄在伦敦注册，住在他们李琴公园的家中度蜜月。

勖夫人叹口气："我什么都不反对，聪恕这个人……简直是捡回来的，这个女孩子嘛，只要能生孩子便好。"

我沉默着。

"我真是庸人自扰，"勖夫人笑一笑，"还怕她不肯生？越生得多地位越稳固，就像我当年一样，只怕勖家坟场薄，没子孙。"她停一停，"也没有什么坟场，照遗嘱火葬。"

我还是沉默。

日子总会过去，记忆总会淡忘。

周芷君很快怀孕，满面红光，十个月后生个八磅半重的男孩子。那婴孩连我看了都爱，相貌像足聪恕，雪白粉嫩，一出世便笑个不停，并不哭，勖夫人心肝宝贝地叫个不停，整个人融化掉，把名下的产业拨了一半过去给这孙子。

周芷君在第一个孩子半岁大的时候又再怀孕，她以后的工作便是生生生，越多越好，聪恕便只会跟在她身后心虚地笑，他何尝不知道他在做些什么，只是他现在也无所谓了，活到哪里是哪里。而他的妻……毕竟还算得体的。

我因为出入"上流社会"，渐渐有点名望，有好几本杂志要访问我，拿我做封面，我拒绝。在香港这种小地方出名，自然是胜过无名望，但是我个人不稀罕。

不过报纸上已经有隐名的文字来影射我，把我说成一个床上功夫极之出色的狐狸精。我一向不看中文小报，是勖夫人看完剪下来转交我的，我们两人读得相视而笑。

也有人来约会我。一半是因为好奇，另一半是因为我本身有钱，不会缠住男人，在这种情况下男人冒险被缠上也是好的，因为他们至少都会爱上我的钱。

男人爱凑热闹，做了“名媛”，一个来约，个个来约。我跟辛普森说：“一个礼拜，只有七天，如果要上街，天天有得去，然而又有什么意义？”

“你可以选择一个丈夫。”辛普森提醒。

“呵哈！”我说。

丈夫。

辛普森说：“真正知你冷暖的，不过是你的终身伴侣，你的丈夫。”她把这两句话说得似醒世恒言。

我不出声。

“现在当然有人关心你，就算你病，也还有大把人送玫瑰花，在这十五年内是不愁的，但十五年后怎么办？”辛普森振振有词，脸上的皱纹都跳跃起来。

“十五年后？”我微笑，“我早死了。”幸亏人都会死。

“姜小姐，事情很难讲，说不定你活到八十岁。”她像是恐吓我。

“八十岁？即使我嫁人，我的伴侣也死了。”我仍然微笑。

“你会寂寞的。”她拿这句话作终结语。

“我‘会’寂寞？”我笑问，“是什么令你觉得我现在不寂寞？我都习惯了。”

“寂寞是永远不会习惯的。”辛普森惋惜地说，“你还年轻，姜小姐。”

我点点头。我明白。但我的价钱已经被勖存姿抬高了，廉价货的销路永远好过名贵货，女人也是货色，而且是朝晚价钱不同的货色，现在有谁敢出来认作我的买主？

勖太太说：“喜宝，你还年轻，相信勖先生也希望你获得个好归宿。如果你有理想的对象，没有必要为他守着。”

我觉得他们都很关心我。我可以开始我的新生吗？并不能。在过去五年内发生的事太多，我无法平复下来过正常的日子。勖存姿永远不会离开，他就在我身边，我说过，我时常听到他的咳嗽声。

最近我约会的是年轻大律师，我很做作地穿最好的衣裳，化最明艳的妆，并且谨慎地说话，希望可以博得他的欢心，大家做个朋友。有时候我很听从别人的意见。

但是他与所有在香港中环出入的男人一样，算盘精刮到绝顶，两次约会之后，便开始研究我的底细。他像所有香港人，在世俗的琐事上计较，怕吃亏，永远不用双眼视物，喜欢挖他人的私隐，他不相信他所看见的一切。

他问我：“你家中很有钱？”钱对他仿佛很重要。

“是。”我并没有夸张。

“是父亲的遗产？”他又问。

“是。”我答。我已经厌倦了。如此尔虞我诈要斗到几时呢？勖存姿对我的付出是毫无犹疑、不计牺牲的。

感情本是奢侈品，我盼望得到的并不是这些人可以给我的。

我请他到我家来，向他说明，我们以后不会再见面。一般女人身边多如此一个人管接管送，是不错的，但我是姜喜宝，现在的姜喜宝走到公众场所去，随时会引起一阵阵喁喁窃语。一个女人身边有钱，态度与气派永远高贵，我不需要再见他，我讨厌他，我讨厌一般男人。

我领他走遍我的住宅，最后脚步停在书房。

他看见一沓沓的直版现钞，眼睛发亮，失声问：“这是什么？”

“钞票。”我简单地答。

“为什么兑那么多的钞票放家里？”他骇然。

“我喜欢，我有很多钞票。”我淡淡说。他转过头来看着我，脸上悔意浓厚，我忽然想到杜十娘怒沉百宝箱之后的李生，这位大律师的表情，不会比李生的面孔好看多少。

我说：“原本我可以资助你开一间律师行，对我来说，属轻而易举的事。原来凭你的才能，凭我的资产，做什么都不难。你没想到吧？现在都完了。因为你问得太多，付出太少。”

他低下头，不响。

我说：“再见。”

女佣替他把一道道门打开，让他出去。这是给斤斤计较的人一个教训。

他走了以后，我独自倒了酒坐在小偏厅中喝酒。勖存姿的故事是完了，但姜喜宝的故事可长着呢。

忽然之间我心中亮光一闪，明白“譬如朝露，去日苦多”的意思。

去日苦多。

我大口大口地喝着酒。

谁知道姜喜宝以后会遇见怎么样的人，怎么样的事。

我苦笑。

图书在版编目（CIP）数据

喜宝 /（加）亦舒著．—长沙：湖南文艺出版社，2017.7
ISBN 978-7-5404-8109-4

Ⅰ．①喜…　Ⅱ．①亦…　Ⅲ．①长篇小说－加拿大－现代　Ⅳ．①I711.45

中国版本图书馆 CIP 数据核字（2017）第 111622 号

上架建议：畅销・小说

XIBAO
喜宝

作　　者：[加] 亦舒
出 版 人：曾赛丰
责任编辑：薛　健　刘诗哲
监　　制：毛闽峰　赵　萌　李　娜
特约监制：刘　霁　郑中莉
策划编辑：李　颖　沈可成　谢晓梅
文案编辑：马玉瑾
营销编辑：贾竹婷　雷清清
封面设计：张丽娜
版式设计：李　洁
出版发行：湖南文艺出版社
（长沙市雨花区东二环一段 508 号　邮编：410014）
网　　址：www.hnwy.net
印　　刷：北京鹏润伟业印刷有限公司
经　　销：新华书店
开　　本：775mm × 1120mm　1/32
字　　数：220 千字
印　　张：9.5
版　　次：2017 年 7 月第 1 版
印　　次：2017 年 7 月第 1 次印刷
书　　号：ISBN 978-7-5404-8109-4
定　　价：39.00 元

质量监督电话：010-59096394
团购电话：010-59320018